BIEYANG
HONG

别样红

王维红 ◎ 著

时代出版传媒股份有限公司
安徽文艺出版社

图书在版编目（CIP）数据

别样红/王维红著.—合肥：安徽文艺出版社，2020.10
ISBN 978-7-5396-6859-8

Ⅰ．①别… Ⅱ．①王… Ⅲ．①散文集－中国－当代 Ⅳ．①I267

中国版本图书馆 CIP 数据核字(2020)第 008555 号

出 版 人：段晓静
责任编辑：韩 露　姚爱云　　装帧设计：张诚鑫

出版发行：时代出版传媒股份有限公司　www.press-mart.com
　　　　　安徽文艺出版社　　www.awpub.com
地　　址：合肥市翡翠路 1118 号　　邮政编码：230071
营 销 部：(0551)63533889
印　　制：安徽联众印刷有限公司　(0551)65661327

开本：700×1000　1/16　印张：17.5　字数：260 千字
版次：2020 年 10 月第 1 版
印次：2020 年 10 月第 1 次印刷
定价：38.00 元

（如发现印装质量问题，影响阅读，请与出版社联系调换）
版权所有，侵权必究

序

跟着群主去心游

许 辉

微信出现以后，诞生了一个新的社会兼职：群主。群主的责任和义务就是管理好一个由或兴趣相近，或职业相似，或性别相同，或经历相当的同事、同好、同学、朋友参与的群，聚拢好这个群里的成员，使人们在传统的社会生活之外，还能友好地参与一个或几个带有一定隐私性质的小圈子，共同提升新时代里新生活的获得感和质感。入群，有时候是一件能让人兴奋的事。人们在这个小圈子里较易找到生活的归属和认同；在这个小圈子里，大家可以放飞心情、读书写作、谈天说地、回忆往事、雅集品趣、共赴远方。维护经营得好的群，就是一个对所有成员有益的小社会，就是一块梦幻的小天地，就是一畦让人留恋的自留地，就是一种可依可附的好心情。而一个群经营得好不好，主要看群主的聚合力、奉献心和责任感。王维红女士就是这样一位优秀群主。

这是一个以文学为底色的朋友群，在王维红女士带领下，在全体成员努力下，这个群积极组织采风、采访活动，先后到含山凌家滩、合肥紫蓬山、江苏洪泽湖、长丰吴山庙、宿州新汴河、肥东中庙镇、天柱山卧龙山庄、蚌埠禾泉农庄、霍山东西溪、肥东撮镇镇、黄山员外村、望江石莲洞、石台大山村等地采风、采访，深入山水社会，贴近时代生活，感受岁月流年；这个群里人人都创作不辍、比学赶帮，时常占领一块块报刊版面；这个群还时兴出版文学专著或合集,今年你一本,明年他一册,交流互鉴,共同进步;这个群常有群员召开新书发布会、新书分享会,既为自己积累,也为社会贡献;这个群爱慕才华,崇尚学习,敬畏努力,群风清朗;这个群与铁凝主席交流互动,与王蒙老师合影同游,并常常零距离感受学习诸多中国当代文坛大家风范;这个群时常到群员老家读冬小麦、逛分水岭、品老鹅汤、游芦苇荡、摘野蓝莓、挖野荠菜、寻蒲公英;这个群还不时开展支文支教活动,和乡镇中小学学生共度六一儿童节,为山区孩子讲文学、才艺、摄影、手工课,为行政村基层干部讲文化时政课……在群主王维红的操持下,这个群便如此这般地厚实和快乐起来。

　　王维红是一位多才多艺的知识女性。她能歌善舞,歌甜人美,在学校学习期间、在工作单位、在群里,都是一位文艺骨干;她是一位小学校长,与孩子们打成一片,为孩子们编印作文汇编,课余教孩子们识花认草,让孩子们从小就热爱自然、热爱生活;她爱绘画,画风质朴,暗含童年印象,闲时抹上几笔,心静意远;她崇尚文学,她的散文,题材丰富,语言醇实,人物鲜活,她以山泉般叮咚畅流的文笔,描述过往的记忆,抒写心底的情感,复现身边的人物;她乐好诗意的远方,常流连山水、涉足幽林、行走戈壁、酣眠深村;她痴花草,慕兰竹,真个是见花留人、闻香移步;她喜读书,闲来一盏茶,冬深阳自暖。在自家花草拥簇的阳台上,品茗、读书,且别有一番心意在其中;她关注社会,推崇公德,热爱家园,见到杂物乱堆乱放,她忍不住要打市长热线反映,看到花事受阻,她也忍不住奔走呼吁,直到圆满解决,为社会奉献了一种纯洁与美好;她同情弱者,对看大门的、卖烧鸡的、扫地的老人、格桑花助学对象,她都抱有一种同情与友爱;她有组织才能,能守持耐心、不计烦琐、贴工贴油、聚友凝情。

　　这样一位群主,还不值得跟着她的这本《别样红》,去探一探她的亲情、爱情和友情,去窥一窥她丰富的情感世界,去读一读她内心的文艺梦想,去瞄一瞄她的婆婆纳、太阳花、虞美人以及各种花花草草,去感受一下她的童年游戏、焦香的锅巴、爽口的早茶和夏日双抢,去跟随她的足迹游历一番远方的山、远方的水吗?

祝贺群主的新书面世!

2019 年 9 月 28 日于合肥南艳湖竹柏簃

(作者为中国作家协会全国委员会委员、中国作家协会全国散文委员会委员、安徽省作家协会原主席)

目　录 contents

序　跟着群主去心游（许辉）/ 001

草木闲情
　　文竹 / 003
　　春花三帖 / 006
　　那些黄花 / 009
　　邂逅虞美人 / 012
　　红花草 / 014
　　太阳花 / 017
　　荻花秋　红草红 / 020
　　婆婆纳也有春天 / 023
　　请给蔷薇让条道 / 025
　　认养 / 028
　　我的后花园 / 032

白菜与玫瑰
　　左手白菜　右手玫瑰 / 037
　　提起竹篮上菜场 / 040
　　路遇 / 043

鸟窝 / 046

人字瀑下闲读 / 049

只待秋风起 / 052

修行的蛤蟆 / 054

运漕早点 / 057

你那么在乎天 / 060

和蒋勋一起散步 / 062

闲与忙 / 065

喀秋莎 / 068

记忆串烧

记忆串烧 / 073

我的小学　我的老师 / 076

我的童年　我的游戏 / 081

扎窝 / 084

锅巴控 / 087

声声敲山醒 / 089

心静自然凉 / 092

凼子圩与大圩 / 095

童年的端午节 / 101

旧时年味 / 104

白水坝旧忆 / 107

农科南路 40 号 / 112

回不到从前 / 117

悠悠我心

豆蔻 / 125

两把梳子 / 128

长大后我就成了你 / 131
母亲的南瓜地 / 134
父亲与书 / 137
给自己送束花吧 / 141
在华盛顿过年 / 145
连续梦 / 148
山里的小屋 / 151
176 岁老人 / 154

好人万安
高洪其人 / 161
冷月蓝 / 164
好人万安 / 169
小大人周大宝 / 172
祖母 / 176
老季 / 180

且行且珍惜
听归隐者说 / 189
天柱山散板 / 195
不负银杏不负秋 / 198
择一河而居 / 202
永远的大庙村 / 205
零下 29 摄氏度的爱 / 208
美国小镇 / 212
西藏去来 / 216
海上慢生活 / 219

日记抄
    在浦江书院的日子／227
    大山村手记／239
    巴尔的摩日记三则／253
    驻村日记／259

后记　别样红／268

草木闲情

文　　竹

进门，开窗。每日第一眼，总会落在窗台的文竹上。

这盆文竹，伴随我也八九年了吧。

之前的办公室，有一对用于接待的木制沙发，中间茶几上常年摆着这盆文竹。

办公室摆文竹最适合不过。当然，我是极喜文竹的。

忙碌工作的间隙，坐在沙发上读书或思考，有文竹相伴，似乎多了兴味与宁静。周末，我担心它干涸，总给它喝足水。周一，我早早地进办公室，一番打扫后，最喜欢做的事就是侍弄文竹。将其搬到室外水池边，适当补水，然后修剪。养花多年，一直不能容忍枯枝败叶，总爱修修剪剪，就连文竹细小泛黄的绒叶也不放过。当然在修剪时使其疏朗有致，保持外形的美感也尤其重要。几年下来，培于白色瓷盆的这丛文竹，枝茎高低错落，叶色青葱翠绿，丰姿绰约，它俨然成了我的一幅山水小品，文雅而不俗。有客至，赏其美姿，夸赞几句，我自然欢喜。

我知道文竹有多个名称：云片松、刺天冬、云竹等。但我更喜"文竹"二字。文雅之竹，似一首轻音乐般给人以美感，多好听。

"纤枝却见松竹骨，柔叶也含云水心"，都道文竹兼具竹的气节和松的俊秀。文竹虽不是竹，但它枝干有节，外形似竹，与竹相比，它又凸显姿态的文雅。习画亦有几年，感觉在造型和笔意上，文竹简直就是松之微缩版，它兼具了松的品性——经冬而不凋谢，挺拔而不媚俗。

别样红

闲时,对着一盆文竹发呆。那旁逸斜出的细叶,层层叠叠,似绿云缥缈,俊秀而柔美。观之越久,则越认同"阅之顿生美感,阐释自显多余"。这小小的自然世界和人的内心在审美上是多么相通。

客厅、书房、案头,置文竹一盆,似乎就有了文人的品性和书香的气息。

好像很多年了,我都坚持养文竹。

家里也是不能没有文竹的。阳台上一大一小两盆文竹。大的那丛,栽于赭石色陶瓷盆内,浑然天成般地就有了古雅的韵味。小的那株,用景泰蓝的圆形花盆培植,则置于我书画台一角,也附庸"一丛袅袅案边盈"之风雅。去年暑期去西藏前,一再叮嘱先生别忘了给阳台的花们浇水。一个月后归来,一数,近四十盆花草,死了三盆。那小文竹也枯黄得似乎点把火就着了,这把我心疼得。拿先生是问,他辩解——自己可是都天天浇水的。想想这平日里不谙花事的人,哪知文竹娇气,喜阴又怕湿,更不能暴晒的道理?本准备扔掉,后观其竹茎还透着绿,便一顿修剪又进行换土抢救,过了几天,看它渐渐恢复元气,泛青的秆子边,还冒出了嫩绿的小叶来,这才舒了一口气。

无论在家还是在办公室,每日有文竹相伴,日子悠然似水,素净简洁。

办公室这盆文竹,早成了我心爱之物。敲字累了,举目窗外,文竹便入眼入心。层层绿波,将疲惫的双眼浸染得空翠清远,那一刻,如置身于华严境界般,一念清净。

有时看这文竹,也会想起旧时光。想起校园里的花花草草,想起课间嬉闹的孩子,想起批改不完的作业,想起每当假期来临时的种种憧憬。

去年暑假,当目送最后一个学生迈出校门后,我的教师职业生涯也结束了。那儿倾注了我几十年辛勤劳作的汗水,那里的教室、操场、旗杆,那里的一花一草一木,都牵动着我太多的情感。告别那天,整理旧物,可除了带走一大包二十余本工作日记外,我又能带走什么呢?

临出门,再一次回望多年伏案的办公室。忽而,文竹柔弱的身姿,映入我眼帘。或许是时光让物品有了人格,有了灵魂,或许是内心存留一点唯心色彩和坚信万物有灵的执念,那一刻,那盆文竹,像极了一个楚楚可怜的孩子,它对我张望,央求我带它走。

　　心,忽然痛了。草木有本心,我对它付出情感,它对我也多有不舍吧。

　　还好,在新的办公环境中,有一件旧物陪伴。"凭阑半日独无言,依旧竹声新月似当年。"虽此竹非彼竹,但更令我心仪迷恋。无限感念,逝去的岁月是美丽的,因为它留给我们永不能再得的惆怅,也就有了永远的回味。

春花三帖

含　笑

下楼时一眼瞥见,满树的含笑开了。

真正的满树啊。叶子和花参半。那朵朵白,那么突出。一枝枝,有盛开的,有半开的,有含羞地打着朵儿的。走近,花气袭人。

早些年本不知此花。搬来这里,待春三月,见楼下一溜排的树,开满了花。花形恰似栀子花,远远的,风送花香,虽不似栀子花香浓烈,却也有沁人心脾的清芬。

那时还不曾下载"花伴侣"神器。在朋友圈里发张图,问,此为何花?学园林的外甥女告知,此花名含笑,意为深山含笑。

含笑,多好听的名字。

开到荼蘼花事了。再几天,见树下纷落一地花瓣。白瓷片般,厚厚一层。道路亦被占去小半,路过,不忍踩踏,于是,绕开。

后面跟着的人,也随着绕开。

迎　春

转弯的那个角隅,匍匐着一丛迎春。早春,总是这一丛花,向我报告春的消息。

楼下中心广场,我日日经过。这一丛花自广场北端一个隆起的坡上蔓延而下,呈纷披状。叶未出,花先开。青色的枝条上,缀满朵朵金星,难怪人们称其为"金腰带"呢,很形象。小花朵儿,挺挺的,精气神十足。喜欢它另一个别名:黄素馨。好似一个散发清香的女子名。白居易曾咏此花:"金英翠萼带春寒,黄色花中有几般?恁君与向游人道,莫作蔓菁花眼看。"如此极言迎春花在春寒中独秀一方、独树一帜的超然品格。

大多数人分不清迎春和连翘。那年我去杏花公园,见河边一丛丛灌木,满枝金黄,误以为迎春。直到我转行来园艺研究所工作,所里恰好有连翘课题组,才知二者区别。连翘复瓣,结果,果实可入药。常用药中,银翘口服液等,就有连翘的成分。不过,我还是喜欢小小巧巧的迎春,喜欢它的黄朵儿,喜欢它"覆阑纤弱绿条长"的条条青枝。

偶尔折得半条,置于茶台的小瓶中。品茗间,有这旺旺一色黄花,便觉室雅心怡。

与几个文友每周相约读《红楼》,熟知红楼中人物。这"金陵十二钗"中,贾府二小姐名唤"迎春",此女落落寡合,不喜与众钗黛为伍,就颇似迎春花凌寒独开之禀性。

美人梅

春天的美,少不了美人梅的装扮。公园里、绿地中、街道旁,常见美人梅的倩影。它开花早,色彩妍丽、妩媚。

早先还分不清此花是春梅还是红叶李,后知其芳名叫美人梅。据说它还是个"洋妞"。一百多年前,在法国以重瓣粉型梅花与红叶李杂交选育而成,二十世纪八十年代自美国加州引入。此花为彩叶观花树种,一年四季叶片红润,枝条鲜亮,颇珍贵。其名虽艳俗,却也恰如美人。

昨日见楼下的一丛美人梅,呼啦啦地开了,在清晨的阳光里,红艳一片,

别样红

  团团簇簇，开得花枝乱颤。"艳妆一出更无春"，那粉嘟嘟的花朵，似二八少女的面容，真正吹弹可破。

  一夜大雨滂沱，清晨路过花前，见树上残存的花朵蔫蔫的，犹美人泪雨婆娑的，哭坏了妆容。花下，落红无数，满是红泥花瓣。"红消香断有谁怜"，想那黛玉感花伤己，以为把花葬在土里最干净。有道是"落红不是无情物，化作春泥更护花"，想这一树嫣红和这一地嫣红，该都是美存在的形式。笑了笑，还好，这一回，我算是没有错过花开，也没有错过花落。

  初春，在我眼里就是浅绿、粉红、嫩黄、淡紫，一切都是新的。"乱花渐欲迷人眼"，看都看不过来。一个朋友这样感叹：就算为了每年春天与这些美的光阴相见，也值得好好活下去。

  家门口，到处是色彩的堆积。迎春花谢，美人梅会开。美人梅谢后，海棠开，杜鹃开，再后来，紫藤、蔷薇……真正是你方唱罢我登场。

  川端康成在他的著作《花未眠》中说：美是邂逅所得，是亲近所得。

  是的，只要留心，总能遇见花开。

那些黄花

春节一过,人和春天就一起醒来了。脱去一冬的臃肿,迫不及待地穿上春装。自然界里的一切也是按捺不住,早已春潮涌动。

迎春最早捎来春的消息。这个黄色的小精灵,每年都站在春的前哨,摇旗呐喊。那遍野的小黄朵儿,也将人们的心情,一点点点亮。

再过几天,连翘花开了。同样是黄色的小花,大多数人区别不了迎春和连翘。迎春喜欢匍匐于坡地或河边,而连翘不择场地,花期也似长一些,属灌木。我去市里,经过四里河立交桥,桥两端是连翘围成的绿篱。朵朵黄花,新鲜明丽。早春,人们的视野,最先被这种黄所占据。

春天真是一天一个样。草绿了,各色花竞相登场。人们走出去,来到草地上,黄色的花,明晃晃的,常先声夺人。

蒲公英是比较有风范的草花。叶片匍匐在地,只为衬托那一朵俊俏的黄花。那花儿枝枝傲娇,一茎一花,接地仰天,热烈地开着。小小一株,即便不起眼,却也开出自己的风采。只是这种花,现在遇见了天敌——被越来越多的大妈看中,大妈们出门带着布兜、铲刀,见到蒲公英,眼睛就发亮。蒲公英如此受青睐,是大家都笃信,它有很高的药用价值,似乎能治百病。我问了"度娘",其药理主要有清热解毒、消痈散结之功效,也不是万能的,体寒的人就不适宜食用。

惭愧,自己也是大妈中的一员。前段时间文友们去撮镇袁大郢村,带着铲刀挖荠菜。暖春,荠菜等不及我们,大多撑起白花,以将老的身躯抗议着

别样红

我们的暴行。在大河埂,当瞥见一地星星点点散落的蒲公英时,我们也是一顿狂挖。后来有人提醒,得留点做种子,才手下留情,没有绝杀。

"我是一颗蒲公英的种子,谁也不知道我的快乐和悲伤……小伞儿带着我飞翔飞翔飞翔……"想到这首教学生唱过的歌,忽然心存不忍,心中默念:罪过、罪过。

校园东侧,有块小花园。课下转悠至此,教学生们认识一些花草。婆婆纳、漆泽、通泉草、大蓟、早稻禾、马兰头、野豌豆等,后来学生自己都能分得很清。小女生们还喜欢猫爪草。猫爪草开出的小黄花,形似猫爪,小小巧巧的,可爱至极。一株,两株,本不起眼,可当你在田边、路旁、洼地及山坡草丛,见逶迤一地的黄花,那种旺盛和璀璨,就令你感叹了。

春天,所有黄色的花中最不像话的就是油菜花。

原本此花是十分寻常的"贫贱"之物,甚至都不能算花,而只是菜花的一种。但在春天艳阳下,那大色块的田野,盈阡溢亩,万花齐发,以绝对压倒一切的方式"燎原"。这时的你，怕也抵挡不住这黄色的诱惑。

去皖南，去婺源，去水乡，只为去看油菜花。这是春天出行最普遍和正当的理由。在油菜地的清香里，一任自己的内心被灿烂极致的黄色恣意地撩拨，直到去田野撒把野，与春天撞个满怀，才能平复那隐忍了一冬的渴求和热望。

油菜花最适宜的观赏点当然是皖南。皖南具备了看油菜花的大背景，青山、白云、黛瓦、马头墙、炊烟、溪流、新树，所有的元素，为大色块的金黄添彩，而一地金黄又使清秀的皖南生辉。春天对皖南是偏爱的，于我来说，每年春天不去皖南，那春天就不完整。

皖南油菜花有多个观赏点。阳光的午后，站在芦村一个最佳的观看台，可俯瞰一马平川的油菜花海。随着光影的推移，目之所及，那连绵的黄花，似大写意的泼墨，金光四射。那种温暖而坦阔，深深地安慰着你的心灵和眼睛。而在背依青山、山村散布的家朋，你所见的油菜花则是梯田式的。黄绿相间，阡陌交错，那些色块，犹如老和尚的百衲衣，精致有序。去叶村，一定要站在半山腰处，看被那一弯河流圈起的油菜花地。流光溢彩的圆形黄花地中间镶嵌着三两户人家，这小小的村落，便有了诗意。水波荡漾，炊烟袅袅，让人久久地凝眸。这时候，文字和语言变得一无是处。

蒋勋先生说，每一种花都有自己独特的开放形式，它们或以香、以形、以色，来完成生命的传播、生命的扩大和延长，这是它们的生存之道。

何尝不是呢？春天，这些黄花用明亮的色彩，呈现着自己，释放着正当美好的青春；它们也用色彩，唤起记忆深处那些童年岁月。

别样红

邂逅虞美人

家门口的庐州公园,每年夏初,会盛开大片大片的虞美人。

每次看此花,我总想起"惊艳"这个词。走在公园木栈道上,不经意的,就瞥见一枝枝脱颖而出的花。那色彩,真正艳丽无比。很少见哪种花如此质薄如绫,光洁如缎。风吹过,那花朵似蝴蝶,飘然欲飞。立花前,很不解,这普通的虞美人草,怎么会开出如此绝美的花来?

佛家说"色相是幻,人间无常"。实在是参透了时空的真谛。之前只知道虞美人为词牌名,最为熟知的便是南唐李后主的"春花秋月何时了,往事知多少"。而当我站在风华绝代的美人虞姬墓前时,我终于把这人与那花联系起来。

虞美人是项羽毕生钟爱的一个女人。两千多年来,人们习惯说虞姬的自刎是"以死殉情",是对忠贞不渝的最好诠释。"大王意气尽,贱妾何聊生!"这一句吟唱里,涵盖了太多的无奈和悲哀,也表达出她决绝的去意——让英雄再无挂碍,征战沙场。这一壮举,既捍卫了爱情,也捍卫了尊严。尽管披甲持戟,孤立沙岗的楚霸王,最终在天高水涸、寒雁悲伤的境地,闻四面楚歌兵败垓下,自觉无颜见江东父老而饮剑自杀。"生当作人杰,死亦为鬼雄。至今思项羽,不肯过江东。"一代词人李清照,偶尔的一声长啸,发人幽思。我想她一定也感悟出项羽英雄末路时的绝望和无奈,也一定为项羽和虞姬的爱情所打动。悲剧总是具有震撼人心的力量,如同莎士比亚的悲剧一样,一场令人肝肠寸断的《霸王别姬》终究成为千古绝唱。

盛夏时节,烈日炎炎;荒冢之上,芳草萋萋。虞姬墓前石碑上的对联清晰可见:"虞兮奈何?自古红颜多薄命。姬耶安在?独留青冢向黄昏。"千年虞姬,仅留下一个远逝的背影,终究没有给我一个明确的答案。不知是可叹可赞,还是可怜可悲,一种复杂的情愫在心底弥漫。"世间安得双全法,不负如来不负卿",莫名地想起那个多情的六世达赖喇嘛,他用短暂的一生,写下永恒的传奇。而这虞美人,因为她的存在,就有了诗意,有了情感,这一方土地,也因有了她,更添梦幻般的美丽和忧伤。

世事沧桑,烟云散尽。诗心一明月,埋骨万树花。离墓地不远,在一丛萋萋的草里,几朵如蝶般轻盈的虞美人,亭亭玉立,悄然地盛开着。记得家门口公园的虞美人早已谢了花红,而这一片花儿,居然还在开。一朵朵,一茎茎,遗世独立,宛如远离尘世的仙子,透着热烈、孤傲,却又有着异乎寻常的苍凉美艳,摄人心魂。

想起关于此花的传说。虞姬死后,项羽把虞姬的头颅随身携带,在兵败垓下之时,将虞姬的头颅埋葬在一处。第二年,那里开满了一种红色的花,人们为了纪念虞姬,就把这种花称为虞美人。

十多年前,认识了网络上一位歌手林森。记得当时他写过一首《扑火的飞蛾》,曾红遍网络。后得知他是宿州人。因为一个人,知道了这座城。现在来到宿州,想起这个人和那首歌。不知他当年写这样一首歌时,是否想到本土两千多年前那一场感天动地的爱情?也正如那甘愿燃尽生命也要追寻光和热的飞蛾一样,虞姬毫不犹豫地投进死亡的熔炉,心甘情愿地将自己最后的生命奉献给她所爱的人。此情古今无不同。为了爱情,为了成全,有多少儿女情长之人,都用飞蛾扑火般的勇气去演绎:"生命诚可贵,爱情价更高。"

"念天地之悠悠,独怆然而涕下。"轻轻一叹,都说战争让女人走开,可霸王别姬的故事却永远充满悲情:玫瑰与血腥交织,令人终不能释怀。

悠悠汴河水,注入了大地英雄的方刚血性,汇聚了万丈红尘的儿女情长。好在《霸王别姬》这一段凄美的爱情绝唱,已作为一种文化,一种精神,并能在灵璧这公认的垓下古战场,以虞姬墓的形式得以弘扬与传颂。

别样红

红　花　草

前段时间读《在漫长的旅途中》,发现这样一段文字:人可能有两种重要的大自然,一是与生活息息相关的、周遭的自然,比如路边的花草,或是附近河川的潺潺流水;另一个,则是与日常生活无关的、遥远的大自然。

记得念师范时学心理学课程,知道表象的概念。所有客观事物通过感知才能在人们脑海里形成表象,而想象是建立在表象基础上的。表象为想象提供素材和可能性。因此,丰富的心灵一定有大量的感知、认知和美好的想象。

我还记得关于意识和存在,老师曾举过这样的例子:不能说你没有见过山谷里的花,那些花就不曾开过。你在与不在,见与不见,深山里的那些花,一定是按照自己的方式在悄然开着。

有朋友说"春天心慌慌",还真有同感。一到春天,就想着要外出踏青。

这一回,沿泾县的月亮湾盘山而行至桃岭,穿越安徽的"青藏线",直抵山顶。窗外,香气馥郁,沿途绵延不绝的盛景,让人找不出贴切的词汇去抒情,只能"哎哎啊啊"地轻叹或大叫。

一路溪水环绕。那些水流带着沿途野花野草的消息,不知要流到什么地方去呢?对面山上,那些新绿,一簇簇的,犹如新生儿皮肤般娇嫩光滑,好想拥过来,抚摸一番才解馋。

转过山怀,猛然间,我们陷入一片花的沼泽。那是一大片紫色的海洋,漫然无际。"红花草!红花草!"车内一片叫声。我太熟悉这种花了。那一刻,一种明亮的欢情从身体里透出来。我们以极快的步伐,扑向那片花海。

满田的紫红色花朵,红润、旺炽、恣酣。密密层层,缤纷一地。

起初大家还不敢踏进花丛。我很老到地说,这是用以肥田的草,原本就要翻耕沤肥的,不碍事。后来大家索性席坐草丛,贪婪地或躺或卧,更有甚者,干脆在花堆里打个滚。闹腾之后,我们安静地坐在花地里,听着风流过淡紫色的花,流过柔软的草叶。那一刻,阳光白花花的,透着光彩。草叶越发清香,溶溶的,把我们浸透。

一切像梦。梦,把我带回多年前的小村。那次,当我赶着一群鹅,来到田间时,见满田的红花草,旺旺地开了,紫莹莹的。不远处是金灿的油菜花和翠绿的冬小麦。那一天,七八岁的我,站在夕阳下傻傻地发呆,那强烈的色彩组合和奇特的乡间美景,唤醒我美的意识。那之后的好一段日子,我都喜欢将鹅赶去那一带,自己则和小伙伴们一起在红花草地里嬉戏玩耍。有时还掐几朵花,扎一小束,插于辫尾上。

后来读初中,知道红花草学名叫紫云英。乡下人一直叫它红花草,用来肥田的草。当田地缺肥时,种上一季红花草,就可沤肥。我每看到农人用犁,将满田的花草翻进泥土,就心痛。现在懂得,这红花草,真是为土地而生而死的。不待"红颜老死时",就被"零落成泥碾作尘",是它的命运。

母亲常于清晨,提着竹篮,蹚着露水,去田里捋回半篮鲜嫩的红花草,午间清炒一盘,那碧丝翠绿、清香爽口的花草,满是春天的味道。它也是猪牛最好的饲料:将枯黄的稻草绕成一团,中间加一些新鲜的红花草,那是对牛最好的犒劳。

自从田间地头码放起一个个蜂箱后,我再不敢靠近。乡村长大的孩子,谁没被蜜蜂、马蜂蜇过呢?那疼,真是钻心。又常被蜂蜜诱惑,等蜜蜂大都钻进蜂箱,常和小伙伴一起去蹭一抹蜜,甜甜嘴。如今,紫云英花蜜也是家中常备的。

许久,再没有回到往日的村庄,不知那里是否还有几田红花草?好多年,都不曾看到大片大片红花草的壮观景象。只是偶尔会在田埂、山野,看

别样红

到零星几朵,它纤细的柔茎照例撑开一朵烂漫的花红。

紫中带粉的花,从细嫩的叶片间脱颖而出,风姿亭亭。单看一朵,普普通通,不张扬,不炫目。可在那透迤一地的草田,你看到的是整个红花草的世界。

坐在一片花地里,思绪飞得很远……

记忆里乡村的美景:村前屋后,鸡鸭鹅群;满村的苦楝树;家家外墙上贴着的牛粪粑粑;户户敞开的大门;八仙桌上,母亲炸出的焦香的南瓜花,还有村里的磨坊、草垛、场地上的掼稻棚;一地金黄的稻子……青青的红花草,唤回我无数童年记忆。

想起三年前,自驾于美国西海岸最美的"一号公路",曾看到另一种"红花草"。它赤身透红,烂漫一地。夕阳西下,"半江瑟瑟半江红",浩瀚的太平洋,壮美至极。坐在长满红花的海滩远眺,不由得想起童年的红花草,想起远方的家,想起永别于我才二十天的母亲……

那一刻,我泪流满面。

每一天,我们忙着生活种种的同时,有另一种时间正悠悠地流着。它带走了我们的童年,带走了我们青春,带走了我们年迈的父母,也带着我们一步一步走向了不可预知的世界。

世界那么大,我想去看看。可生命的长度有限,人的脚步终不能抵达所有想去或想要认识的自然。好在,还有诗和远方,还有回忆种种。此刻,想起红花草地里快乐如孩童的我们,内心就涌出绵绵的喜悦。

太 阳 花

正午,阳台上太阳花艳艳地开了。

一连几天,中午下班进门,就直奔阳台,看花。

这个季节,阳台上全部的绿植,似乎都成了太阳花的陪衬。

花开最好时,忍不住分享。拍张图片,写上:午时花,发微信朋友圈。一觉醒来,收到50多个赞,乐陶陶地心满意足。有问:此为何花?不假思索地回复:太阳花,又叫马齿苋花。再一会儿,见有人更正,是太阳花,非马齿苋花。

赶紧查资料。果然——太阳花属于马齿苋科(或称大花马齿苋),与真正的马齿苋不同。可我一直以为此花是马齿苋花的变种,是培育出的城市盆景。

喜欢太阳花,因为它色彩艳丽,也因为它几乎等同于马齿苋,而承载了我许多童年乡下记忆吧。

马齿苋,小时见得多,屋前院内,田间地头,随处可见。此花极耐瘠薄,大热天,晒稻场干裂的细沟里,都可见伏地铺散的马齿苋,且棵棵秆红叶绿,鲜活无比。

下晚,母亲递给我一个竹篮。出门,不过半小时,就可挖满一篮回来,满心喜悦,一步一跳地回家。母亲接过竹篮,将马齿苋倒在门口场上,从土灶锅膛里掏出一簸箕草灰,用草木灰使劲揉,然后扔在场上晒。可就这样,如遇几滴雨水,仍有几棵直挺挺地活过来。晒干后的马齿苋蒸熟,淋几滴香油,可做下饭小菜。如果用其烧红烧肉,那是极好吃的。只是那时,一年也吃不上几回肉,此种做法,几近奢望。

如今城市菜市场也可见马齿苋,摇身一变,它们已成了上品稀罕的绿色食品,再不似当年那般低贱。做法也或土或洋,可生食、烹食,也可用来做汤或做沙司、蛋黄酱,还可和碎萝卜或马铃薯泥一起做沙拉。

除了食用,马齿苋全草皆可入药。记得盛夏时,很多顽皮的孩子,身上满是疖子、痱子,家里大人常挖来几棵马齿苋,捣碎后直接敷于伤口。除了有凉血消肿的外用功能,马齿苋还富含多种维生素、微量元素及氨基酸等成分,兼有止渴、利尿等作用。

知道太阳花,是十六岁那年的暑假,去芜湖姨娘家玩。她家是灰砖黛瓦带阁楼的旧房。我住阁楼上,每次午休上楼,总见窗台上两个破旧的印花铁脸盆里,五颜六色的花开得炫目。我惊奇,乡下的马齿苋一般只有黄、白两色,这两盆里居然混合着这么多颜色。姨娘说,这是太阳花,不怕晒,特好养。临行时特意拔几棵带回,果然,一插就活了。

这太阳花属草本,绚烂一段时间后,整个花就脱落了,细心的妈妈每年都记得留一捧花籽,等来年再撒种。

妈妈是极喜花的。童年乡下的家,前庭后院,有妈妈种的许多花。夏天清晨,篱笆墙上爬满了热热闹闹的喇叭花;中午,满庭的十样景和太阳花,五颜六色,开得浓烈;而傍晚,门前一丛洗澡花,俏艳无比。现在想来,这些朴素的花装点了童年的记忆,可"当时只道是寻常"。

及至中年,自我有闲心养花,入夏,也喜欢去花市搬回一两盆被我称为马齿苋的太阳花。阳台上有它的装点,就有了欣欣向荣的景象。

此刻,我的目光久久地停留在这盆花上。观之越久,越喜欢。姿色丰艳的花儿,多像一群扎着各色头巾的乡下姑娘,心底明媚,骨子里透着野性与奔放的美。"雅而愈见其朴,俗而愈见其真。"它们向阳而开,越晒越艳。

太阳花真不怕晒。有这么个传说,上古时期,后羿能制作弓箭,且善射。"尧之时,十日并出,焦禾稼,杀草木,而民无所食",羿奉尧命,需射掉危害人类的十个太阳。可最终，羿只射下了九日，其中一日躲在太阳花下幸存下来。为了报答救命之恩，太阳对太阳花网开一面。无论多热多毒的太阳，太阳花都越晒越旺。

这太阳花还有个俗名叫"死不了"。可也不是这样。去年我去西藏二十多天，马齿苋趁我不在家，迅速地开了花，结了果。待我回家，它已蔫蔫的，没了精神。不几天，一命呜呼了。看来"死不了"，是指它的精神和生命力，终究也逃不过草本的命吧。

从记忆里走出，目光再次投向太阳花。此刻，满盆的花儿，顶着烈日，齐刷刷地开着，开得绚烂炽烈，开得如锦似绣，开得情浓意浓。

别样红

荻花秋　红草红

早先对天长的印象,大致只来自朋友苏北的文章。这个天长人,因崇拜一河之隔的高邮汪曾祺,而取笔名苏北。秋日,跟随"爱在深秋,情系天长"安徽省作家文旅团走进天长。途中,同行者温馨提示,在苏北的家乡,该叫他真名。说实话,我们只熟悉"苏北",而陌生"陈立新"。一不留神就"苏北、苏北"地叫,自然改不了口。

临行前看行程安排有参观红草湖湿地公园一项,欣欣然。想自己曾千里驱车行走川藏去稻城,只为一睹蓝天白云之下连绵的红草滩。家门口的天长也有红草湖?

秋风细雨微凉,一踏进雕梁画栋的游船,暖暖的气息就扑面而来。席坐,喝茶,吃着小吃,自是平和、喜悦。一程山水一路秋色,水面上漾起的阵阵笑声,也成了一种风景。人似画中游,皆兴味盎然。抬眼山静云闲,真是应了苏东坡的"远山长,云山乱,晓山青"。近观则有"风雨寂历芦荻秋,梧叶落尽斜阳洲"的意味。两岸绵延湿地,充满秋天的况味。忽忽地,内心的辽远无端升起。天长——诗意而美好的名字,我不由得认真打量起窗外随波逶迤的小城。

一条河穿城而过,于一座城市来说,真是无限的福祉。《道德经》有言:上善若水。人们骨子里都有趋水性。按照作家许辉的通俗说法,那叫人人都爱在水边。"风水之法,得水为上。"唐朝的玄宗皇帝,择这样一块寓意"千秋福地,地久天长"的风水宝地,相许天长,相许幸福,真是吉祥而美好。

下了游船,走上鸿运桥。步行于栈道廊桥上,看四周旷野,一丛丛,一簇簇,丛丛簇簇,纷扬着一种火红色的长茅草。它们于微风细雨中,婆婆起舞,摇曳生姿。一行人正待辨认是芦苇还是荻花,陪同的路老师已笑吟吟地揭示答案——这就是红草。

这是红草?怎么看都是荻花呀。

是的。荻花是它的学名,我们这儿几代人都叫它红草。

真是"橘生淮南则为橘,生于淮北则为枳"吗?脑海里的红草应该是稻城的红草,是水蓼类的红草。而这里,红草居然是火红禾秆的草本荻花。

荻花就是红草。看来红草学名叫什么,天长人可不管,反正世世代代就这叫下来了。如同我们习惯叫陈立新为苏北一样,想改过来也不那么容易。

红草可打红草帘子,可做烧火的柴薪。饥荒年代,红草惠泽过这一方百姓,这是毋庸置疑的。据说有关部门在打造湿地公园前,曾拟将红草正名为荭草,但当地一帮文人,硬是据理力争,郑重地捍卫并因袭了祖辈的习惯叫法。如今,诗意美好的红草湖,已扩为湿地公园,"红草湖湿地公园"几个大字,已深深地刻印在一块标志性的巨石上。这里集观光、休闲、健身、娱乐于一体,已成为幸福天长的生态园区,深得民心。

虽然我一时三刻还无法将荻花和红草完全等同,可在我的字典里,它们都是美好的词汇。

"浔阳江头夜送客,枫叶荻花秋瑟瑟。"枫叶、荻花,作为秋季风物的代表,似乎是文人骚客悲秋伤怀的标配植物,多半承载着文人浪漫的情怀。白居易在《琵琶行》的开端描绘了浔阳江头的秋日景象。宋人刘过,更是化用了此诗中的句子而写道:"莫鼓琵琶江上曲,怕荻花枫叶俱凄怨。"唐人刘禹锡在《西塞山怀古》中也慨叹:"今逢四海为家日,故垒萧萧芦荻秋。"

芦荻秋,红草红。小文人如我,对荻花也一直喜欢。喜欢它的纤纤素白,也喜欢它随风飘舞的洒脱和浪漫,它的气质里似乎藏有一种淡淡的乡愁。几年前去老家含山,特意在水乡运漕河边采得一大捧荻花带回,插在一个大口的青花瓷瓶中,摆放在客厅的一隅,每日可见。有客至,总说:"不错,很文艺。"可于我来说,许也掺杂着思乡的情结吧。

一路走,一路行,在旷野,在水湄,那大片大片的红草,红光晃漾,散发出野艳旺盛的生命力。它们挤挤挨挨地簇拥着洁白的荻花,苍苍茫茫,在秋风中,顾盼、摇曳。

生活在钢筋水泥的城市中的人,对于湿地的感知是比较少的。这连绵又连绵的红草湖湿地,一如城市的肺,滋养着这一方水土。如今这里既有野性四溢的红草原生态地匍匐生长,又见亭台楼阁、栈道廊桥架构,多元立体。移步换景,但见风荷翠竹,曲池婉转。微雨蒙蒙中,五颜六色的叶片在旧色旧香间晃漾不已,越发鲜亮、斑斓。

如果说红草滩的风景有如油画般绚丽,而当我蓦然回眸时,看茫茫的江面,唯一叶舟,渐行渐远,那种斜风、细雨、轻烟,湖上画舫,雕栏镂窗,蕴含着"烟笼寒水月笼沙"的淡墨意境,则极尽缠绵,极尽婉约。想自己习画几年,虽多次描摹过文人山水,不过触及皮毛。那种山水浩渺、水草丛生的意境,以及人在山水间的凛然与飘逸的气概,一如眼前氤氲的湖中景致一般,怕是终难用笔墨和词汇去表达。

"老师们,都过来拍合影啦!"陪同老师的声音打断我缥缈的遐想。一路上,常听他们自谦:天长是小地方,没有大风景,可每每也掩饰不住"一条大河波浪宽……我家就在岸上住"的自豪。

写这篇文章时,查阅到天长的钱玉亮老师写下许多关于红草与红草湖的文字。《红草湖之恋》中,他这样写道:家乡的红草,说普通也不普通。普通,是因为说到底,它毕竟还是一种草,世上怕没有比草再贱的东西了,有什么稀罕?不普通,是因为它曾惠泽过几代人。如今,凡过了不惑之年的家乡人,对红草都是有着很深情结的,只要提到红草湖和红草,就会心血来潮,涌起一种思念之情。这种思念,既浪漫而又伤感,既温馨而又凄美。

如此说来,那荻花是不一般的荻花,这红草也不简单为一种草了。

婆婆纳也有春天

进大院，左拐不过十来步就是办公楼。抬脚经过绿化带边沿，呀，婆婆纳开花了。

前年早春去郊外，植物达人程老师教我们认识路边花草，我才知道它的名字。后来教学生识此花，学生也一下子喜欢上这名字。婆婆纳，多有意思。好笑的是闺密雅君，当时记得花名，过不多久，就问，这花是叫奶奶纳吧？我无语。再几天，她又打电话问，那淡蓝色花叫啥？奶奶纳还是外婆纳？

校园后操场上到处都是这不起眼的小花。每周五下午第二节课，是孩子们最喜爱的室外自然课。这节课，我基本就是"放羊"的，任由他们在操场边、大树下、跑道上寻找和发现。尽管是熟悉的校园，可一旦孩子毫无拘束地徜徉在室外自然，他们眼里的世界，样样都笼罩着神奇的色彩，这种新鲜敏锐的感觉培养，就成为课后表达写作欲的萌芽。在随后的分享课中，你有什么新发现？有你认识和不认识的花草吗？让孩子们关注身边的自然，草木山水的灵性，会让孩子们的内心变得干净柔软。自然课堂本身就是美育，我一直这么认为。

婆婆纳似乎是随意生长的。田埂上、空地里、山坡下、旮旯里，它对生长的环境要求不高。它匍匐于地，很容易蔓延。它可不像一枝黄花那般，去招摇侵占，制造过敏源，自然不会带来什么危害。不开花的时候，谁又会去注意它呢？就是开花了，也少有人会在意它。

草坪上这丛婆婆纳，此时正开着花。它真不起眼。匆匆走过的人，根本看不见它。只有我,在这个洒满阳光的清晨,与它相遇。婆婆纳的花是蓝色的,仔细观察,花瓣四片相对而生,花蕊白色,长短不一,单层花瓣,小巧而美。我用大光圈对着这一丛小花拍了又拍。有同事经过,伸头看:"做什么呢?"我说:"拍花呀。""哪里有花?哦,这么小的花,有什么拍头?"

瞧,这小可怜,太容易被人忽视。匆匆看不见,无心看不见。我心里倒起了一丝怜悯,可它似乎不在意,依然静立灿然,呈现自己的小美和色彩。

想起后操场的婆婆纳,每年总成片成片地开。当数以百计千计的花朵汇聚在一起的时候,就有了一种气势,那也是一种无法抵挡的力量吧。万紫千红里,这小巧的花,也在奉献着自己的一种美。孩子们,尤其是小女生们喜欢这种花,或许,它的名字,会让她们想起婆婆的温暖和爱。

"群芳争艳,唯我独处",每一个微小生命都有着自己的安静与淡泊。如同班里那毫不起眼的孩子,不爱举手发言,成绩平平,可他(她)或许爱做手工,或许会打某种球,或许乐于助人。他(她)身上一定有着自己的闪光点。婆婆纳也如此,它虽不比桃花艳丽、蜡梅香幽,却也如寂寞山谷里的野百合一般,清新脱俗,在自己的一片领地,守候着一段属于自己的时光,带着它的春天的和煦和力量,和一切的新绿,还有那星星点点的淡蓝色光彩。

请给蔷薇让条道

好长一段时间,上班路上,我都心焦。

这条清香四溢的路,我已走了十多年。看看麦田,看看树,拍拍花,听听鸟鸣,不长不短的一条路,每天四趟。于我,是锻炼,也是享受。

最近,我被那一路的"城市垃圾"搅得心堵。更心焦的是,春风渐暖,路边的蔷薇花,就要开了,这一路胡乱堆放着几百辆破烂不堪的共享单车,整个一条即将开满鲜花的人行道,活生生成了垃圾场。

一天,两天……天天经过。有增无减的车,横七竖八,歪歪倒倒。

犹记去年春三月,一路走,一路花香拂衣。那些花扑簌簌的,一朵朵一挂挂,一嘟噜一嘟噜,挤着挨着,自墙内开出墙外,开得如火如荼,开得恣意烂漫。它们争相绽放笑脸,接受每一个过路人的检阅。一路走过,你仿若置身静雅的小道,红粉明艳的蔷薇,婉转清扬,微风过处,向你会心一笑,在你眼里温柔着,旖旎着。

没有人能经得住花的诱惑。蒋勋先生在课堂上大谈美学,当他渐入佳境时,却发觉班上一些同学目光游离,大都投向窗外。待蒋先生观察才知,原来是窗外一树树花开,千娇百媚。自而先生得出结论:最好的美学,不是来自课本知识的传授,而是自然界里最生动的绽放。

三月,一茬茬花开,最先亮相的是迎春,接着辛夷报春,美人梅含笑……真是你方唱罢我登场。眼见蔷薇花期已到,可路边这一堆车,占据了整个花径长廊,挡住了花的藤蔓延伸,压住了花的枝条,甚至堵住丛丛蔷薇,束缚了枝叶的蔓延。打眼看去，不堪入目，心底无端地起了怜惜，为这些残破的车，更为那一树树花。

那天，一路数过，前前后后，有三百多辆单车，尤以缺胳膊少腿的小黄车为多。

原本是便民的一项措施，因商家为利益所驱而接连无计划地争相推向市场而导致过剩，最终成了垃圾，污染了城市的环境。

我得发出点声音，看是否有人来管理一下这条道路，对花负责，为花让出一条道来。于是拍了几张现场图，又找出去年蔷薇花开正艳的几张图片做对比。在单位同事群和朋友圈里发了"说说"。想到这墙内鲜花墙外开，墙外这一带原本不属于单位物业管辖范畴，因而对群里负责物业的人好半天没出来说话，也就不以为怪。

同事群里有感慨的：怎么会这样？太影响环境市容了。大多数人则缄默。也是，这小事，值得一提吗？朋友圈里倒有不少出主意的：必须拨打市长热线，应该投诉城管……

下午拨打了12345，接线员很热心，我婉转地表达了意见和建议，希望有关部门能对一架蔷薇花负责，毕竟，它们就要开了。

挂了电话，忽然想，那接线员不会认为我脑子不好吧？

第二日上班，见那一堆堆杂物，依旧和花们对峙着，心里又是一紧，自顾自叹一声，走开。

傍晚在健身房游泳结束，看手机微信有人@我：我们物业去现场查看，虽不是我们服务范围，但确实这些单车停此太久太多，也造成环卫工人清扫困难，影响美观。近日，我们将安排人员将单车移走，卫生状况将得以改善。

第二天一大早，站在办公大楼的五楼上，居高临下，看马路边物业工作人员正手提肩扛地将一辆辆单车挪至一辆车上，一趟趟运走。全部搬完后，又留下几位，将整条道路进行彻底的清扫。中午下班经过，看到一条通达的小道，干干净净。绿蔷薇织就的篱笆墙，茵茵地散发着清香。一种久违了的曼妙心情，油然而生。

蔷薇蔷薇处处开,
青春青春处处在,
挡不住的春风吹进胸怀,
蔷薇蔷薇处处开。
……

下午,接到了市民热线的回访。放下电话,心里涌起莫名的感动。

一个关心花开的城市,一个会为花让路的城市,仁慈而又美好。

记得去年,当地晚报有大幅版面报道郊外万株桃花即将开放的消息。当我一字一句读着新闻,脑海就浮现那醉霞绯云般盛开的大片桃花,心里,也似开出一朵一朵的花来。

这个世界太大了,人们关心的东西太多。不再是劈柴喂马,只关心粮食和蔬菜。金钱、职称、爱恨、生死,世俗种种,占满了我们人生的"版面"。如果人们的内心能开辟一块版面,时不时地与一本书,一首诗,一朵花,静处一段时光,或者坚守内心某些喜悦的执念,去关注细小的美与好,我们的嘴角就多了笑意,有了花香。

此刻,一路经过洁净的道路,看一条青色的长廊焕发勃勃生机。青墙那端,是我日日工作的科研院所,灰底色的楼体,大红色块的门楼,蔷薇开时,隔墙看过去,那红粉朵朵,倒像是为这栋主体楼佩戴的一枚枚熠熠生辉的勋章。

想到此后的一段时日,能与这一架蔷薇,倾心相遇,工作闲暇能推开一扇窗,看一院花开,我的心就直往柔软里去。

"静待花开。这一方舞台就交给你们了。"我对着一架蔷薇默默地说。

别样红

认　养

搬到现在这个家,最大的好处是有3个阳台。我最喜欢西边的观景阳台,宽大,采光好。阳台除了摆了一圈的花草,还摆放着一对藤椅,很休闲。只要在家,很多的时候,我都习惯坐在藤椅上,喝茶、翻书、发呆,周围有一群花花草草,它们安静地陪伴我消磨时光。

在阳台上,翻闲书,看闲花,真是快慰的事。就如现在,在这个洒满阳光的午后,我看到白色瓷盆里的兰草,在阳光里绿得那么新鲜,仔细打量,都能看到它每个叶片上透出清晰的肌理,这生命的色彩,让我忽生无限感慨。

这个季节,花少草多。白掌(一帆风顺)开了好几个月,谢了。叶子挤挤挨挨的,该换盆了吧。这花特好养呢,给它一点水喝,它就自顾自的,绿着或开着花。儿子房间里,一盆水培的,放在小圆桌上,好久了,依然绿绿的,精神得很。

还有一大一小两盆文竹。我是极喜文竹的,总觉得它有竹的气节,又有松的俊秀,尤其那层层叠叠、轻轻柔柔的绿叶,似绿云缥缈,令人心仪。案头置文竹一盆,就有了文人的品性。好像很多年了,我都坚持养文竹,虽然我最多只能算小文人而已。文竹喜阴,浇水后,搬至阳台晾干再搬回。它有时也娇气,一不留神,水给多或少了,或光照太强了,它就拉黄着脸给你看。去西藏前一再叮嘱先生记得给花浇水。可回来一看,整整死了三盆,可把我心疼得。那文竹也是半死半活的模样,才知它根本就没被搬回书房,一直在阳台暴晒,叶子枯黄得点把火就着了。幸好,秆子还透着丝青绿。回来一顿修剪抢救,最近几天它已渐渐恢复元气,泛青的秆子边,冒出了嫩绿的小叶来。

那棵发财树,这一季犹如十二三岁半大男孩子似的,猛地蹿高了,浑身上下洋溢着青春的气息。结结实实的树干如麻花似的交织在一起,叶片也宽大了。我可真不喜欢它的名字,特俗。问了"度娘",知其还是个"外国佬"。学名是 Pachira macrocarpa,用汉字注音,类似"帕彩拉马科罗咔吧",最早引进它的广东人,按前半部分谐音,"帕彩拉"读成了"发财啦",就这么叫开了。这棵树,是弟弟公司开业时别人送的,搬来我家几年,也不怎么长,现在忽然抽条,看来得换个大盆了。

白兰花今天开了七朵。这些天,早上起来的第一件事,就是跑来阳台上数花。一朵,两朵,三朵……找到藏在绿叶间的花,真是一件幸福的事。摘下三朵,再舍不得摘了,让它抱香枝头吧。这株花树是阳台上的老大,枝繁叶茂的,养了快十年了。记得那年我搬来不久,妈妈从楼下推三轮车的人那里,买来这盆花。老人家吭哧吭哧地把花搬上楼,还挨我一顿数落:"这么一大盆的,您怎么不叫人送啊?!买它干吗?占地方啊……"可妈妈不声不响。她弯着腰,培土、修剪、浇水,直到摆放满意才停下手脚。"你看,都有花骨朵了,几天就要开了,这花最香,最好看了。"老人家一脸兴奋,神叨叨地对我说。

妈妈是喜欢花的,尤其喜欢白兰花和栀子花。每见街边有卖,她总爱买上一朵两朵,用别针别在胸前。八十多岁的母亲,每天都将自己打理得青丝丝的。老人走的那一年,这棵花树也病了。前后只几天工夫,花还在开,叶子却一天天枯落。咨询会养花的同事,她说你赶紧拯救吧。于是洗根、喷药、换盆、换土,每天下班进家,都去阳台上看一看。大约半月,它活过来了。我一颗揪着的心,才算放心。

此刻,在白兰花的清芬里,我又一次想起往事,想起母亲。

去西藏转山转水近一月,回来看见北阳台上的两团山芋,发芽长叶了。真让我吓一跳。这原本买来给先生做稀饭用的山芋,居然被他忘得一干二净,那山芋顾不了那么多了,偷偷地伸展枝叶,像章鱼爪一样攀爬。好了,可

别样红

做盆景了。我把两根山芋放在养水仙的浅边瓷花盆里,直接灌满水,一天天地,看着它的藤蔓,顺着铁艺的花盆架,向下延伸。有客来,很奇怪地问,这是什么花呢?我笑而不语,猜吧。

马齿苋趁我不在家,迅速地开了花。城里人叫马齿苋的花为太阳花。花色丰艳的马齿苋,无比朴素,它不矫揉,犹如乡下姑娘,骨子里透着野性与奔放的美。以前妈妈用几只旧的铁脸盆,栽过各色的马齿苋花。夏天的院子里,花儿艳艳地开。马齿苋尤喜太阳,越晒开得越旺。早年在乡下,门前屋后到处都是。母亲挖来一篮子,倒在场上,用草木灰使劲揉,晒。可就这样,如遇一点水分,总有几棵直挺挺地活过来。马齿苋烧肉,是极好吃的。只那时,一年也吃不到几回肉。腌好的干菜,一般只搁点油盐,蒸熟后很下饭。

阳台的最东侧有一棵幸福树,还有一盆牡丹花。我不知道幸福树学名叫什么。如同发财树、一帆风顺一样,买花者大多看上的是其美好的寓意吧。此树是常绿植物,买回来也没操什么心,它只顾绿着,每一片叶子都很有质感。

儿子结婚那几天,家里满是喜庆。尤其那一盆开满花的牡丹,更是添色不少。我对牡丹是不陌生的,曾在无数的画展、画册和扇面中见过画家纤细入毫的描绘,也在无数诗歌里想象过它的美艳。家乡巢湖的银屏牡丹是出了名的奇景,我也只是遥看过它的丰姿。当家里摆着一盆活色生香,开着15朵粉嘟嘟大花的牡丹时,真叫人心潮荡漾。春末,牡丹谢了花红,再后来,我也不知如何去伺候,眼见着叶枯秆黄,就撂在一边,再不曾管它。待到春天,我居然发现枯黄的叶秆上抽出新绿来,不几天,那一片片绿叶犹如新生儿般脱胎入世,真是枯木逢春哪。

长寿花、仙人掌、石斛、宝石花、蕙兰、君子兰、芦荟、滴水观音、蟹爪兰……数了数,我的阳台上有36盆花花草草。这几天,因为脚扭伤,在家休息。我把负伤的脚架在另一只藤椅上,慵懒地在阳台上晒着秋阳。眼前,圆桌上一杯红茶、几本闲书。王国维的《人间词话》我是经常翻的,虽不大能背得几首,可读诗的过程,很是享受。

从午后的阳台看过去,远处有山,山上有云,云边有光彩。近处八楼之下,栾树枝头挂满红果,无患子的叶片也渐次黄了。几只不知名的鸟,从一棵树,跳到另一棵树,不停歇地忙活着。下午三点过后,那熟悉的二胡声飘来,不用想,又是对面楼下那位老人拉的,老人很有闲情呢,笛子、二胡都会。每次刚开始,我的脑海还能跟随着他的旋律节奏,可他拉着拉着一磕巴,我就按照自己熟悉的曲调跑在了他的前头。

时光流逝,一天又一天,浑然不觉。天很热的时候,盼着天凉下来。寒露过后,天凉了,又想着路边的树,即将删繁就简地凋零,眼前的花,有的也难捱冬天,可又有什么法子呢?

人生一世,草木一春。想想一切也都遵从自然吧,无所谓悲喜。看阳台上的花草,它们该开的时候就开,该落的时候就落。它们也教会了我们许多道理。

一片土地可以认养你,给你粮食和蔬菜,温饱你的生活。这一方阳台也似认养了我,给我阳光,给我绿荫,给我小草小花,给我蓝天白云。

而我每日亦给它以凝视,给它润泽与触摸,给它深情的注视和欣赏,这么看来,我们彼此认养,彼此陪伴。

别样红

我的后花园

去西藏近一月,躲过了炎热的夏,回来不几天,秋已至。这个傍晚,小风微凉,想着一定得去看看后花园。

久违了,我的后花园。

自东边入口,按照自己习惯的小道,朝里走。

雨后,青草更青。只那几株广玉兰,似乎板着脸,我久不来,它们好像生气了。倒是那一片竹林,依然摇曳着身姿欢迎着我的到来。向晚,酢浆草收了花苞,快快的没了精神,只待清晨的阳光再逗开它的笑脸吧。香樟树特别忠于职守,精神气十足地屹立在小道两边的坡上,一路接受我的注目礼。提示牌子上再一次写上:已撒下花草种,请勿践踏。我知道,那一定是二月兰和麦冬之类的草花。

雨后,红砖铺就的小道越发红艳,与路两边青青的小草,对比度尤其强烈。路边的垂丝海棠,满树缀着叶片,再不比春天一树花红,娇艳欲滴,一路缤纷着你的视线。一阵风过,幽幽的桂香飘来,极有穿透力的花香,提示着又是一年中秋到,秋意已渐浓。今年的桂花不比往年开得热烈,楼下小区满是桂花树,只几天就见不到花影。夜晚下楼,有微微的花香袭人,抬头看桂花树上,也少了桂花的身影,真是奇怪了。有朋友说,桂花能开二茬呢,那就等着吧。好在虽不见花影,一路走,也总见一两株、三四株桂树,流动着花香,心下里,也盈动着一路的美好。

西北边的休闲广场,有好几个老人,其中一个正在运动器械上做引体向上的动作，真不简单！他居然还可以用双臂支撑起整个身体，引来其他几个老人的喝彩。看他们的年纪，应该都在七十上下，我微笑地致意，走开。

每次踏上木板栈道，兴奋感随之而来。很享受脚踏木板的质感。随着年龄的增长，越来越喜欢木质的东西。栈道边，大滨菊幼苗已簇簇新艳，草丛里有唧唧虫鸣，清脆而嘹亮。是鲁迅笔下的"油蛉"，还是"叫天子"什么的，不得而知。每次走到这里，就想起春天花开遍野的盛景。那是怎样一派景象啊？那白色的花，扑簌簌、呼啦啦地全开了，林间和草坡一片素白，真让你惊艳到无语。每天早起，就想着我要去看花。朋友圈里的图片也是发了又发。一直以为此花叫雏菊，后看到花丛边插的牌子才知叫大滨菊。这名字不好听，我仍旧叫它雏菊。它让我想起一幅外国的油画：窗台上花瓶里插着素白色的雏菊，一位扎头巾、穿着围裙的少妇坐在桌前，面向窗外，目视远方。

湿地里的芦苇，齐刷刷地长满长高了，没有留白。倒没了先前的稀疏有致。园丁们好像也有同感吧，看木道的尽头，已经割下一捆捆，使木道显得朗润了一些。

在那一片组合花圃里，几株娇艳似火的虞美人绚丽夺目，独占花魁。此刻，风动、花摇，款款深情。抚摸这如缎似锦蝶般轻盈的花，想起为了爱情，宁愿赴死的虞姬，英雄与美人的史话气贯长虹。再往前，是成片的格桑花，依然如蝶般，盘旋于柔枝间，在微风里轻漾。在西藏，所有美好的花，都被称为格桑花。这个夏季，我看到了草原上望不到边的格桑花，那也是我此生看到的最美丽的景象。如今内地到处可见此花，人们习惯称其格桑花。

通往儿童乐园的小道上，木棉花也开了。想起去年花下，我穿上灰色的长裙，系着一条碎花的围巾，冲着木桐的镜头回眸一笑，那张定格的照片，被PS后，倒也年轻妩媚。

儿童乐园里只有几个大人和孩子，一个玩沙的孩子，装了满满一桶沙，还在用小铲子压着装着，非常专注。另一个孩子，推起了一个长城似的围坝；那个爷爷似的人，催了三遍："我们回家吧?!"可那孩子站起来，又蹲下去，央求着："我再玩一会儿吧。"想起儿子小时候在青岛沙滩上堆沙的情景。海水涌上来，退下去。沙堆不停地被冲刷，他不停地堆，毫不气馁。这一晃，都二十多年了，不由得轻叹。

东南方向的树林里，鸟鸣啾啾，听着听着，发觉声音不对。唧唧唧唧……啾啾啾啾……应该是两类鸟在吵架呢，它们吵得不可开交，想它们根本不会听我的劝解，于是只好走开，继续沿环道朝大草坪方向走去。

环形山坡，是公园的主景观。站在顶上可以360度观察合肥全景，若隐若现的大蜀山和浓绿翡翠的南淝河皆可收入眼底。节假日和傍晚人流最多，大都是附近居民，有健身散步的，有带孩子来放风筝，或是在草坪上搭帐篷休闲的。雨后的傍晚，少有游人，我倒像捡了大便宜似的，暗自开心。这一片天地，仿佛都属于我的。公园的设计、建设和管理都堪称一流，它早已融入我的生活之中，真成了我的后花园。

走过那宽大的草坪，感觉微微有点累了，我于是走到那绿色的长椅边坐下，想象如果这是木质的靠背长椅，该多好啊！等秋风起，我穿上那件米白色的长风衣，闲坐长椅，发发呆，听秋风唱歌，多美。

坐在长椅上，不一会儿，身后的篮球场上，运动的人多了。数了数，一共有12个篮板呢。看那个小伙，七投五不中的，却依然满怀兴致；对面的六个人，显然是分两队比赛呢，打得热火朝天的。

一阵轻风拂面，惬意而美好。虽已仲秋，草坪上的绿草依旧翠绿翠绿的喜人。草已经被割过一茬了吧，空气里弥漫着的青草味很好闻。大自然里，哪一种气息不是很好闻呢？水的气息，泥土的气息，风的气息。听，身后的白杨树哗哗作响；看，眼前的几株柳树，婆娑起舞，妖娆地舞动着枝条。风起时，几片黄色的叶片，随风而飘，落于我的脚下，弯弯的柳叶，恰似姑娘的眉。柳叶似眉，还是眉似柳叶？总之，都形象。

出公园门，再看一看那四个大字：庐州公园。不知道是谁的书写，楷体，大方，周正。

从家至公园，直线距离不过728步。自2014年至今，开放的公园，成了我心灵的栖息地，是我每日漫步的必须场所。时常走一圈，拍拍花草，发个朋友圈，称其为：我的后花园。有朋友戏笑：你家后花园真大。

白菜与玫瑰

左手白菜　右手玫瑰

早习字，依旧临《曹全碑》。

中午出门买菜。想起昨答应将《咱家三口三种生活》一书送与燕子校长，于是步行出门。她学校离我要去的菜市场很近，也算顺便。

路边紫色的玉兰花满树开着，是小朵的那种，很美的花型，开得姣好。每三五步就有一树花开，立马心生欢喜。树下有零落花瓣，一年老的环卫工人正用小扫把轻轻地扫着，走过时闻得一阵清香。走在我前面的一个男人，嘴里哼着歌，听出是《浪花里飞出欢乐的歌》。歌曲暴露出年龄，不用看脸，肯定是六十年代的人。前几日在哈尔滨，每经过松花江边，总会想起七十年代末的这首歌：松花江水波连波，浪花里飞出欢乐的歌……大清早唱这歌，看来心情不错。

来到燕子校长的校园，一些孩子在操场上追闹着。春天，孩子也在蓬勃地长着。现在，每看到学校，条件反射似的，就联想起自己的校园。自己的青春和理想都留在那里……二十多个春秋呢。行至传达室，将书丢与一保安模样的人，拜托他交给校长，折回去菜市场。

不过百多步，就是菜市场大门。路边一摆地摊的卖花妇人，正低头修剪着面前的花叶。那一大束插在玻璃瓶中的康乃馨红得耀眼。这花我常买，好伺候，能开好多天。一问价，已卖到两块五一枝，快三八节，涨价了。还价两块成交，买十枝又送一枝。看那盆单枝牡丹，橘红色复瓣的，层层包裹着，渐次开了，买下。又挑了一盆淡紫色雏菊和一小盆薄荷草，共付五十二块，

别样红

欢喜地拎走。去菜市场转了转,只买了两把青菜薹。左手拎着花,右手提着青菜,往回走。走着走着,就想起曾经看过一篇题为《左手白菜 右手玫瑰》的文章来。左手白菜,右手玫瑰,说白了就是不同的生活方式。白菜代表切切实实的烟火生活,玫瑰则代表看不见摸不着的精神层面的东西。生活需要柴米油盐,可也不能少了花香,文章的寓意自然是白菜与玫瑰皆不可或缺。

想到最近认识的几个朋友,朋友圈里天天晒自己种的花,显然,有花的心情,能不美好吗?

一路脚步轻快。回家后,撸起袖子,开始整理阳台。将新买来的花摆放好,将其他盆花也调整下位置,然后修叶、松土、浇水。阳台上养有三十多盆花草。还不错,这个冬天只枯死两盆。沉寂了几年,前天忽然发觉那盆兰草开了,藏在草叶间的花,香香的,心情妙不可言。白玉兰花树已经抽芽了,前天才从屋内搬出。每年最担心它熬不过冬天,这回放心了。这花是我妈买的,老人最喜玉兰花。在街上看提篮子卖的,她总会买一两朵别在胸前。如今,白玉兰每年都在开,这白如玉的花儿给我许多怀念和温暖。

中午炒了几碟鲜蔬,清淡而爽口。

下午茶时间,在阳台的藤椅上读《梭罗散文》。照例沏一壶浓酽的绿茶,窗外的阳光透过来,煦煦的、暖暖的。

三点出门去看油画展。读画时还是找不到看国画展时内心的震撼和愉悦,看来还是国画合乎口味。匆匆半小时,就出了展馆。

路过新开清溪小镇农贸花市,进几家花店转悠。一路养眼悦心。为家里的两个空盆找到了合适的花主。卖花人似乎都有好心情,和他们攀谈,了解一些花的栽培方法和习性,总有收获。花市里有家兰花专卖店,各种兰,香型不一,有热烈的、有含蓄的、有浓烈的、有淡雅清新的。花店店主穿着旗袍式的长裙呢装,说话也温温柔柔的。逗留片刻,选了几株墨兰,店主帮着栽至紫砂花盆,果然雅致。看来这花亦如画,讲究"三分画七分裱",我美滋滋地提着花,往回走。

五点许,约了木桐去家门口公园散步。

一个静静的冬天过去了,年后第一次踏进这春天的森林公园。

傍晚的天空碧蓝通透。一路有白的、紫的玉兰,枝枝向上,开得恰到好处。木桐说,那些花儿插上电就能发光,好贴切的比喻。两人边说边笑,绕着步道向西漫步。太阳光照在路边开始返青的草坡上,那些探出脑袋的青草,娇嫩嫩的,像是才睡醒的婴儿,打个哈欠,伸展着身体。一路上,我机警地探寻着春天的迹象,目光从一棵花树跳到另一棵花树,从一处坡地跳到另一处高地,竹林、小道、山坡、低凹的沼泽地,所有的一切都静静地沐浴在春光里,连同那些行走在公园里的大人和玩耍的孩子。一路上聆听着一些不知名的鸟儿偶尔的鸣叫,也看到几只即将暮归的小鸟从一个枝头跳到另一个枝头,盘旋着,发出呼唤的啼叫。

一路的草香花香,肺腑里都是芬芳。

走完一圈,看了看手机里健康步数:13265,这一天的运动量也够了。天色将暮,晚风微凉,出公园,和木桐各自归家。

夜晚,拧开音响,让巫娜的古琴在耳际回旋,灯下翻几页书。

淡淡如水又一天。想想这一日,白菜生活玫瑰心,《月亮与六便士》也是皆不可少。

提着竹篮上菜场

临近中午出门,照例提着竹篮去买菜。

我已习惯每次去菜市场别人投来的异样目光,久违的竹篮,现在提着它买菜倒成了稀奇。尽管超市里塑料袋已经收费,可谁又在乎那两三毛钱呢?菜场的个体户依然免费提供各类塑料袋,大多数人也都习惯用塑料袋买菜的方式,一来轻便自在,二来塑料袋回家还可重复利用装垃圾。

这个篮子是去年清明回肥东扫墓,途经长临河镇买的。当时见街面一户人家,门前坐着正做竹编的老人,和她攀谈几句,老人已八十多岁的年纪,子女外出打工,她看着家,顺带做些竹编的活。于是挑了这只长竹篮,又给同行的大姐和小妹各买了一个可装钱包钥匙的工艺小篮。姐姐还想还价,我已递上了钱。上车时,姐姐轻叹一口气说:"看老人,你又同情心大发,想到妈妈了吧?"我面向窗外,沉默未语。

菜市场门前,又见那位大爷。今天他撑起一把笨重的黑布雨伞守在自己的摊前。每次总在他那买鲜蔬。蹲下,看了看,也没啥菜是自己需要的,还是挑了一把蒜薹,希望他早卖完回家歇歇。

菜市场充满着烟火的气息。吆喝声、说笑声、剁骨头的刀板声,不绝于耳。转一圈,西红柿、洋葱、辣椒、黄瓜,篮子快放满了。每次,卖主们总习惯将菜用塑料袋包好递给我,而我总把袋子退回,或者直接将篮子递过去装。一些人对我的举动报以微笑和感激。

提篮小买,左顾右盼,优哉游哉。往回走的路上,听到路边的菜摊上有人议论:拎竹篮也好时尚呢。回头看看,微笑着走开。边走边低头打量一下自己:上身是玫红色的绣花衣,下着黑色阔腿裤,脚下一双黑底花布鞋,全然一副民族风装束。脑子里忽然冒出几年前的一则图片新闻,舞蹈家杨丽萍身着一袭蓝布长衫,提着一个长竹篮参加昆明法拉利展厅的庆典活动。那天她手中挎着的菜篮子,真是颠覆了人们心中所有时尚的概念,惊艳全场,秒杀一切大牌。这种原生态的"包",盖过了那些明星场上任何名包,也真是应了:越是民族的,就越是世界的。据说后来网上都可淘到杨丽萍同款菜篮子,回家百度一下,还真有卖的。看来自己一不留神,也时尚了一回。

在环保新概念下,提篮子买菜,也是于人于己都有益的事。

春天,几个朋友相约一起去徽州看油菜花。在半山腰上见有新鲜的竹笋卖,那些刚挖来的竹笋引得游客争相购买,才两块钱一斤呢,我们自然也忍不住地买。硕大的竹笋,既沉重又占体积。还是木槿姐姐聪明,她见旁边有一卖竹篮子的,索性买了一个长竹篮。这结实的篮子可帮了大忙,正好将我们所买的竹笋及一些土特产全都装了进去。

小时候家里有好多竹篮。有大挎篮,有长竹篮,有团竹篮,还有竹筛子、竹匾子、竹簸箕之类的。现在每看到竹器店,就忍不住走进去,看看、问问、摸摸,这些竹编的家什,似乎总能勾起恋旧的情怀。

记忆中母亲在后院种了各种蔬菜。初夏时节,常见她拎起长竹篮,去地里摘回一篮子的豆角、茄子、辣椒什么的,将菜摘好后,她又从屋梁的吊钩上托下淘米篮子,量上一升半的米,然后左手拎着菜篮,右手挽着淘米篮,下村前的大塘里淘米洗菜。

回到城里用上自来水后,老竹篮就不再用了。在城里拎篮子买菜,似乎很土,会被人笑话。那些竹篮一度被废弃在屋角,后来陆续扔掉了。城里人早先还用包装带编的篮子买菜,再后来也不见了。尽管,越来越多的人倡议保护环境,减少污染,不用对人体有害又难以降解的塑料袋,但市场上,塑料袋依然充斥不绝,那种提倡用环保袋、布袋的建议,除了给超市提供了正当的收费依据外,收效甚微。

别样红

　　一路往家走,我的思绪仿佛连接到年少时光。那时,我们摘皂角洗头;用葫芦做水瓢;用丝瓜瓤洗碗;用荷叶包食物,将牛粪搓圆摊扁贴墙,晒干了烧火……那时,天空湛蓝,空气清新,山峦叠翠,河水潺潺……

　　拎个竹篮去买菜,一个人的力量是微薄的,但应该是有影响的,身体力行,从我做起。每天少用三五个塑料袋,一个月下来就少用了百来个,一年下来就少用千把个……一算,还真不少呢。

　　从明天起,继续穿棉布衬衣,提竹篮买菜。

路　　遇

扫地老人

搬来现在的家,步行到单位,只几分钟。每天来回四趟,一走就是十多年。

最近这一年,清晨,从小区门口出来,一踏上这条路,几乎总能遇见那位穿黄马甲扫地的老人。

老人70上下。个头高高的,该有1.75米吧。常年穿一身黄色环卫工的衣服,很醒目。这老人不同于其他的扫地工,他戴着白手套,身上的穿着,整齐、干净。

老人推一辆老式自行车,车上挂着黑色大垃圾袋。车头的篮子里总放着一只水杯,车后架上,别着一大一小两把扫把。

我对这条路怀有深情。路边的实验地四季分明地种植着油菜、麦子、山芋、黄豆。一年年,一茬茬。与农家自留地所不同的是,地里的这些庄稼总是插了各式标明品名的小牌子。每天,迎着朝阳,我走在这些属于作物研究所基地的地边,一路走,一路观察植物的生长。春天绚烂的油菜花、秋天金黄的麦地、路边铁丝网上爬满的牵牛花,都是我眼中的风景。一年年,四季走过。这条路,属于我。

这条路,也属于这个老人。他每天在人行道上,一点一点地清扫。纸屑、烟蒂、绿化带根底下的枯叶、试验地铁丝网边的杂物……大扫把,小扫把,轮换着清扫,集中堆放,装袋,再挂在自行车上,推着走到垃圾车旁,装车。做这些事时,他那么气定神闲,好似很享受。

有时,迎面遇见老人,正挥着扫把,嚓嚓嚓嚓……见我经过,停下。我走远,后面再响起:嚓嚓嚓嚓,嚓嚓嚓嚓……

想起村上春树的一段话:不管全世界所有人怎么说,我都认为自己的感受才是正确的。无论别人怎么看,我绝不打乱自己的节奏,喜欢的事自然可以坚持,不喜欢怎么也长久不了。

推车卖烧鸡的小伙子

中午下班,每当走到大院门前的十字路口,总见那小伙。通常远远地,就听到录音机里播放着一些流行歌曲的声音。

小伙长得帅。每见他,他都站在推车后面。推车上有改装的橱窗,里面挂着几只现烤的烧鸡。已近中午,少有人问津。他就和着自带的小音响一首接一首地吼:你是我的眼……死了都要爱……

有时候见他身边有个女孩,那女孩也只是陪着,并没什么事做。没人光顾,他俩就小打小闹。你挠我一下,我捏你一下。有一次,走在路对面,见他俩旁若无人地抱着、拥吻。

大约中午11:30,会有三两个人驻足摊前,买走一只或半只烧鸡。我买过几次,味道还不错,有椒盐和麻辣两种口味。

好久不见那个女孩子来,录音机里依旧放着歌,也再不见那小伙跟着大叫。大约两个月后,这条路上再不见那摊子。只是偶尔,走到路口,会想起。

想看绿皮火车的小孩

大院门口,遇见一小孩,孤孤单单,东张西望的。看年纪,不过七八岁。

谁家的孩子？职业使然吧，我走过去。见我过来，他快步靠近我，拉着我的衣角："阿姨，我想看火车。"

我仔细打量，看这孩子长得大头大脑，眼睛直愣愣的，棉衣扣子也扣斜了。直觉告诉我，这孩子有哪里不对劲。

"阿姨，哪里有火车？我想看火车。"

"你从哪里来？家里大人呢？"

他不回答，只一个劲拉住我："我想看火车。"

可巧，一列动车正从大院门前不过500米的铁路上呼啸而过，我指着那车："看，那就是火车。"

孩子怔怔地看着动车疾驰而过，好一会，又喃喃地说："这不是火车。火车是绿皮的。"

"是火车呀，火车有好多种呢。这白色的也是火车。你家在哪呢？该回家了。"

"我想看绿火车。"他松开我的衣角，转身独自朝大路走去。

想想不放心，三脚两步赶过去拉住孩子。这一会儿，乘坐单位交通车的人陆续来到大门口等班车。我从口袋里掏出十元钱递给小孩，叮嘱一位同事，带他乘车到市区后，交给岗亭的警察。

看着车远去。心，却放不下来。

别样红

鸟　窝

　　在一个日渐落的途中,行驶在高速路上。在我习惯性地面朝车窗外,面对广袤的大地做沉思状之际,那些鸟窝,不停地掠过我的视线。初秋,所有的树木删繁就简,这时,那树上的鸟窝,是那么醒目。它们像是山水画中的点苔,使画面立刻生动了许多,也像是那树的眼睛,让初冬的这些光杆树木都活了似的,精神得很。

　　这一路,居然有那么多的鸟窝。无论树大或小,那些鸟窝借助着几个枝杈,牢固地搭建在树上。一路掠过,我发觉,每树只一个鸟窝。我对于自己的发现,很是惊奇。是的,无论那树有多大,一棵树上,就一个鸟窝。看来鸟儿们也有各自的疆域与王道?

　　以前也不曾留意鸟窝。前几天下班,走在人行道上,听到鸟儿在头顶上叽叽叫。抬头,看见搭在电线杆架子上的鸟窝。好大的一个鸟窝!鸟们太聪明了,居然合理运用了这个电线杆上几根柱子的空隙,搭了一个至少"三室一厅"的大鸟巢。仔细观察,呀,耗材真不少。那是无数根枯柴和枯黄的杂草而围成的密密实实的窝。真想象不出,有多少鸟参与了此项声势浩大的工程。再看,居然看到了窝里有几只乳臭未干的小鸟,正探出脑袋,张大嘴巴,叽叽……叽叽……显然,它们是在盼望出外劳作的父母,带回新鲜的午餐。

　　真是一窝幸福的鸟。

　　想起那年学校书画展上,一年级一学生画的一幅画。画面的下端是几棵低矮的树根,树根上荡漾着一圈圈年轮。上端蓝色的天空上,几只小鸟扑闪着翅膀,眼下挂着几滴眼泪。画面上一行字:我们没有家了……这幅稚嫩的图画,直击人心。后来被评为低年级组一等奖。

校门口的院墙外有几棵大杨树,树上有一高一低、一大一小的两个鸟窝。春四月,杨花飞絮漫天,操场上雪白一地。请示有关部门,如何避免飞絮的危害,他们给出的建议是伐树。这不"因噎废食"吗?几个高年级的孩子担心,跑来校长室问:"树没了,那鸟窝咋办?没了家,小鸟好可怜了呀。"

孩子们的心多么柔软。

再后来,经周旋,绿化部门的人前来修枝剪叶,最终保留树枝和两个鸟窝,算是成全了那两家鸟们。

童年乡下草屋,屋梁上有一个燕子窝。那时的我特别喜欢小燕子的呢喃声。不过燕子有时也招人烦,尤其那粪便,常落到桌上,落到衣服上,甚至头发上。到冬天,燕子飞去,家里又倍觉冷清。直到春天,旧燕归巢,家人又像迎接客人般,多了喜悦。

合肥北郊有个白鹭岛,那儿依山傍水,自然环境好。山上白鹭飞翔,林中鸟巢无数。那一日傍晚,行走在开满鲜花的山道,看行行白鹭归林,鸟鸣啾啾,驻足聆听,宛如亲临一场盛大的露天交响音乐会,那种自然天籁的美妙,让我目瞪口呆,傻傻的,半天挪不开脚步。

别样红

校园清静了。鸟儿就多了。

我所在的学校停办后,学生越来越少。到现在,只剩下最后一个班级32个学生和5个老师。偌大的校园,空落落的。上课时,后操场背后的树林间,鸟鸣不绝。有清脆清亮的,也有沙哑浑厚些的。

除了麻雀,灰喜鹊是常客。校园里最多的就是灰喜鹊。它们喜欢在前操场一溜排松树上停歇。据说,它们喜欢吃松毛虫,不过松树是不适合搭窝的。喜鹊登高枝,后操场水杉的树尖上,是它们练杂技的最好场所。

苦哇鸟也多了起来。后操场的树林间,有只苦哇鸟,每天"苦哇苦哇"地叫,让人瘆得慌。有老师发现,林子间有它的窝,建议去把鸟窝端掉。还是不要吧,我制止。

跟学生说苦哇鸟的故事:很久很久之前,古国有一位母亲中年丧夫,含辛茹苦地将儿子抚养成人,为儿子娶妻成家。儿子从军,不幸战死沙场。母亲痛不欲生,哭瞎双眼后,又遭恶毒的儿媳迫害。被迫自尽的她死不瞑目。在前往阎罗殿的路上不停地悲啼:"苦哇!苦哇!"以控诉儿媳非人的虐待行径。

故事说完,班里一片唏嘘。后排左边小女生董同学,脸上挂着两行清泪。

人字瀑下闲读

从将军岩景区走出去,便是一片开阔地。

一条大路朝天。左边是一条溪流,终日潺潺淙淙,流经大山村。右边是停车场,沿马路这端是一条供游人休憩的长凉亭。村民们一溜排在这里摆摊,卖着自家产的富硒茶、笋干、木耳、土豆、花生之类的土特产。半上午,少见游人来此,他们也不着急,三三两两地聊天静候。

往前,经几块水田,就步入一条不易被注意的羊肠小道,这里通往大山村的另一个景点:人字瀑。

我喜欢这条小路,两边林木密密匝匝,遮荫蔽日,曲径通幽。

一路溪水欢唱,鸟鸣不绝。这自然的交响里,尤以知了的嘶鸣最突出。真是执着的家伙,总以为自己的声音最美妙,却不知自己总在和着不和谐的交响。老王家屋后山林里,这不间歇的声音从早到晚,充盈于耳。每次来小住,由不习惯到习惯,它总唤起我小时生活在乡下的种种回忆。

穿过山谷低洼处,再往前,就是目的地。自将军岩奔流而来的溪水在这里汇集成一泓深潭。水面上,见一个赤膊上身的男子,正蹲在幺子棚里拉网捕鱼。我大声地问:"师傅,捕到鱼了吗?"

"野生石斑鱼,不多吧。"

他抬头看我一眼,继续忙着。

想起往年来大山村度假,村边神龙谷那一带,潭水清亮,总有三两游人悠然自得地垂钓这种石斑鱼。鱼翔水底,清晰可见,却难上钩。可有什么关

别样红

系呢,钓的是心情。

村口沧澜桥,是大山村的眼。大热的中午,这里游人扎堆。桥上"一桥"人,真是一桥,这头到那头,桥两端的"美人靠"上坐满了纳凉、看风景、闲聊的人,几乎全是南腔北调的外地人。桥下,汩汩的溪水,哗啦啦流着。戏水、捉鱼、打水漂的,个个活泛得很。更有悠闲者,几人搬小桌凳坐在溪里打牌,真是惬意。我也曾几次携一本小书,装模作样地坐在溪边翻书,享受脚下水流的清凉,美妙无比。

大山村,也正因为这一条溪流,才引来八方游客,使得大山村"活了""火了"。今年溪水少而浑浊。现在村里到处在扩建和改造,原本安静的村子,再也回不到从前。

读书该另辟蹊径了。

"泉遇岩则为瀑"。人字瀑,是一条自山顶倾泻下来的瀑布,至半山腰遇山岩而分开的两泓激流,形似"人"字。瀑布下,有一不大的深潭,周围一小木桥,桥下的溪潭边有无数石块,可供人休憩,水里也可淘出打磨得异常光滑的各色石子。

人字瀑这一处景点,隐藏在山凹僻静处,少有游人来此。每年来山村休假,我喜欢独步至此,读读书,发发呆。

在我的阅读经验里,读书也是分时间和场景的,不同的场景适合读不同的书。

有些书适合灯下夜读,有些书适合旅途中读,而有些书,适合在自然环境中读。比如,春夏晨间散步公园,如揣上黄裳或董桥的书,择花草间一长椅,读那些清丽温和的词句,读那些怪癖精准的词汇,尤其读得深透。有时读着读着,就读得满舌生津,满口余香。

有些书是适合冬天读的。偎在我那不足十平的小书房沙发上,读《小窗幽记》,读《围炉夜话》,那些佳句娓娓道出琐碎的生活哲理,平淡而优美。身边的暖气片温温的发热,不一会,整个人也一点一点地沉进书里。世界这般安宁,浊浊红尘里的种种烦闷,会不自觉地升华为对生活、对生命的一种洞然。

夏天的清晨,适合读汪曾祺。夏天的早晨真舒服,空气很凉爽,草上还挂着露水,写大字一张,读古文一篇。

我最好的阅读感受是在人字瀑下读《红楼梦》。

人字瀑下,潭水清澈透底。那段日子,每天上午,我独自悠然地踱步至瀑下潭边,赤脚入水,寻一平整石块,入坐。脚下溪流浸润,整个人便神清气爽。抬头,可见山顶上一道瀑布,一撇一捺交汇分开成"人"字,飞流而下,飘萧爽气,水流翠影。环顾四周,幽幽山谷,仅一瀑、一泉、一书、一人,倒有一种独与天地精神往来之逍遥。

此时,捧出《红楼》一卷,最可入味细读。《红楼》断断续续读过几遍,年少时涉世未深,只追求宝黛爱情情节;青年时读到心头凄苦,心情沉郁,难以平复。现在重读,有很多过去被我忽视的细节,也能读出种种睿思,色色深情。关于《红楼》,不一样的年龄总会读出不一样的感受。也因为这部书,是唯一一部读不完又永远可读的书的缘故吧。

读几页,释卷。看被树叶切碎的光亮,明晃晃地投射在一泓潭水中,看被瀑布打湿的鲜亮亮的山石树藤。俄尔,那瀑布飞沫溅湿头发,脸颊也微微似是喷了补水的化妆品,唇齿间也被水雾滋润得甘甜如饴。

时隔一年,再一次走向人字瀑,很想再体验这种阅读的美好。

临近人字瀑,耳际忽闻古乐悠悠,莫非景点处新装了低音环绕音箱?寻声走近,见泉下有一对偎依的情侣,静坐在溪边,在瀑前享受着音乐、泉水和安静的声音,他们的身边放有一款小音箱。

这一幅情景,我应该在一幅叫《且听风吟》的画里见过。此时,他们正阅读着大自然这本书,不是吗?

我放慢脚步,轻轻地走至木桥便折回。回来的路上心里有一股感动,随清泉流淌。

只待秋风起

那天随意地在QQ动态上挂上这样一句话：只待秋风起。有人跟着问：干什么？回答：穿长长的风衣。

其实这句话，是那天和木桐一起逛街，她买了一件厚而长的风衣时说的话。

天气还是一如既往，该热时热，该凉时又凉。

又是一年秋。自去年冬天母亲别我而去后，多了失落，少了牵挂。此后，寒来暑往，日子变得前所未有的单纯。不过内心里，过得比以往更细水静流。有些事情，当你跳出来看，就等于给自己松了绑，譬如工作，譬如情感，无不是这样。

秋深，思绪也深。

我的人生也已踏入秋的季节了吧？

这一季过后，我将跨过人生的又一个分水岭——知天命了。惊奇于自己居然更为关注一切美好的事物，爱蓝色的天空，爱身边的花草，爱家居里摆设的小物件，爱品茶焚香……一段时间又迷恋于购买新衣。每次新衣上身，还有着超乎寻常的欣喜与激动：原来这花了钱，买了新衣服，还能一如既往地给我带来好心情。

到一定的年龄，这穿衣就不能太随意，再不敢如年轻时那般，什么流行穿什么，价格低廉的也往身上"绑"。年初时，朋友推荐，按我的身材和气质，"例外"应该比较适合，很有文艺范。"国母"每每出访时，也穿这个牌子，而让这品牌一炮走红。当然，他们独特的设计、独有的染色、舒适的面料也确实是独树一帜。去试试吧。最后是花了两个多月的工资，买了一件半的衣服（一条裙子、一件长马甲），后来又接连买了几件于我来说价格不菲的衣服。就这样一面心疼一面得意着，自己的消费观似乎也随之提升了。

有朋友说，现在不穿等到何时呢？她退休后，一套睡衣就解决问题。诧异地问她："咋不讲究了？"她黯然摇头："退休了，穿给谁看啊？"

不知自己是否也有内在的恐慌，但坚定地告诫自己——退休后，有时间了，生活可不能太随意，在穿着上更该好好捯饬。

下班回家，见路边梧桐已黄绿参半，人行道上零散一地枯叶。风忽起，纷纷飘坠的金色落叶，如蝶般旋转飞舞。这画面，为秋日渲染了一幅斑斓的背景。想起西汉诗人刘彻的《秋风辞》：秋风起兮白云飞，草木黄落兮雁南归。短短两句，清远流丽。原本秋天就是一个牵人情愫的季节，无论悲秋或眷恋，这果实累累和色彩绚丽的季节，总让人感怀。即使是过了容易感伤的年龄，也不免慨叹：草木一秋，人生易老。

转念一想，老了又有什么关系呢？

80岁的塔沙·杜朵朴素优雅，在自己精心经营的庭院里过着属于一个人的田园生活。她从事着田园劳作、绘画、写作、沉思。倾听自然天籁，在四季的轮回中体验人生与艺术，在心灵的宁静中收获幸福和真知。在春花秋月间漫步、倾听鸟鸣。她给予我的人生启示是：懂得生活的乐趣，现在就是最好的时光。

每一天都要喜乐地活着。爱美，爱生活，让心灵富足。

想起一位女友说的那段话：安农大校园林荫道上的梧桐树好美，哪天我一定要穿一件好长、好长的风衣，披一肩长发，在秋风起舞、落叶遍地时，走在窸窣作响的叶片上，让摄影师为我拍一张美照。

又一个等待秋风的人。

修行的蛤蟆

双泉禅院,因有一双泉井而得名。

连续好几年暑假,来普陀山度假,我必定选择住在这里。

安静,自然是喜欢的理由之一。再就是,喜欢这里的素食。很奇怪,我也是喜欢大鱼大肉的人,可每次来普陀山,最长时住过近两周,一点不曾馋肉,每日吃素津津有味。

一大早,伴着鸟鸣,便是庙堂里早课的声音。那声音有一种奇妙的穿透力,在耳际回旋,闭上眼睛,有意无意间,就有入禅入定的感觉,直到"当当当,当当当"开饭的钟声敲响。

双泉禅院真是修行的好地方。四四方方的大院,古树参天。黄墙黛瓦,肃穆而幽深。

据传,禅院建成开光不久,有八方信士前来朝圣,因人多而乏水,众僧精进祈福,未久即于殿侧岩石下有双泉涌出。取一瓢饮,那泉清冽甘甜,众皆称奇,感叹观音菩萨显灵。后称此院为"双泉庵"。

禅院呈四合院形。正中朝南的便是毗卢遮那佛的佛堂,这里也是师父们每天打坐念经的场所。禅院的东西侧各有一排厢房,西侧是师父们休息生活的场所,而东侧便是用来接待向佛朝圣的人。几次来,我们都入住于东边厢房。房内陈设简单,墙上挂有禅院主持觉如师父书写的"禅"和"福"字。这样的字,挂在室内,有静气与禅意。也是通过习佛的闺密雅君,结识了觉如师父。前年暑期来此小住,师父邀我们去佛堂观摩法会。那天清晨,梵音佛乐香烟袅袅,觉如师父着一袭红色袈裟,清绝昂然。他双手合十,举步如莲,不疾不徐步入佛堂。他眉宇间的神色,眸中的宁静,清朗里透着淡淡的温雅,却有着如山如海一样深沉幽远的气势。后来再去他的书斋拜访,室内书香墨香,佛乐袅袅,才懂得笔墨、书卷、禅意、佛心,是那样完美地、恰到好处地融合在了一起,铸就了这样一个云淡风轻般的人。观其挥毫,那些禅味十足的字,有内功也有静气,甚是喜欢,欣然讨要了两幅带回珍藏。

厢屋外,是宁静清幽的院落。小园不大,却得田园小趣。"举目皆是景,驻立全是禅。"院墙上布满的青藤,细细地将灰白的围墙绕过一层又一层。几棵高大的古树枝繁叶茂,树下有碎石小径,道旁有几丛青草,绿意透人。墙角一丛修竹瘦竿临风,出门抬头便见几棵高大的香樟树,这个季节真是枝繁叶茂呀。树干上缠满了络石藤,那小小的柔茎和藤叶箍缠在老树身上。看其中一棵树腰上挂着一个字牌,上写"树龄300"字样,真是老树了。香樟树下是一簇簇杜鹃花,虽过了花期,你也能想象出,花开时艳艳的芳姿。

走不过七八步,见绿化带内有一个用几块石头围住的小水凼,里面两朵睡莲开得姣好,粉红色的那种。水很浅,睡莲的根须清晰可见。呀,我居然看到了一只蛤蟆,它安静地沉在浅浅的水里,一动不动。这是一只半大的蛤蟆,白肚皮、大嘴巴、黄绿色的。说实话,我一直不喜欢这种动物,小时就害怕它的样子。大人们说,蛤蟆背上的疙瘩有毒,小孩不可靠近,那毒汁如溅到手上,手上就会长癞癞猴。长大后,才知道蛤蟆的学名叫蟾蜍。它是庄稼的好朋友,能消灭害虫,还可做药材。城市里现在很少见了。

"是活的吧?"我蹲在水凼边观察良久。

"当然是活的了。"同伴们看来看去得出结论,这蛤蟆似乎对外界一点感知也没有,依旧一动不动。

"它是在念经修行吧?"不知谁说了声。

接下来几天,只要留意,总见这只蛤蟆在浅浅的水池里,最多只是挪动一下位置,依旧不离不弃地守候那不足四十公分见方的小天地,守候着那开放在禅院佛前的两朵莲。

别样红

想起许久前看过的一个故事：一只蜘蛛修行了千年，因常听佛祖布道，有了不少灵气，但始终没有修成正果，变化成人享受真正的爱情。千年之后，佛祖见她心诚，就对她进行考验。佛祖问，人生最大的痛苦是什么？她回答，人生最大的痛苦是得不到和已失去。如此，又过了一千年，佛祖继续问这个问题，她也依旧如此回答。三千年之后，当她投身人世，在得不到自己的爱情后，最终才发现，原来，那株默默地爱护支持她三千年的槐树，才是真正爱她的，而她却从没有在意。佛祖最后点化她，现在你可明白人生最大的痛苦是什么？蜘蛛想了想答道：人生最大的痛苦不是得不到和已失去，而是不知道珍惜眼前拥有的……

从故事中出来，想想，这只蛤蟆太有定力了，它一定是在修行，说不定也修行了几千年呢。

运漕早茶

一大早，姐姐在家人群里发图片——鲜绿的凉拌素菜，现炸的油条，热腾腾的五香鸡蛋。好诱人啊！

步行十二分钟左右，为的是赶去喝个早茶。

喝早茶，是老家含山一带沿袭至今的传统。

年幼记事，大年初一家家都要喝早茶。这早茶的标配是：凉拌素菜、五香鸡蛋和各种自制的米糖果。当然，如果消磨时间，再佐以瓜子、花生等坚果，这一上午围桌而坐的时光则更从容。如此，及至整个正月，几乎家家如此。迎来送往，世事情理，都在早茶悠然的时光里。不过孩子是坐不住的，几只五香蛋、几块糖果下肚，一溜烟就满村疯去了。

长大后，离开家乡走得远了。可去过的地方，都没有喝早茶的习惯。

喝茶，吃凉拌素菜，真是很受用。早上喝茶，吃素菜，也是很科学的吃法。每人泡上绿茶一杯，围桌而坐，呷几口茶，吃几筷素菜，便觉口舌生津，通体舒畅。一上午，人都精精神神。

这素菜的拌法比较讲究。洗一大把菠菜和香菜，烫八成熟，配以大蒜、胡萝卜、木耳、豆腐干（这豆干需质地坚挺，以陶厂镇的茶干为佳），加糖、盐、少许味精及生抽和白醋均匀拌好，满满装盘后，撒一把五香花生置中央，最后淋上麻油浸润。

一盘青红黑白绿的素菜，色香味都有了。

当然，也别忘配上适合的糖果点心和鸡蛋、春卷。

别样红

但凡美食，总与记忆是密不可分的。这样一道菜，常翻搅出许多儿时记忆。

在老家含山，不喝早茶，几乎就不叫过年。

年过完了，人们该忙的都去忙了。得闲之人，则喜欢自泡一杯茶，悠悠达达地去茶馆喝早茶。

当地喝早茶，茶为次，主要是吃早点。这早点中，尤以运漕早点最有名。

运漕是含山以南的千年古镇，有"水乡泽国"之称。运漕早茶的传统据说有百年之久。这种早茶作坊多年前就开到了县城。如今，县城有好几家运漕早茶店。每次我们回县城省亲，少不了的，早上常被请去早茶店喝茶。我们也是恋上这种喝茶方式，一家人自带茶杯，围桌而坐，自是惬意。

与春节期间家里的早茶意义全然不同。早茶馆里是以点心为主，茶为辅。点心多样，大致有锅贴饺、小笼包、炒面片、拌素菜、煮干丝等。

县城的几家早茶店，几乎每次都须排队，才能等到位子。店铺里人声鼎沸，市井气息弥漫，全然不同于茶社的安静。有如老舍先生笔下茶馆般欢腾热闹。更重要的，这里有熟悉的乡音和家乡的味道。

当然，要说最正宗的早茶，该是原产地运漕古镇。那一日，亲戚驱车约40公里，带我们前往运漕喝早茶。

"早上皮包水，晚上水包皮。"运漕人晚上泡澡，早上上茶馆的传统，据说从明清流传至今。难怪一大早的，途经数家茶馆，几乎都客满。

亲戚预订了一家正宗的茶馆。不到八点，茶馆大厅已座无虚席。待我们坐下不一会，点心陆续地就端来了：炒面片、炕锅贴、小笼包子、拌素菜、煮干丝……每人面前还有一小碗木耳干丝鸡汤。

当热气腾腾的小笼包摆上桌，但见那玲珑剔透的包子，润如仔玉，质感嫩滑，只只温润，款款有情。顾不上斯文，举箸入口，绵、嫩、香、鲜，果然名不虚传。

与我们寻常吃的锅贴不同，运漕锅贴炕制过程的最后一道程序，是沿锅边均匀地倒上鸡蛋液。出锅后，这种裹上蛋皮的锅贴，色泽金黄，皮质坚挺，肉质鲜嫩,更是妙绝。

我尤其喜欢这里的煮干丝,选料讲究,干子松软适中,切得细如发丝。据说制作前需焯水,捞起,沥干,入高汤锅里烩至翻滚,后加入少量木耳、银耳、姜丝、肉丝或鸡丝等,再佐以少许糖、盐、胡椒等制成。

清晨,胃空肠饥,水分缺失。一碗鲜汤煮干丝,就着几只锅贴、小笼包下肚,再撺几筷子素菜,喝几口绿茶,那无与伦比的至味,直让你感叹:怎一个好字了得!想着这运漕早点,如果上"舌尖上的中国"去传播,也是实至名归的。

心心念里,想带几个朋友,来一次分享美食之旅。春天了,去喝正宗运漕早茶,这计划是不是该提上日程了?

你那么在乎天

真是奇怪。几次自国外待段时间回来，仿佛被异化了似的，每看到灰蒙蒙的天，就抑郁得要死。也明知自己一直就生活在这一片天之下，可因为有了切身的体会和对比，那种不适的心理就非常明显。

去年暑假自西藏回来，也如此。西藏的天，是我见过最好的天，那份纯净与蓝，甚至超过我去过的国外。接触过西藏的人，他们衣衫随意，却心地纯洁，活得纯粹。特喜欢他们脸上挂着的那份真诚与坦荡。为什么那么多人有西藏情结？去了一次又一次，还想再去？究其因，许是源于山水，而人、天，也应是主要因素吧？

是不是情绪作祟呢？没办法，人本感性。一大早出门，天蓝气爽。好天气，好心情，明摆着，你眼里心里坦坦的、亮亮的。

天气如此，人又何尝不是？

一张脸，喜怒哀乐，明摆着。你不会在意陌生人的脸，虽然你看到笑脸，心底里也会开出花来。但若是亲人朋友，那对你就有着实在的影响。都说眼睛是心灵的窗户，那窗户是藏不得秘密的，一眼可见。譬如好好地看到一个人面露不悦，你立马会联想到，怎么不高兴了？啥时候得罪他（她）了？又譬如与朋友聚会后，一脚踏进家门，若看到一张冷冰冰的脸，心情就会一落千丈；而当你回家，有一声热切的问候与关怀，自然又是天朗气清。

我们在乎天，是因为蓝天能将一切衬映得极其美好。

我们在乎脸，是因为同处于一片物理范围的天地里，彼此能观照出内心的喜好，从而产生连锁的心理反应。

　　昨天是晴天，今天是阴天。此刻，我坐在摆满鲜花绿草的阳台上，想着天的冷暖阴晴，人的哀乐喜怒，对我现在心情的影响，已经不像以前那么大了。

　　我一个朋友，每次有人相约，她总先问清有谁谁参加，而当得知其中有牢骚满腹、爱抱怨的人时，她就找理由推托。"我可不想好心情被破坏"，这是她的生活原则。

　　不让负面情绪左右，在不抱怨的世界里，人自然轻松惬意，可生活中总难免遇见不顺意，如何调整面对，则是另一种心境与哲学。

　　别人的脸色，或许是他或她那一刻内心的写照，他（她）有不悦，有阴暗的时刻，你又何必以他（她）为镜来观照自己，去苛求"笑脸还须待我开"？

　　天气阴沉，我一样可以看见天地，看见草花、树木，看见墨云、灰天，听见雨声、风声，听见一切自然声响。

　　　　喝喝茶，听听音乐，翻翻闲书。
　　　　想运动的时候就运动，想逛街的时候就逛街。
　　　　想读书的时候就读书，想打牌的时候就打牌。
　　　　生活自当随心，小日子才有滋有味。

　　我父亲常挂在口头的一句话是"知足常乐，能忍自安"。虽然这些道理我也都懂得，不过还需时时提醒自己：生活简单，内心才纯洁；心底有阳光，天天是好天。

　　若如此，你又何必在乎天？

别样红

和蒋勋一起散步

饭后,着一双轻便步鞋,出门。

依旧走自己熟悉的那条路,穿竹林、沿木栈道、过草坪,再经河边步道,待暮色渐浓,返回。

一路有蒋勋相伴,脚步轻快,心情自若。

这样的坚持,从春到秋,四季往复,已近三个年头。

第一次聆听蒋勋,是朋友推荐的《蒋勋说红楼》。当耳际传来那温润如玉、磁性而丰富的声音之后,就中了蛊似的欲罢不能。

有时,听一些人讲话,絮叨而杂乱,简直是一种折磨。可当我听了蒋勋的声音后,则完全是一种享受。他的语调平稳,不急不躁。语速和语气又能够恰到好处地控制,娓娓的,缓缓的,如一道清泉流入心田,真正有润物细无声之妙。他的文字亦如此。那是纯熟与练达之后达到的轻盈,那是一种平易近人的"磁性"。大概是其信佛的缘故吧,他似乎总有普度众生的耐心。

这个年龄的我,应该早过了追星的年纪。这几年在接连听、看了蒋勋的《孤独美学》、《蒋勋说宋词》、《 美的沉思 》、《舍得 舍不得》等书之后,在慨叹他博学和丰厚的同时,深深地迷上蒋勋优美的文笔及其声音。每次聆听,我自知并不能完全记得其内容,或对自己有多大的提高。但我懂得,每一次聆听的喜悦和轻松,及至那种心灵的敞亮。于是买他的书,下载他的音频,收看他的节目,似乎真的把自己打造成了他的"粉丝"。

傍晚,戴上耳机出门,有蒋勋的声音陪伴,散步就变得饶有兴致,再没有从前那种为锻炼而被迫走路的单调。即便是长途旅行,有他的声音陪伴,路,也不再漫长。尤记得去年西藏的 25 个日子,崎岖的 318 国道,山路九曲七十二弯,一路反复听着蒋勋,他娓娓的醇厚而清朗的声音,温润如玉,化解了内心不断起伏的焦灼与紧张。

歪在沙发上,翻看他的书,心慢慢入定。特别喜欢他闲散的小短文,平实直白,文辞优美,直指本质。蒋先生是美学家,尤其善于捕捉生活中的美,于小事中领悟大智慧,分享美好。他的文字悲悯却并不忧伤,能带给人一种发自内心、温暖而坚定的力量。

沉沉的夜,有他的声音陪伴,人世的琐碎、嘈杂与是非,都远远遁入黑夜。没有牵扯,没有纠缠,没有爱恨。心,坦坦荡荡。

不眠的夜,他的声音如"半颗安眠药",听着听着,总能催你入眠,安然好睡。一觉醒来,偶尔也会心存愧疚,那么好的声音,我怎么听着听着就睡了?

临帖时,有他的声音陪伴,那字里行间就多了静气。清晨,让《金刚经》诵读的磬音,敲醒旧梦。有欢喜心,每一个日子变得澄明。

难怪台湾散文名家张晓风曾这样描述:他善于把低眉垂睫的美唤醒,让我们看见精灿灼人的明眸;善于把沉哑暗灭的美唤醒,让我们听到恍如莺啼翠柳的华丽歌声。

记得有朋友说,在认识蒋勋之前,她从来不知道一位白发苍苍的男子可以这样美。无论是声音、样貌,还是谈吐,都是那样平和优雅,那样干净明朗。声音也是能俘获人的,更何况,这种声音所传达的讯息,能使人情绪愉悦,生命饱满。

这样一种心境,一如苏东坡的词句:与谁同坐?明月清风我。

在《美,看不见的竞争力》一文中,蒋勋说,例如我们看见一朵花时,觉得它是美的,这种美在现实的功利层面上没有任何目的和意义,但它会让你愉悦,这就是所谓的"美是一种无目的的快乐"。蒋勋还强调,美这个看不到的竞争力,最终还是要回到每一个个体自身,使个体有力量去对抗一些东西,同时坚守一些东西。

别样红

　　这几年，我明显感觉到自己心性的变化。上班路上，几朵温婉的牵牛花也让我无限感念，原来生命可以这样美好。抬眼，看蓝天白云；低头，看路边草花，每日接受着宇宙和自然的能量馈赠，也很自然地用无限感念去回馈万物。

　　捧一卷书于正午的阳光里，在阳台上闲读，便知足而幸福。在厨房烧菜，楼下的桂花树飘香，又让我感觉到空气的甜芬。及至中年，别无他求。日子一天一天地过，一清如水，心无挂碍。好好吃饭、睡觉、工作，在内心开辟一块净土，种花种树，让宁静、美好、柔软、怀旧进驻，深深领悟微不足道事物里的一切美好，慢慢温暖自己，温暖一切。

　　遇见蒋勋，每日与他的思想一起漫步，何其有幸。"五色令人目盲，五音令人耳聋。"行走于纷杂的世间，希望自己能够有所取舍，然后平心静气对待所有的遇见，活出那份娓娓道来。

闲 与 忙

过完第33个教师节,在脑海里塞满无数交替重叠的回忆之后,我算是闲下来了。行将退休,从工作多年的教育岗位转行,自此拥有一段相对轻松的缓冲时光,也是一种幸福。

可以安静地过我想要的生活了。

可没歇几天,心,就慌慌的。把大半辈子贡献给教师职场,早已习惯按学期来将一年划分为两个部分,从新鲜激进充满活力的九月,到热情似火感伤别离的七月,寒来暑往,辞旧迎新,年复一年。

看来打破习惯之后,还真要做好心理调适。

一位退休不久的同事曾感慨:才退下那段时间,每看见上学的孩子,就有说不出的感慨;每听见铃声响起,总有种找教本进课堂的冲动;在自家阳台朝学校看,想到那里的世界已不属于自己,就有一种与社会脱节的落寞感。

我倒是有一定的心理准备,似乎还有一大堆事等着我呢。闲下来,得好好规划和安排一下。

首先想到兴趣爱好方面:想找老师系统地习画。现在这种自学方式,无高人指点,总觉得进步不大;想参加合唱团,唱歌能愉悦身心,也有利于呼吸系统的保健,况自己还有副好嗓子;再者,想寻求适合的运动方式,学游泳,练瑜伽,一三五、二四六,每周得坚持。高雅情趣也得有呀:约三五好友喝茶,掼蛋,看画展,听讲座,逛花市什么的。当然,还不能忘了亲戚家人,周末

别样红

打场麻将,偶尔外出郊游,一起吃个美食呀。心血来潮时,亲自下厨,包饺子、蒸馒头,做个拿手菜啥的。

我的天哪!这一规划和预想,居然让我更加心慌慌。若如此,这闲下来的日子,不更忙了?

一大堆的兴趣与爱好,顾此,即失彼。如何取舍?时间、精力、兴趣,怎么分配?

闲下来之后,我倒茫然了。

工作时,因有一条事业主线的支撑,其余爱好,也因为业余而充实,而有着心安理得的自在。

可现在,似乎一切都可以为主,一切也都可以为辅。又不安于任由时间摆布自己,一想到"颓废"这个词,便惶惶然。身边几个朋友,兴趣班一报好几个,什么葫芦丝、旗袍秀、朗诵、舞蹈,爱旅行的则在朋友圈里,世界各地"飞"。

朋友大名曾笑我,当作家好?当"坐家"才好呢。以她十多年的"坐家"经验,把家打理整洁,保障先生、孩子的健康饮食,让他们安心工作。余下的时间自主控制,养花散步,听歌看剧,接受自然生活的赐予,就足够。

我以为自己闲下来,也可以成"坐家"。可生活总有这样和那样的诱惑,还有一大堆兴趣和爱好驱使。想把一切规划好,可这一捋,反叫我晕头转向。

人真是复杂的动物。太闲,不好;可太忙了呢?"忙,即是心灵的死亡。"蒋勋先生这一解读,又让我心头一紧。

那年在北师大学习,课堂上,那位心理学博士用夸张的手势指着大家说:你、我、我们大家,整天都在"忙!盲!茫"!最后三个字,他的语气是一字一顿的,手指也是一戳一点的。我当时理解为"忙忙忙",后听他加设了情境:在北京站台的天桥上,看桥下密密麻麻忙碌穿梭的身影,想他们大都怀揣一颗焦灼浮躁的心,身上虽然揣着一张车票,可又有几人知道自己来自何方,又去向哪里?……试想,你我又何尝不是被无形的手牵着,而处于忙碌、盲目与茫然之中呢？

充满哲学意味的一席话，让我铭记至今。

经历了一段时间的调适，内心似乎安宁一些。还是先别忙着一堆计划，得有所取舍。家中物品要"断舍离"，内心的贪求，也需要清理、删除，也要断舍离。

每日忙完家务琐事，就蘸几滴墨，画画自以为惬意的小画，写写不疼不痒的文字。桌上清茶一盏，闲书几册。简静之时，捧一卷在手，沉进去，泯心息虑。

读"人生太闲，则别念窃生；太忙，则真性不现，故君子不可不抱身心之忧，亦不可不耽风月之趣"。

在《菜根谭》里，我渐渐解开思虑的结。忙时，内心悠闲；闲时，仍能思考。懂得放弃和舍去，不囚禁自己，"喝不求解渴的酒，吃不求饱的点心，都是生活的必要"。

闲下来之后，忙于闲，一切随心。

别样红

喀 秋 莎

被朋友请去大剧院欣赏俄罗斯红旗歌舞团的演出。整场演出激扬着英雄主义和浪漫色彩,气势磅礴的合唱和热情奔放的舞蹈,融合了独特的军旅艺术和俄罗斯民族艺术,自然让现场观众如痴如醉。演出在《喀秋莎》的旋律中结束,全场上下互动,跟着指挥演唱。这首歌,我太熟悉了,自然一句不落地唱全。

读师范那会,18岁的自己多年轻呀。因为嗓音条件好,自然是文艺骨干、活跃分子。30多年后同学聚会,忆当年,有同学说:"我们的晚自习是伴随你的歌声完成的。"哈,惭愧!真是叨扰大家了,那时怎么那么爱唱歌,真是情不自禁。

那时还没恋爱吧。唱歌,是年轻人的天性。高兴时想唱,忧伤时、寂寞时,毋庸置疑,唱歌是最能排解情绪的。

那年的新年晚会,音乐老师叫我独唱,并给我挑选了一首《喀秋莎》。这歌我真不会唱。老师说喀秋莎是位勇敢的姑娘,后来俄罗斯的火炮也以她的名字命名。我当时还纳闷,那么美好的姑娘怎么和火炮联系在一起?后来特意了解了歌曲的相关背景,懂得了这首爱情歌曲在战争中得以流传,其原因在于美好的音乐和正义的战争相融合,把姑娘的情爱和士兵们的英勇报国联系在一起。这饱含着少女纯情的歌声,使抱着冰冷的武器、卧在寒冷的战壕里的战士们,在难熬的硝烟与寂寞中,得到了情与爱的温存和慰藉。也是战火的洗礼,使得这首歌曲更是获得了新的甚至是永恒的生命。

记得那天去老师家学唱，老师踩着吱吱呀呀的脚踏风琴伴奏，教会了我。他夫人张老师是附近一所小学的老师，特别喜欢苏联歌曲。因为住在校内，每年各班组织的迎新晚会热闹的场合，她总被邀去唱歌。她唱《红莓花儿开》，唱《小路》、《山楂树》等俄罗斯民歌。那优美的歌曲，朗朗上口，激动人心。有段时间，我抄了满满一大本，没事就学着唱，很着迷。那晚，在老师家里，张老师和着我一起唱，我渐渐学会并找到了演唱的感觉。

新年联欢会在学校大礼堂进行。记得那晚我头扎两条辫子，上身穿的是那件水红色毛衣。那时有一件毛线衣，是很幸福的。妈妈去上海买回一斤毛线，特意叫二姐给在外地读书的我织一件毛衣。心灵手巧的二姐，好一段时间，每天打晚子，织好后，还在前胸用黑毛线攀了两朵醒目的花。

演出那天，没有胭脂口红，只有一张青春红润的脸和登台前那颗紧张激动的心。

那晚演出很成功，第二天学校的高音喇叭上，一直重复播放着晚会的录音，重复播放着这首歌曲。

> 正当梨花开遍了天涯
> 河上飘着柔曼的轻纱
> 喀秋莎站在峻峭的岸上
> 歌声好像明媚的春光
>
> 姑娘唱着美妙的歌曲
> 她在歌唱草原的雄鹰
> 她在歌唱心爱的人儿
> 她还藏着爱人的书信
> ……

犹如每年春晚，总有几首歌会被流传开来一般，好几天，整个校园到处

别样红

回荡着《喀秋莎》的旋律。也真可以毫不夸张地说，我那时的声音是多么的甜美，有同学说"歌声好像明媚的春光"。那段时间，几乎人人都会唱这首歌。按现在的话来说，那段时间，歌火了，我也成了"网红"。

那是 1985 年的元旦前夜。那一年，我不满 19 岁。

去年秋的一个清晨，我在家门口公园散步，忽闻南淝河边远远地飘来这首《喀秋莎》。那浑厚的男中音，气息沉稳，声音高亢，很有穿透力。

今晚，在大剧院里再一次重温，与全场观众一起高声齐唱，好多年前的那些青春的、芬芳的回忆，忽然地就涌上来。

记忆串烧

记 忆 串 烧

我有十多年乡下生活的记忆。现在,每行走于乡下田野或是遇见童年伙伴或是聊起往事种种,这些记忆就浮现出来。

一、五岁之前,我们住在父亲工作的学校里。学校的东边是一个很大的土堆砌成的戏台(那时叫主席台),那是乡里开批斗会或跳忠字舞的地方。记得家门前是很大的广场,对面有一溜排大树。小孩子都喜欢爬树,而很小的我,爬不上去。有次姐姐将我抱到有三个杈的树上坐着,当时似乎很害怕,可又觉得很开心。

二、一个模糊的记忆。村里死了一个人,母亲带我去看。我看到黑黝黝的棺材,也看到了门口一个坐在凳子上大哭的奶奶模样的人。那是我第一次知道了死和死人,但并不懂得害怕。

三、文友聚会,饭毕兴起,就喜欢一支接一支地唱老歌。那次居然唱起了《满怀豪情迎九大》,大家唱得激情满怀。清楚地记得,当年在距我家不过两百米的大队部,有一群人(宣传队员)天天排练此歌。她们躲在纸扎的葵花丛中,"长江滚滚向东方,葵花朵朵向太阳,满怀豪情迎九大,迎九大,我们放声歌唱!"歌声响起后,一群"大辫子"依次小碎步起立亮相,边舞边唱。小小的我,天天去看,也会唱了。奇怪,到现在整首歌我都记得滚瓜烂熟。屈指一算,那年我不到五岁。

四、那时家家都烧大锅灶,两个大的姐姐常去野外砍草,回来晒干做燃料。有次我跟着去,忽遇雨,姐姐将我装在用以装草的麻袋里,继续在一旁割草。我不时地从麻袋里探出脑袋,看天,看雨,很新奇。

五、村里的大塘干涸了,一群孩子在塘底玩,他们点着干柴稻草,往火堆里扔花生、蚕豆和稻谷。一阵噼里啪啦过后,小伙伴们从草木灰里掏出炸开的香喷喷的食物,吃得特欢。两个姐姐从家里偷来几只鸡蛋,埋在灰烬里。煮熟后,一群孩子分吃着。姐姐剥开黑乎乎的鸡蛋壳,递给我,警告我回去不许告诉妈妈。晚上躺在妈妈怀里,忍不住说出姐姐偷鸡蛋的事。妈妈笑问:"哦,可给你吃了?"我答:"给了。"妈妈刮我鼻子,大笑:"你这个小叛徒。"

六、一辆军用卡车,载着父母、三个姐姐、我和才几个月大的小弟,全家搬至更远的乡下。我们住的房子、母亲哼着歌踩缝纫机、弟弟出生时全家欢腾的情形、姐姐背我去砍草、爬树、大队部里来了几只会表演的猴子……我像是《城南旧事》里趴在马车后座上的英子,含着泪花无限依恋地挥别了童年时的生活家园和精神巢穴。

卡车上是一车并不太值钱的家当。才五岁的我,平生第一次坐车。天越来越黑了,副驾驶位上,坐在爸爸怀里的我,迷迷糊糊睡着了。忽一个急刹车,我被惊醒。开车的三叔下车看,原来是一只横穿马路的兔子被撞死了。

七、换了新环境,一切都陌生。家里的新房还没盖好,我们寄居在一个堂舅家。那个村23户人家,都和母亲是一个姓,全姓黄。

舅舅家是前后两进草屋,父母住东边的厢房,我们临时住堂屋。

不知啥缘故,好一段时间我都不习惯乡下生活,无法融入小朋友们中间,整天闷闷不乐,特别想念原来的玩伴。

八、跟路。大姐和二姐那时也才十五六岁的年纪,她们已参加生产队劳动。之前我就像跟屁虫一般,常缠着姐姐们带我玩。换了新地方,姐姐们下地劳动不带我了,就特不适应。于是每次都跟路,她们一出门,我就跟着。她们去插秧、割油菜,我就在田埂傻坐着,等着,一直到她们收工。再后来,姐姐实在受不了我的连累,每天都想甩开我。有时饭碗一放,拿起工具就跑,而我立马飞跑着跟上,拽着她们的衣服,跟着就走。为此,我可没少挨妈妈痛打。

印象最深的一次，妈妈撵我到村头，拦腰夹着我，扒下裤子，一巴掌狠打下去，屁股蛋上深深地印上了五个红指印。后来听妈妈跟别人说："奇怪了，我打那么重，她居然一声不吭。爬起来，还是跟着跑了。"

挨过打的我，好一段时间，仍然继续跟路。当然，免不了的，继续被打。

全村人都知道，我有跟路的毛病。有一次，姐姐们要去很远的丕子圩插秧，我又开始跟着。妈妈一路跑着追了两条田埂，拉我回家。我哪里肯呢？拗不过我，恼羞成怒的她，抱起我，狠命一扔，将我仰面八叉地扔进路边的稻田里。一个社员下田将我抱起，我吓呆了，哆哆嗦嗦地跟妈妈回家。回家后妈妈扒去我满是泥巴的衣服，怕我再跑，就将赤条条的我反手绑在堂屋架子床的档子上。当时的天气已转凉，可我顾不得冷，只是那个羞啊。五岁的孩子已经有了羞耻心，生怕被人看见光屁股。妈妈在一边继续悠达达地踩着缝纫机，故意不搭理我。而倔强的我，也一声不吭，不求饶。小中午，邻家一大哥哥来家里，见此行情，忙将我松绑。我跑进里屋，恨不得钻地缝。也就那一次，我彻底被征服，再不敢跟路。

真佩服我妈，她牺牲我的自尊，达到了医治我跟路的坏毛病的目的。给我幼小心灵留下难以磨灭的阴影的，倒不是每次跟路后挨打的疼痛，而是这一次的教训。长大后的我，曾责备妈妈怎么如此不懂得教育方法，可我妈说："你那时多犟啊。"

再后来，家里新房盖好，我们搬进新家。生活稳定后，渐渐地，我也被接纳并融入小伙伴们之中，童年的色彩才明亮起来。

再后来，我上学了。

……

"瓶花妥帖炉烟定，觅我童心二十年。"童年渐行渐远，那些记忆却镌刻于心。时常在梦境，在一首歌，在一次追忆里被唤起，只是岁月早已泛黄，我们也再回不到从前。

别样红

我的小学　我的老师

母亲牵我的手去学校,我是老大不情愿的。

真不明白,为什么长到六七岁,非要送去学校?再不能和小伙伴疯玩了,想到以后要和三姐那样,一大早就要从热被窝里爬起来,还要走那么远的路去上学,就直想耍赖。

那天,一路哭歪歪的。走着走着,走不动了,就央求妈妈驮我一会。

从村子到学校,先是经过大队部,沿大队部后一条笔直的大马路向北走。马路东边是连片的庄稼地,西边是一大片坟场。我奶奶就埋在那片杂草丛下湿润的泥土里,坟边那棵泡桐树,春天会开着紫茵茵的花。再往前,经过猪场生产队,接着翻过一条大河埂,过河底的石板桥,然后爬上对岸河埂。再穿过几块泛青的麦田,便可见一排五六间的房子矗立于旷野。那排房屋的门前,有空旷的土操场。土操场上,一根长长的竹竿撑起一面鲜艳的国旗,那便是我的小学。

现在算算从家到学校这段路,至少两三公里吧。

那小学叫黄东小学。这一片好几个村子的人大都姓黄。我母亲也姓黄,和村里很多人家都沾亲带故。也因如此,父亲被打成右派,全家受牵连下放时选择了这里的小庄村落户,这里是母亲童年的故乡,后来也成了我童年的故乡。

我就读的小学只三个年级两个班。一年级一个班,二、三年级合成复式班。两个班只有两名老师。读完三年级要去更远些的学校,我父亲在那里教书。

进办公室后,母亲将我推到一位女老师面前,快叫左老师好。

左老师亲切和蔼。见我进门,就拉着我。我立马感受到她手心里的温暖。"是小四子?来报名啦?!可会写自己名字呀?"

我怯生生的,很想一直躲在妈妈怀里。可左老师眉眼里的笑意,缓释了我的胆怯与陌生。我在一张纸上写下稚嫩的名字,还认读出"山石田土"等方块字并计算出几道口算题。被不住夸赞后,领着一套书,在母亲的目送中,跟着老师走进了教室。

也只几天,我就习惯了上学,也喜欢上那个剪着齐耳短发,有着白皙皮肤,像妈妈一般慈祥的左老师。

左老师有三个女儿:小红子、二玲子和三妹子。小红子比我大一岁,我比二玲子大一岁。小红子和我后来一齐考上师范,我们很要好。

70年代初的学校是春季升学。新语文书的第一课是《我爱北京天安门》,我觉得太简单。早就编成歌,小伙伴们谁不会唱呀。课文配图有天安门城楼。我喜欢画天安门。犹记得,城楼画好后,一定得在天安门的周边,用放射状的线条画出熠熠生辉、金光闪闪的太阳光。还记得有一课是:小蜡笔红又红,拿起笔来画英雄,画王杰,画雷锋,又画爱民模范李文忠……老师家二玲子,活泼可爱,她剪着短短的学生头,两只眼睛晶莹明亮,长得神似插图中手拿画笔的小女孩,洋气得很。后来我们一直叫二玲子"小蜡笔"。

三姐高我一个年级,她的书我都翻过,也听她读过。开学拿到新书不久,语文书的内容我都倒背如流。数学也是。记得老师刚教乘法口诀"一一得一,一二得二……",我忍不住将1至9的口诀背完。老师夸我聪明,我得意得很。

教三年级语文的,是一个高度近视的高个子男教师,记得他姓蔡。孩子们在课堂打闹,他也看不清谁谁,只把戴着高度眼镜的双眼,贴到书本上,自顾自地读讲。也只等他放下课本讲故事时,课堂才安静下来。他的故事也就"三打白骨精""武松打虎""小兵张嘎"等几个,可他反复讲,我们怎也听

别样红

不厌。

那时,男孩子上学喜欢推着铁环,边滚边跑。我们也是边走边玩。时常路边的庄稼就会吸引我们。我们扒山芋,偷花生,掰苞谷,摘豌豆,各种"糟蹋",大家分享着果实,开心得很。

1975年春,我读四年级。学校整体搬迁到家门口新建的小学。父亲也调回这里教书。有好一段时间我很是怀念黄东小学。尤其忘不了每天和几个伙伴一起上下学路上的快乐时光。

那个年代,学校经常组织学生参加各类批斗会或是文艺活动。批斗会上,常见几个五花大绑的"反动分子",他们灰溜溜地低着头。旁边站着几个威武的身戴红袖章的人。台上的人大声宣读罪状之后,台下的人常振臂齐呼"打到反动派""打到某某某"之类的口号。那时的我虽听不懂,但觉得那些人肯定是大坏蛋,是阶级敌人。

教我们跳舞的老师是下放知青,姓郑。她带我们排练《路边有颗螺丝帽》《火车向着韶山跑》等。在红小兵宣传队,我的文艺天赋得到了发挥。跳舞笨拙一些,但有一副天生的好嗓子,能把八个样板戏中的很多唱段都信手拈来。《红灯记》中小铁梅的几个唱段,尤其那句"爹爹挑担有千斤重,铁梅我应该挑担有八……百……斤……"这高八度的京腔长音,我也能吊上去。去公社演出,去改造山河的大河埂慰问,常博得阵阵喝彩,小小年纪的我,神气着呢。

那时红小兵上学,身上背着的是黄军用书包,上面绣有红彤彤的五角星。肩上扛着红缨枪,雄赳赳、气昂昂的。书包里也只语文、算术书。作业本也少得可怜,哪有什么作业呢?一放学,小伙伴们就疯玩到黑,才在大人满村的呼喊声中各回各家。我最喜欢课外活动课。譬如去田里捡麦穗、稻穗,挖山芋,捣花生,帮生产队拔秧苗之类。印象最深的是去猪场生产队捡稻穗。一大群学生,一窝蜂地散开,在满是稻桩的田里,低头弯腰地找遗落的稻穗,以颗粒归仓。那天,当我们捡到的一把把稻穗堆在一处,满心喜悦之时,村里的老队长拎来两袋黑又硬的水果糖(我们称为狗屎糖),在每个孩子手心放了两颗。那糖,真甜。

读五年级时,每日课上都要背语录。上课铃响,老师进教室,班长喊起立后,就集体背一篇语录。然后坐下,上课。

这一年父亲教我语文。父亲是严厉的,连大些的男同学们都怕他。他上课,纪律出奇地好。父亲喜欢大声朗读课文,他范读课文,常读得很投入,很忘情。他也喜欢指导学生反复读。往往通读几遍后,学生就理解了课文的内容。接着他会提各种问题,让学生思考,回答。奇怪的是,父亲很少叫我回答问题,偶尔只是好几个同学都答不上来的时候,才会叫我回答。经常我的小手举得老高,举得酸痛,他也不叫我回答,我曾几次嘟哝着小嘴向我妈告状,可也无济于事。父亲的课堂也会"贩卖私货"。他常讲一些课本之外的知识。比如"朱子家训"经典的句子,比如"弟子规"中对童蒙的训导,比如鲁迅的文章以及《三国演义》中的古诗等。父亲的课堂令学生着迷。当然,我也不例外。我耳濡目染的文学启蒙,自然来自父亲。

学校门前有很大的操场。操场南端是一大片杂树林。树林那边是水田,水田连接着周边散落的几个村庄。当炊烟袅袅升起的时候,田埂上散落着三五成群背着书包散学归家的孩子。

我所在的村紧邻小学。夏初走过母亲的南瓜地,左拐不过50米,就是学校。经常下课铃响,我跑回家,推开一扇虚掩的门,揭开水缸,用葫芦瓢舀半瓢水,咕咚咕咚几大口喝完,扣上门,再回学校,还可玩上一会,铃声才响。

许是近乡情更怯吧。无数次经过我曾随父母下放待过十年的那个小村,却再不想踏进那片田野。我也生怕破坏儿时那片宁静与美好。

倒是这个春节,在好朋友小红子家,我见到了阔别四十多年的左老师。老师虽93岁高龄,可身体硬朗,精神矍铄,思维特别清晰。那紧紧拉住我的双手依旧柔软而温暖。老师见到我,也非常开心。她不住地夸我,说喜欢看我写的书,说我的文字很贴近生活,还叮嘱我要多读多写。我不住地点头。那天,我偎在老师身边,听她说起我的小学,我的父母,我乡下的那个家……那绵绵的记忆不住地在脑海里翻滚,涌现,清晰如昨。

别样红

　　我的小学,我的老师,通往学校的那条散发着草木清香的小路,紫茵茵的苦楝树,学校西边金黄的油菜地、水稻田、大塘、石板桥,绣着红五星的黄书包,上了铁锈却视如珍宝的文具盒,一同上学的好伙伴宏霞、红梅,连同那坑坑洼洼的土操场、水泥课桌、石板凳,屋檐下叮叮当当的铃声……这些一一沉寂在时光深处的记忆,不住地涌上来、涌上来,温暖而美好。

我的童年　我的游戏

我固执地以为,一个人,如果没有乡下童年生活的记忆,多少是有遗憾的。

庆幸,5岁到14岁,我生活在乡下。

那些年,生活清苦,可孩童的世界满是幸福。

捉　虫

夏天,孩子们最开心的事情是捉蜻蜓,网知了,掏蜜蜂,逮天牛。

大人说,蜻蜓吃蚊子。有种我们称为"大佬冠"的蜻蜓,头大、尾巴粗、双翅长,它那大嘴巴,可以吞很多蚊子吧?捉回来,让它在厚实的蚊帐里随意飞舞,蚊子有了这样的天敌,似乎也不敢侵袭。

热夏,知了声一浪高过一浪。大人将我们按在竹凉床上午睡,可知了的声声诱惑,让小孩儿怎睡着?趁大人酣睡,拿上粘上蜘蛛网的长竹竿,去网知了,是最开心的事情。树荫下,小伙伴捏知了的肚子,听它们的嘶鸣,再剪掉翅膀,比赛谁的知了爬得快。

孩子们还喜欢爬树捡知了壳,等摇着拨浪鼓的货郎进村,这知了壳、鸡肫皮之类的,都可卖钱或换糖吃。

天牛有两条长长的触角,只要抓到它的触角,就逮住它了。有种比天牛小的虫,很好玩,满身黄点的,叫金麻麻;银麻麻身上是白点点。这虫喜吸榆钱树的浆汁,枝丫结巴处,常一窝一窝的,很好捉。我们用削尖的小棒,直刺入它两翅间,这虫就不由自主地、不停地飞。我们拿着小棒,看着它飞呀,飞呀,反复地唱:"金麻麻,银麻麻,不车水,尿麻麻……"等它精疲力尽飞不动了,我们随手一丢,不玩了。

暮春时节,野蜂飞舞,孩子们就去泥墙上掏蜜蜂。胆大的就挤出蜂蜜,舔一舔,可甜了。夏夜,那装蜜蜂的小药水瓶,还可用来装萤火虫。

瓦石子　撒老窝

女孩子都喜欢瓦石子。

找7个差不多大的小石子,撒开。再取一个石子,上抛,手心同时抓起余下的6个,再接回抛出的那个。如此,再依次抛2抓5接2,抛3抓4接3……这撒、抛、抓、接的动作必须连贯迅速。哪个环节死了(抓不起来或接不到),对家接着玩。如此循环,直到抛6抓1接6,都顺利过关,你就赢了。

玩这样的游戏,就像现在的电玩一般,得一关一关过去,比赛过程拼的是细心、技巧和熟练程度。

百里不同俗,撒老窝,好像只是我生活的那个乡下才有的游戏。

这游戏需要苦楝树果和蛤蜊壳两种素材。寻一块平整泥地,用尖锐的蛤蜊壳挖两排对齐的窝洞,每排各6个,然后每个洞里放4颗苦楝树果,间隔着,一窝放一个蛤蜊壳。这个游戏还涉及算术问题。一个蛤蜊壳等于4个苦楝树果。游戏时,先抓一个壳放另一个坑,换4个果,然后拿着8个果一个窝撒一个,撒完第八个,继续抓空一窝去置换或撒,如此,直到撒完最后一个果,刚好隔着一个空窝——对面那窝所有的果和壳,就归你了。玩到最后,所有果和壳基本取完,剩下的大多是空窝,这一轮游戏结束,多得果、壳者为胜。

打砖头罚跪 砸鳖

小时候玩过的游戏中,打砖头罚跪和砸鳖是比较刺激的。

游戏时各人用半截砖块代表自己。被砸中的砖倒下,与砖对应的那人,就得在一旁跪下。直至等人帮你砸中对家,你才能被救站起。女孩大多因跪下难为情,不太爱玩。

砸鳖是带有赌博性质的小游戏。"鳖"通"币"之意。那时铜板或铜钱都是孩子们随身装的小玩具,可比赛掷远,也可用来砸币赌输赢。

黄泥炮 旋毛针

村里黄泥巴到处都有。挖一大团干泥,加适量水,然后反复揉、搓、捏,直到泥巴软、韧、熟。将泥巴团扒成一只碗状,再小心地将碗口朝上托于掌心,高举手臂,口里念念有词:"黄泥炮,你不响,我不要。"用力往平地下一掼——只听啪一声,那泥巴,开花啦!

毛针就是随处可见的尚未抽穗的白茅草的果肉。取一小撮,用手腕一旋,一撒。再用一根毛针,将这些撒开的毛针一根一根挑开,在挑的过程中,不能让地上的任何一根毛针动,此游戏比的是耐心和细心。

"郎骑竹马来,绕床弄青梅。"拿竹竿,当马骑;搬板凳,当跷跷板。在那物资匮乏的年代,家中很多物件都可用来游戏。跳房子、踢毽子、滚铁环、鞭陀螺、拍元宝、斗鸡、挤油渣……游戏,伴随着我们成长,几乎将童年的记忆一网打尽。

现今除了网络游戏,不知孩子们还玩些啥。或许他们也难以体会,生于六七十年代的人们,曾经沉醉于游戏的那种快乐吧。

别样红

扎　窝

下雪了,想起小时在乡下的那些岁月。

五六岁时,随父母下放去了一个小村。将近十年,我的童年是在那里度过的。

单就物质上来说,那些年算是贫苦的,可回忆的底色却温润着美好。譬如,那些寒冷冬天的故事。

雪天里打雪仗,堆雪人,爬上茅屋檐摘冰凌,去结冻的水塘边扔冰块比远。这些记忆,每到雪天,总爬上心来。

鲁迅在《从百草园到三味书屋》里写过雪地里捉麻雀,读来就像是写自己:门前扫开一小块雪地,找来一扁竹筛,筛子边上拴一根绳子,用小木棍支起竹筛的一端,筛子下撒一把米,然后半掩着门,漫长地等待。但见麻雀蹦进去吃米时,一拉线,筛子便罩下,盖住几只雀儿。

所不同的,我是躲在家中扎窝里,烘着火,手提绳子,眼盯门外的;捕到麻雀后,也是姐姐们去捉来,而我则待在扎窝里欢呼。

腊月出生的我,每年都生冻疮。和小伙伴玩雪后,小手红肿得高高的,实在受不了,就跑回家,偎进妈妈怀里取暖。妈妈的手真温暖,她拿起我的手,鼓着腮帮子哈气,又拿起我的手,塞进她那大襟棉袄的怀里焐热。手渐暖后,我就迫不及待地跑向屋外的玩伴。

玩倦了回家,最幸福的事就是爬上扎窝,烘火。姐姐们坐在扎窝里,纳着鞋底,说着闲话,看我猴急地爬进去,总是嘲笑我:"怎不晓得舒服,就知道冰天雪地里疯！"大姐在外地工作，二姐是家里的强壮劳动力，她是家里的权威，小时候我总怕她。冬闲时，她喜欢坐在扎窝里，赶制一家大小过年要穿的新鞋。扎窝里有靠背的"大头"，一般都是她坐。我疯玩后爬上来，大小两头好位子都没了，常央求大两岁的三姐让我坐在"小头"，她不肯，任性的我总会以哭闹或向大人告状而取胜。坐在舒服的扎窝里，吃着姐姐们给我剥好的瓜子花生，一会儿就忘了吵架的不愉快。

扎窝，是乡下一种用稻草扎成的取暖工具。冬初时节，家里请来手巧的人来家编扎，这也是个力气活，通常需要两人协作。选用门前稻草堆里结实耐用的几捆稻草，编结成一个椭圆的、两尺多高的草窝，一头高，一头低，高的那头我们叫"大头"，可以靠背，很舒服。坐垫处是几根木棍做成的沙发椅状（那时我们都没听说过"沙发"这个词），"小头"也是横着几个木棒编结出一个座椅。这扎窝，一般以坐两人最宜，在那多子女的年代，一个窝里坐三四个孩子也属正常。

扎窝的底端置一火盆，火盆底装有稻壳或米糠，上面覆盖着将尽未尽的星火，那是做大锅饭后余下的稻草灰。这样的文火慢慢地燃烧，释放着热量。火盆上搁着一个同样大小的圆形镂空的铁筛子，我们穿着布鞋，双腿就舒适地搁在上面。再用一块旧毯子严实地搭在腿上盖好，不一会全身就暖了。冬天，大把的好时光，就是浪费在扎窝里。

村里几个和姐姐一般大的姑娘常来家里，她们喜欢窝在扎窝里外，边做针线活边说闲话。我常缠着她们说一些吊死鬼、吸血鬼之类的故事，越听越害怕，越害怕越想挖根，常余兴未了地追问："后来呢？后来呢？……"

腊月里，母亲总是很忙，她几乎没时间坐扎窝烤火。她是裁缝，要踩缝纫机做衣服。周围几个村的人常轮番请她去上工，做一家老小的衣服，她一直要忙到年三十方能歇下。记得那些天，每每看到小伙伴们炫耀自己的新衣，我就心急万分。妈妈一回家，我就拽她的衣角，不停地催促："大琴和小猫的衣服都做好了，好好看呢。快给我做啊。"也要到过年前两天，母亲熬夜，才能将我们的新衣赶制出来。

别样红

父亲还是在学校里教书。大雪天的早晨,父亲起床后,就会拉着长腔唱那京剧:"朔——风——吹,林——涛——吼——"父母不在家,我们几个孩子都很自由。吃完早餐,便坐进扎窝。火盆里的火很旺时,我们会找一把花生或者蚕豆埋进去,不一会脚底下的火盆就会噼里啪啦地响,我们就从灰堆里掏出来吃,可香了。

深秋,去九华山。晚上在九华街上转悠,见一些店面里有木制的火桶,形状也似扎窝,顿有一种亲切感。烤火的人坐在火桶上看电视或玩手机,他们腿上同样搭着旧毯子,一问,说是里面是电炉丝的,和乡下那种草扎的扎窝虽有异曲同工之效,但怕不是一种感觉了。

锅 巴 控

对锅巴,我是没有抵抗力的。

除水果外,我唯一喜欢吃的零食,就是锅巴。家里的茶几上,那些袋装的小米锅巴、原味锅巴随处可见。蜷在沙发上读书、看电视,它们是我消遣打发时间的最佳伴侣。

外出旅行,我喜欢带上几袋薄脆的香米锅巴,充饥又解馋。

有点恼人的是,自己在吃锅巴的时候,总难以控制,时常不自觉地就吃完一大袋。有时心想着吃完这一片,就不能再吃了,可手又不听使唤地拿起送到嘴里。俗话说:"一碗锅巴三碗饭。"贪吃锅巴后,自己常饱胀得不想再吃任何东西,每每吃后又后悔,这锅巴直叫我欲罢不能,我成了名副其实的"锅巴控"。

可能是源于童年时的经历吧。记得随父母下放到乡下的那些岁月,当时农村家家都烧大灶,大锅煮出的饭总是很香。吃完饭,家人首先要做的事就是炕锅巴。只需在锅下添把小火,将剩饭盛起,用锅铲将贴在锅底的一圈锅巴均匀地摊平整,盖上锅盖,过个三五分钟,加热后的锅巴就自然剥离,噼啪直响,揭开锅,用锅铲轻轻一拍就松散了。妈妈总是将这些焦脆而香酥的锅巴存于饼干桶里,我们想吃,还得找妈妈要上几片。这些锅巴成为贫苦岁月里孩子们最好的零食,也是用来待客的最好食品。有客临门,打上三个荷包蛋,泡上几片锅巴,搁一勺猪油和盐,那便是最高礼遇。

读中学时,家离学校需步行四十多分钟。那时孩子也没现在娇气,我们

别样红

都自己做吃的。读书的孩子早上大都吃炒饭,炒饭抵饿。那时也舍不得用油,更没条件做蛋炒饭。我学着妈妈的样子,用锅铲将米饭均匀地贴在锅边,反复不停地贴,锅边就起了薄脆的锅巴皮,再继续炒。这种没油的干炒锅巴饭,吃起来特别香。盛起一大碗,再就上妈妈早先蒸好的咸菜,美美地吃下去,一上午的学习时光就踏实而安稳。

现在的锅巴不仅可以当零食、当粮食,还可用它做出许多菜肴。据传说,乾隆皇帝下江南,曾在一家小饭店用餐,吃了一道锅巴菜。店主端出一大碗用虾仁、鸡丝、鸡汤熬成的卤汁当场浇在新出锅的滚烫的油炸锅巴上,顿时噼啪声大作,浓香扑鼻。乾隆一尝,觉得香脆可口,食趣盎然,便问这是何菜。店主笑道:"这叫平地一阵雷。"乾隆脱口而道:"此菜可称天下第一菜。"从此,"天下第一菜"成为许多地方保留的传统名菜。我老家含山也有这样一道菜,叫"春雷一声响",估计也是源于此吧。

老家含山还有道出名的美食叫"东关老鹅汤"。去吃过好几次,除了品尝那汤和肉的鲜美,这老鹅汤另一大吸引力就是汤泡锅巴。那里的小米锅巴焦、薄、香、脆,是专为喝汤特制的,或掰成几片浸入汤内,或蘸着汤吃,那热乎乎、香喷喷、脆嘣嘣的美味,总让我畅快尽兴。

如今有不少的食品企业在锅巴上大做文章,加工出形状不同、味道多样的锅巴,且开袋即食。但我依然不改对原味锅巴的喜爱,那是小时候的味道,家乡的味道。

每年清明和冬至,我们一大家兄弟姐妹回肥东乡下祭祖,总喜欢去三妈家吃大锅饭。酒过三巡,三妈便端出刚铲出的一整锅热腾腾的米饭锅巴。这道锅巴总会引来尖叫。大家你争我抢的,其乐融融。掰上一大块,蘸上红烧肉汁或鱼汤,细细嚼着,感觉每一粒米都充满了幸福的香气。这种乡村烟火焙制出的浓郁的锅巴味道,总使我酣畅而满足,它让人忆起悠远的童年,温暖而甜蜜。

写到这,又开始惦念餐桌上那袋才买回不久的蒿子锅巴。

声声敲山醒

偶然的一次,怎么就想起那幅画。

几个文友,因都喜欢《红楼梦》,一年前大家自发成立了"读红小组",坚持每周一次的读《红楼》活动。那日,几人围坐,读到第六十二回《憨湘云醉眠芍药园　呆香菱情解石榴裙》。脑海闪现出一组《红楼梦》条屏图。那是童年记忆里贴在家中墙上的年画,其中"史湘云醉卧芍药园"的场景,我记得真切。"四面芍药花飞了一身,满头脸衣襟上皆是红香散乱。手中的扇子在地下,也半被落花埋了,一群蜜蜂蝴蝶闹嚷嚷地围着。又用鲛帕包了一包芍药花瓣枕着。"现在读来,这些文学性语言的描述,让人感觉甜美芬芳。而在当时一个孩子的眼里,只知画中这女子喝醉了,睡在一块冰冷的大石头上,四周有花开,有蝴蝶蜜蜂飞舞。

说着,读着,脑海里又跳出另外一幅画来。

那是贴在我家堂屋西墙上的一张山水画。如果用现在的语言来描述,那画上有奇山峻岭,千沟万壑。远处白云悠悠,一轮红日高照,画面辽远开阔;近景山路蜿蜒,延伸至远方。山脚有竹林茅舍,半山腰雾气缭绕。整幅画面既有清泉石上流的清逸,又有空山远、涧户寂无声的空灵。画面一角,一弯小道上行进着几个荷着镐头双肩搭着白毛巾的民兵,路的前方有一处断崖,一群头戴钢盔的人正挥举镐头开山劈岭。

清楚地记得画面上有五个字,可我只识得一个"山"字。问父亲,他说这幅画叫《声声敲山醒》。

别样红

那一年,我五岁。

思绪沿记忆的隧道,走进很旧很旧的时光。

那些年,孩子们最盼望的就是过年。过年,意味着有新衣新鞋,意味着有肉有糖果,意味着有压岁钱。

除夕一大早,家家都忙活着贴春联、挂年画。当新年的太阳升起,村子里一派"千门万户曈曈日,总把新桃换旧符"的新气象。孩子们满村乱跑着炫耀新衣,而我更喜欢一家一家地看对联,虽然五六岁的我也不识几个字,却自豪着这些对联都出自父亲笔下。读完春联,我还喜欢挨家挨户地去看谁家的年画好看。

那些年,年画多为印刷品。记得我家贴过小铁梅高举红灯心向党、阿庆嫂智斗刁德一、《龙江颂》等剧照。后来还贴过《洪湖赤卫队》、《小兵张嘎》之类的。我最喜欢的是孙悟空三打白骨精和哪吒闹海,和那些年的小画书一样,看来看去也看不厌。

七十年代,几乎家家堂屋正中都贴着领袖的标准像。贴画像时大人神态肃穆而恭敬,一旁看的孩子是不能乱说胡话的。中堂下方香火台并不烧香。有一年家里的香火台正中还摆了一个黄澄澄的小金瓜,瓜上刻有"毛主席万岁"几个字,很周正。记得院里的小金瓜爬上架时,父亲曾用小刀在瓜上刻下这几个字,瓜熟后,字也大了,很立体。奇怪,想到那字,我又想到——那些年赤脚医生在我们手臂上接种的天花疫苗,那道道划痕也似刻在金瓜上的字,隆起结疤,至今难以磨灭。

记得家里中堂右边贴过一张《毛主席去安源》的画。那是生活化的毛泽东形象,他手拿一把油纸伞,风雨兼程,迈着坚实的步伐走在崎岖坎坷的路上。

"不知现在可有人如我一样,还记得那些年,那些画。"读完《红楼》,我还沉醉在回忆里,喃喃道。

"记得,记得,当然记得《毛主席去安源》。"几乎异口同声。

可《声声敲山醒》那幅画,却没人有印象。

那是改造山河大干快上的年代,那幅画所表达的主题,我自然不懂。可那悠悠白云、崇山峻岭、山路人家,不知怎么就入了心。那世外桃源似的山林以及恬静高远的画面意境,给了年幼的我最初的美的感知和濡染。

回首迢迢往事,我们一身尘土地来。偶尔深心独往,沉浸在最柔软的光阴里,那些童年记忆,伴着清风草木,散发出绵绵的芳香。

心静自然凉

前段时间连日阴雨。这几天，天气大好，难得每天能看到蓝天白云。随之进入三伏，热夏将整个城市捂得严严实实。

站在五楼办公室朝外看，绿油油的大豆试验地里，七八个"面朝黄土背朝天"的人，正弯腰撅屁股地劳作着，他们正除草吧。几天的阴雨，豆苗儿喝饱了水，可着劲疯长，杂草也不示弱，比赛似的，也猛地蹿高了个子。

他们多热啊。我在阴凉的空调房里，体会着脑力与体力劳动的差别，感恩与怜惜之情在心里交集。

自打有了空调，人们对于寒冷和酷热，早就不当回事。可也因为依赖，夜间不那么热，也习惯开着空调。几天下来，麻烦了。突然地，夜里一翻身，腰抽筋似的疼痛。呀，扭了，连床也下不得了。次日去推拿理疗，只按几下，师傅说："你贪凉吧？"盲人按摩师，心眼是明亮的，"最好少开空调，防暑邪，得带暖点，不可一味贪凉哦。"

这如何是好？大热天不开空调，日子怎过？

周末在家，没走几步便觉腰力不支，虚汗淋漓。于是，坐在阳台的藤椅上，小憩，发呆。

窗外，知了声大起。顺着知了的阵阵嘶鸣，思绪悄然潜回童年乡村的旧时光里。

年幼时，随父母下放在乡下。父亲是教师，母亲做裁缝，我和弟妹还小。全家七口人，只有两个姐姐是劳力，她们也才十七八岁。

最炎热的"双抢"季，中午，知了的叫声一浪高过一浪，演奏着冗长的夏之交响。那种比知了略小的昆虫，也跟着凑热闹，"滴鲁滴鲁"地叫个不停。

两个姐姐小睡后，父亲轻声唤她们："队长吹过哨子了，该下地去了。"

屋外，烈日炎炎，芭蕉冉冉。睡眼惺忪的姐姐起床后，父亲总不忘拿出几包仁丹和十滴水，督促她们喝下，以防中暑。每次喝药，姐姐都噘着嘴特不愿意，可也无奈父亲的一再坚持。她俩吞完药，换上裤腿已水锈斑斑的长裤，肩上搭一条湿毛巾，戴上晒旧的草帽，提着母亲早已备好的凉茶杯，在父母心疼的目光里，走向热浪滚滚的门外。

下晚，孩子们几乎都扑向了村东的大塘。男孩们打水仗、扎猛子、划水比赛，不停地显本事；而我们女孩只敢在塘边狗刨式扑腾几下，算是洗把澡。

太阳落山不久，母亲停下缝纫活，开始洒扫庭院。她端起面盆，将冷水一盆一盆地泼向门前发烫的泥地，待凉透，才将家中凉床搬出。

那是一天中最休闲的时光。母亲将凉床抹了又抹，然后将一锅稀饭端出冷却。凉床上摆上几碟咸豇豆、泡冬瓜皮、腌酱瓜等常备小菜，偶尔有几瓣咸鸭蛋，让我们直咽口水。我和弟妹是动不得筷子的，必须等姐姐荷锄或挥镰归来，母亲伺候她们洗了脸，冲净脚上的泥巴，入座后，我们才可端碗。现在想想，这些很有仪式感的日常家风，不知不觉就渗透进幼小的心田。

饭后，孩子们游戏、捉萤火虫。疯累了，热了，就跑到大人堆里，蹭几扇风，接着再去疯，直到精疲力尽。

那时的夏，真热。孩子们大都生痱子。一热，满脸绯红，痱子惊了，浑身奇痒难受。"热啊，好热啊！"直叫唤。母亲拿出痱子粉，将我全身拍一遍，然后一边摇着蒲扇，一边安抚我的情绪："心静自然凉，别动，别叫，一会就好了。"

蒲扇，是那个年代最普遍的消暑工具。家里的蒲扇，母亲都用布条绲了边，结实而耐用。晚上纳凉，孩子们横七竖八地躺在凉床上，父母则坐在一边，轮流给孩子们扇风赶蚊子。清风拂起的夜晚，仰望满天繁星，闻着草木清香，在大人的故事里，我们渐渐睡去。全身凉透时，父母才将我们抱回厚

别样红

厚的蚊帐罩着的床上,一觉到天亮。

从回忆里走出,看窗外高低林立的楼群,想着生活在钢筋水泥城的现代人,内心多么需要一个荒野,偶做山林客。前段时间读约翰·廖尔的《夏日走过山间》,惊羡之余,也深深懂得"你要让阳光洒在心上而非身上,溪流穿躯而过,而非从旁流过"。我们无法如廖尔一般在夏日山间隐居,却可以时时回忆起童年在户外度过的快乐时光,让山水日月常驻内心。

这个周日,伴随着无休止的蝉鸣,享受着阳光的浸染。一把藤椅,一杯茶,打开一本好书,时间在此刻停驻。这,是我理想中的夏日模样。

当内心一片平静,喜悦相安,自有一夏清凉。

凼子圩与大圩

凼子圩

　　小时候，姐姐们常去圩里插秧割稻什么的。凼子圩离村较远，需经过几块田、一座小桥，再沿一条大河埂一直走。现在回忆起来有四五里路的距离。五六岁的我，常跟着姐姐去圩里，她们在地里劳动，我则和小伙伴们在河边玩。

　　那条河，水长而美。河边有很多水生植物，苇叶与红蓼最多。

　　河里开满荷花的季节是最美的。孩子们只关心莲蓬，河边的莲蓬被摘完后，总央求大人下水或用扁担帮着够河中央的。莲蓬很好吃，特别清香。现在每遇见菜场有卖的，总喜欢买几根，边剥边怀念儿时的味道。家里还收集了几只风干枯黄的莲蓬，插在一只粗瓷蓝花瓶里，视作艺术品。

　　印象中鸡头米的叶片类似荷叶，一般浮于水面，叶片上有刺。那果实，远看似莲蓬，近看酷似鸡头，满是刺，很难下手剥。籽像石榴似的，抱在一起。鸡头米有很多种，有叫铁米的，不易吃得动。多年后才知鸡头米就是芡实，除了生吃，还可晒干做药用食材。水生植物中，嫩的藕节、菱角的叶茎、水边的茭白都是可以用来做菜的。

　　菱角成熟时，总见划幺子棚（小船）的人下水采摘。那幺子棚形似元宝，两头翘，仅够一人坐，重心偏于一端，另一端高高翘起。大人边划边翻找叶

别样红

片下的菱角，摘过的那一片水面，菱角叶龇着，挤着，很凌乱，与尚未采摘的浮于水面的那片区域相比，痕迹鲜明。孩子们总盼望着，快快摘完，都觊觎着船尾竹篓里的鲜果。小船一靠岸，一群孩子就围过去，抓一把水灵灵的菱角就往兜里揣。

那涩涩的菱角水印在衣服上，可不好洗，少不了的，总会挨妈妈骂几句。

那时，去函子圩的河边玩，是童年岁月的一次次向往。

有一次赶着一群鹅，大老远去凼子圩。鹅们一走一晃，到河边后，见小伙伴们已在河边玩水嬉戏，我的心也野了，立刻将鹅赶至田里，丢下竹竿，迫不及待地跳入河里。哪知一不小心，跌入深水坑，"啊噗啊噗"地猛灌了几大口水。我拼命张开双臂，身子却直往水下陷，恐惧如山般袭来。就在那一刻，一个孩子游过来，推了我一把，我得救了。

那孩子叫黄太平，算是救过我一命，至今我还记得他的名字。

几个在河边劳动的大人赶来，惊叫连连："这孩子！好险啊！怎么跳到灰巴凼里了？差点淹死！"

灰巴，是多年沉积在河底深处的黑土，因里面含有多种草木质，可做燃料，因此，曾被深挖过的灰巴凼，很深。

我呆坐在河埂上，半天回不过神。此后好长一段时间，再不敢去圩里，更不敢下河。

那些年，"双抢"是一年中最累的农活季。生产队里水稻大都种在圩区，抢收抢种那几天，几乎全村人都去圩里劳动。因为远，偶尔队长会安排人做好中午饭，然后让人挑着两大水桶的饭送到圩里。田地里大人们捧着大碗，席地而坐，就着咸菜，很畅快地吃。身强力壮的，那粗瓷大碗，满满的能吃三大碗。一边玩耍的孩子，也能跟着大人，蹭一小碗饭。记忆里，那饭，总比家里的香多了。

暮归时，圩埂上一担担沉甸甸的稻箩，担着人们的收获。夕阳下，他们的影子被越拉越长。

我的两个小姐姐，一个17岁，一个13岁。她们各自担着一对小稻箩，那瘦小的身影,总被落在老后。

大 圩

长大后几易住地,最终安家合肥。知道合肥南边有个大圩。起先想象着,应该也是"一条大河波浪宽,风吹稻花香两岸"的模样。去过才知,这里是乡村农业示范园,全然一派乡野风光,也有水汊沟渠。每次前往,总让我有走回童年乡下的亲切感。

夏末秋初,小风微凉。距离最后一次去大圩,已好几个年头。这一回,几个文友相邀自城区自驾前往,只20分钟车程,从水泥钢筋城走到青青草地浅滩瓜地果园,就好似从烟火生活走进了诗和远方。一路,好风如水,清景无限,自然心旷神怡。

"架上累累悬瓜果,风吹稻海荡金波。"黄梅戏《天仙配》中这句唱词,自自然然地冒了出来,非常应景。虽在心里哼唱,情绪上早已被感染。坐观光车,沿田埂阡陌,豪兴徜徉。掠过水波荡漾的小河、枯绿参半的荷田,吮吸着浓稠似蜜的晨风,心坎里处处弥漫着草木百卉的芳馨和瓜果的香甜。

小而干净的村庄,一架架丝瓜藤,一树树紫薇花。村口的大草垛,墙角整齐的柴火堆,一户户寻常人家,门前摇着蒲扇的老人,时而三五只鸡、七八只鸭、一两头牛,恰到好处地出现在恰当的地方。

这样细碎的画面,平静而美好。恍惚间,穿越时空回到四十多年前的小村庄,又回到童年乡下。

那时这一切都是司空见惯的。孩子们的眼里,玩,才是最主要的。每天放学,或牵着牛,或赶着鹅,去村前的草地,去田间地边。牛和鹅们悠闲地吃草,孩子们则开始自己的游戏:捡七粒石子可玩瓦石子;挖几个窝凼,撒几颗苦楝树果子,可做挖老猫的游戏;拔两根狗尾巴草,可做胡琴唱歌;撒一把茅针,可比输赢……玩到暮色深重,大人的催促喊叫声穿过田野,才悻悻而归。

红薯、花生、蚕豆、茄子、辣椒、豆角、白米饭、南瓜汤……就这么一天天将我喂大。也是多年之后,才懂得,童年乡下的成长岁月,早已将我的故土情怀,深深扎根于那片土地,以至多年之后,熟睡的梦,回忆的影子,都在那片田野,那个村庄,那些瓜果架下。

"看呀,白鹭!白鹭!"同伴的惊呼将我游离的思绪拉回。芦苇丛中,白鹭忽而惊飞。"这白鹭是我安排的,等大家来了才开始表演的。"扑哧声一片,S先生的玩笑,常令人忍俊不禁。

大圩最有名的莫过于葡萄,眼下正是葡萄成熟的季节。路边随处可见的摊位上,各式葡萄自然是主角。我现在的单位是园艺研究所,有专门研究葡萄的课题和试验地。曾跟同事几次下地,观察葡萄的生长情况,也大致了解一些种植技术。大圩葡萄基地有很多种植户,在技术上都得益于专家的指导。也正是有着先进科学的理念,这些种植大户才能创造出大圩优秀的葡萄品牌。

环游参观了乡村农业示范园之后,我们来到"鲜来鲜得"果园的体验区休息。热情的葡萄园主端来不同品种的新鲜葡萄,有阳光玫瑰、醉金香、玫瑰香等,青的、绿的、紫的、粉的,晶莹剔透,色泽欲滴。在比较和鉴别中,我们的味蕾也一次次被刺激,真正形肥味美,水润香甜。对于这不同程度的甜的体验,除了用"甜,真甜,好甜,甜得齁人"来赞叹之外,似乎也找不到更准确的词语来表达那种从舌尖到心灵的愉悦了。

如果不去葡萄园体验一把,多少是有点遗憾的。亲自采摘的乐趣就在于此吧。现在越来越多的城里人,每去农家乐,就恍若走进自家园子似的,大模大样地"掠夺"。摘桃子、李子、番茄、黄瓜、草莓蓝莓,掰玉米、挖山芋……只要是能吃能带的,无不体验。当然这种"坐享其成",倒也各得其美。你体验了采摘的乐趣,种植户省去劳力;你尝了新鲜,他多了银子。

大圩葡萄园,那叫一个壮观。一路走,万家葡萄园、鲍姐葡萄园、皇家葡萄园、南山葡萄园……数不清有多少家,也不知哪家更甜、更好。反正你用不着像在水果摊上那般,不放心地问一句:"可是正宗大圩葡萄?"

实地走一遭,看一看,尝一尝,你不得不佩服,品牌对地方经济的影响和带动有多么深远。

如今打造社区文化,以文化搭台、经济唱戏似乎已成了趋势。注重长远发展,让富起来的乡村人,在享受经济实惠的同时,得到文化的滋养,提升乡村文化发展的软实力,尤为重要。大圩也不例外。走进安静整洁的乡村图书馆,我随手拿了一本董桥的书翻看,其实也看不进去几页,但书香环境里,那感觉,似清风拂面。

午间歇息时,我问了一个傻问题:如今的大圩乡有贫困户吗?

镇里的负责人说,这里基本没有需要帮扶的对象,五保老人们的生活也很安逸,每天都有专人做饭送饭。

"外出打工的人多吗?"我接着问。

"以前的大圩,大多数青壮劳力都去了市区的建筑行业打工,市区很多的楼宇都是'大圩建造',他们做得很出色。现如今,除了一些做得风生水起的建筑商或包工头外,大部分人都回到了乡下,耕作着自家的田园。非但如此,还有很多外地人来这里打工或承包土地,种瓜果蔬菜。"说这话时,我看见他脸上有隐隐的自豪。

难怪说,现在想把户口安在乡下,可不是件容易事。

不过,我还是想象着,在近郊乡下,有一间小屋。屋后有地,门前有河,南山种豆,东篱采花,喂几只鸡,养一群鹅。就这样,花自飘零水自流。随日子一天接一天地过,快也好,慢也好,忙也好,闲也好。每天去田埂走一走,看一看;或静坐河畔,坐到人事皆忘。

想想,这原本不就是从前的旧日子吗?

童年的端午节

一到农历五月初,姐姐就会约上三两个同龄人去圩里采粽叶,顺带地,还会采回几根菖蒲。端午这一天,妈妈在自家庭园割一小捆艾蒿,家里前门后院的门楣上就会插上一把把散发着清香的艾蒿和菖蒲。

童年时还不知道粽叶的学名叫芦苇。去江苏泗洪游览洪泽湖时那满湖的芦苇随风摇曳,芦苇叶独有的清香阵阵飘来,让我想起童年的端午,想起妈妈包的粽子。

包粽子,第一步是烀粽叶——将新鲜的粽叶放进大锅里用水煮开。第二步是抹粽叶——将煮好的粽叶倒进大盆里,用干净的抹布一片一片地抹干净,再将粽叶的两端用剪刀修整齐,然后一沓沓地摆放好。那泡洗过粽叶的一大盆水,变成了清亮的豆绿色,特好闻。

包粽子的糯米和豆子,早泡好了。记得扎粽叶的草叫东蒲草,很结实。我妈包的是三角粽子,大小相同,小巧秀丽,一个个俏格格的。每次包完一大挎篮的粽子,妈妈就每五个扎一小束,每十个扎一大束。吃的时候,直接从锅里拎起来,一大家几个人,吃多少个,心里就有个数。

过年过节是孩子们最快乐的日子。春节过后,天气回暖了,我就盼着院墙边的端午槿一天天长高,当端午槿开出五颜六色的花时,端午节就到了。

"新老大,旧老二,补补纳纳是老三,叮叮咣当是老四……"家里孩子多,每次吵着向妈妈要新衣服,妈妈总会搬出这些老话。作为小四子的我,只有在过年和端午节时才能满足愿望。过年时,做的是冬天的棉衣裤;端午

别样红

换季,我又会得到夏季的短衫或裤头、长裤。那穿新衣的感觉,可美了。

端午节早上,家家户户桌上摆上了粽子和绿豆糕。白米粽子要蘸白糖吃,那时糖也是稀罕物,平时是吃不上的。每次妈妈会包上几百个粽子,吃不完的,就悬在屋梁的钩子上,够吃好久。我喜欢吃冷粽子,紧实,有嚼劲。

穿上新衣,吃完早餐,迫不及待地就满村里跑。小伙伴们各自炫耀着自己的新衣,姑娘的头发辫子上插着几朵端午槿,一跑一颠的,花就掉了。不过没关系,村前屋后都开着这花,随便摘。够不着的就踮踮脚,摘下最美的一朵,给自己,或送别人。

"端午过中午,中秋过晚上。"问妈妈为什么,妈妈说——端午端午,就过中午;八月节赏月,就过晚上:老祖宗就这么规定的呗。

端午宴的桌上,一桌子鸡鱼肉蛋中必须有"五红"——红烧鸡(鸡血红)、黄鳝(血红)、鸭蛋(红心)、苋菜(汤红),外加雄黄酒(酒红)。有这"五红"方可成席,少一样似乎就不圆满,我妈是很讲究的。

正午的阳光,白花花的。院子里满树的栀子花散发出幽幽的香气。时光静好,岁月安然。童年的端午,伴着花香,在流年的剪影里留下了素白一片。

午后,孩子们的口袋里会装上一大把炒香的蚕豆,嘎嘣脆的蚕豆是节日里最好的零食。如今,我常怀念起,童年时妈妈为我穿起的"蚕豆项链"。戴上那香味扑鼻的"项链",就有"丫头王"般的自豪,那清香绵柔的蚕豆有饱满的爱的味道。

离家七八里的水乡铜闸镇,有划龙舟比赛。大姐和二姐是很不想带我这个小不点去的,可我硬闹着要去。实在走累了,只得央求姐姐们背着我。夜归,一路是无边的黑暗,空气里夹杂着豆麦青草的香气。渐渐地,我伏在大人们的肩膀上睡去了,村里同去的人,轮换着背我,那一年我刚六岁。

划龙舟比赛,是我童年时见过的最大世面。那如潮的人群,热闹的场面,一直镶嵌在我记忆的深处。现在每读起鲁迅笔下的《社戏》,我总想起热腾腾的往昔。

又到粽叶飘香时,街面上端午的气息扑面而来。

现在一年四季都可以吃到粽子。粽子的种类也繁多,味道各异。可无论何种口味,都远不如母亲亲手包出的粽子香。原来,童年的端午节,是一生悠长清香的回忆。

别样红

旧时年味

一到腊月,年味就越来越浓了。

农历二十三这一天是祭灶扫尘的日子。这一天,父亲会将扫帚绑在长竹竿上,将家里屋顶、屋檐上的蜘蛛网和灰尘都仔仔细细地清扫一遍,再将门前屋后的庭院收拾整齐。这些活每年都必须由他来做。做完这些,后几天,父亲就开始安心地为村里各家写对联了。

村里二十多户人家,识字的不多。一些人家,早早地将买好的红纸送来排队,等父亲写好了再来取。父亲写对联时,五六岁的我喜欢在一边看,每次总见父亲不紧不慢地将纸叠好裁好,大对联、中堂对、房对联对,父亲会根据不同人家不同的门写上不同的内容。讲究的人家连鸡笼、猪圈、农具、草垛都会要求写上几个字。年三十那天,各家各户门上,红艳艳的,到处洋溢着"千户万户曈曈日,总把新桃换旧符"的新春气息。我家灶台经常会贴:一粥一饭当思来处不易,半丝半缕恒念物力维艰。那时还认不全这些字,意思也不懂。但因为锅台上总贴着这一副,便记得很牢。多年后才知这对子源自《朱子家训》。

乡下过年,最早准备的是"炆糖果"——将熟的炒米或干豆果倒入熬制好的糖稀里,让其充分黏合在一起,待冷却后,切成大小方块。那时没其他零食,唯这种家家户户自制的糖果是最好的待客食品。不过母亲让我们吃几块后,总会想方设法地藏起来,而我们姊妹呢,也总会千方百计地找到,母亲发现后就骂:"真是'失家教'啊,这还没过年呢,一坛糖果就快被你们偷吃完啦。"

　　除了糖果，过年前最郑重的事就是炸圆子——肉圆子、糯米圆子、藕圆子，一样都不能少。肉圆子个大且香，很实在；糯米圆子香而糯，很有嚼劲；而藕圆子则柔嫩光滑，口感好。一般自腊月二十五六起，各家就开始炸圆子。母亲在锅台上不停地搓、下、翻、捞，那圆子一个个滚进热油锅里又一个个漂上来，金黄透亮的，满屋喷香。我们扒在灶台边，那个馋呀！眼巴巴地看母亲的眼色，等不及时就伸出小手要。还特希望油锅里有破的，好让母亲捞给我们吃。对着满锅的圆子，忍不住就说"这个破了、那个不圆了"，这话一出口，是一定会遭母亲斥责的。母亲将炸好的圆子盛放在大瓷钵里，将炸圆子的油倒进去，养着，一直吃到正月十五。

　　一年到头盼过年，过年可以穿新衣戴头花。我家姐妹多，为避免我们挑选花色而吵闹，母亲一般给大姐和二姐做相同的花色，给我和三姐做的衣服也花色相同。全家的鞋子一般都由二姐做，她心灵手巧，做出的鞋结实合脚又好看。我们的鞋头，她会绣上几朵花，常令我们美得不行。年前，每当村头传来摇拨浪鼓的声音，孩子们就一窝蜂地跑出去，围着货郎担子。那两毛钱一对的绒花是姑娘们的最爱。家里孩子多，买不起头花的，就买两条红绸带或扯上几尺红头绳。我得了头花后，常用纸包好，藏好。时常翻出来看看，那柔嫩的心尖尖里藏着希望和美好，天天数、盼着新年来临的日子，还有十天，五天，三天……

　　年三十吃完年饭，有小伙伴已经迫不及待地换上了新衣，满村里乱跑。而我们家有规矩，必须忍到大年初一才给穿新衣，这叫新年新气象。那时没春晚，一大家五六七八个孩子，吃好年夜饭，洗手洗脸，然后按大小顺序，挨个去父母那里排队等发压岁钱。也就一毛两毛五毛的票子，个个都高兴得不行。伴随着父亲悠扬的二胡声，我和串门的小伙伴们一支接一支地唱着歌：《路边有颗螺丝帽》《我爱北京天安门》《火车向着韶山跑》……疯累后躺在床上，将压岁钱压在身下——姐姐们总说压岁钱必须压着，到第二天的新年才能长一岁，有好几年我都信以为真呢。

别样红

乡下春节最热闹的娱乐便是打牌,那时也只块儿八角的刺激。抹纸牌、推牌九、打麻将,好不热闹。尤其是推牌九的桌边,常围得水泄不通。一屋子看客,小孩们也凑热闹地钻来钻去,庄家红火时,或可得几角赏钱,就开心得不得了。

年初二开始拜年。每到一家都会被热情的气氛包围。坐上八仙桌,主人就会端上一大盘色香味美的什锦凉拌蔬菜(菠菜、香菜、木耳、胡萝卜、干丝、千张、腐皮以及花生米等凉拌而成的)、几大碗的糖果(花生糖、芝麻糖、黄豆糖、米花糖之类的),再就是一大碗滚热的五香鸡蛋。这样的早点是家家户户必备的。泡上一杯绿茶,吃着喝着,整个人神清气爽,通体舒畅。小中午,主人又会端来一碗热腾腾的面条或元宵。晚饭才是正餐,总有十碗八碟的大鱼大肉。但过年时,小孩子们只记得玩,年饱,总吃不下多少。

鞭炮声里迎来新年,新的衣服、新的鞋子、新的头花,穿戴好一切,一个新的我,早已按捺不住喜悦,美美地跑向门外一群新孩子中间。

一切都是新的,连同那新春的暖阳。

白水坝旧忆

"麻早上五点望钟村西头集合,男的带锹,女的带筐,家侠们带绳子,趴拖拉机,骑木特车,拉板车到白水坝挖芋头……"

还记得好几年前,一首用合肥方言演唱的《挖芋头》在网络上迅速走红,当时合肥的大街小巷到处飘荡着这节奏明快、搞笑幽默的 RAP 说唱,让人在接地气的亲切中认识了白水坝。

无法考证《挖芋头》这首歌所描述的白水坝是哪个年头。"五点望钟"天还没大亮,说明距离不近;"到白水坝挖芋头",白水坝应该在郊外,那里多产芋头。查阅了一些资料,五六十年代的白水坝,土壤好,水分足,确有大块大块的农田。再后来这里兴建了不少厂区,随着合肥城的扩大,渐渐地就与市区接壤连片了。

我们搬到白水坝居住,是 90 年代末。那时交通已十分便利,去市府广场四牌楼,也就四五站路,孩子骑车上学只十来分钟。小区的门楼隐于白水坝的一条深巷里,走进去却别有洞天。里面二十多栋楼,楼距大,绿化好,且小区供暖。儿子自读初一起直至去外地读大学期间,我们都住在这里,因为这里生活方便。

马路对面就是白水坝菜市,一条街面贯穿于南北巷,巷那端是五河路。往小巷深处走,老合肥人的市井生活不经意就出现在眼前。街边东侧是一栋栋密密匝匝的老式建筑楼,高不过五层,家家户户的阳台,伸出一个四方的铁架子,上面晾晒着各色的衣物,景象杂乱。也有讲究的人家,阳台边沿

别样红

上会摆放几盆花。其中有一家阳台的月季一茬一茬地开,那些黄色和红色的花儿,特别引人注目。一楼人家都没有院子,敞亮着。门前的树荫处,成了住户们扎堆闲聊、打牌下棋的场所;老太太坐在门口的竹椅上剥毛豆,年轻的媳妇一边织着毛衣一边看着孩子做功课;沿街边的巷口有人守着几个盆钵卖家常咸菜,也有人蹲在地摊上卖些针头线脑;一些生意清淡的店家漫不经心地打量着过往行人,有客进门,就立马笑脸相迎……一路所见,凡此种种。想着,这尘世的寻常里,有香、有静、有稳妥和平庸,在相守的岁月里,恐怕也没人去理会外面世界的繁华与精彩。古语说"大隐隐于市"真是一句深具意义的话,生活原本的朴实与沉厚,都隐藏在一张复杂的街巷地图底下。

街面上,早点铺、蛋糕坊、皮具店、各式百货应有尽有。小巷的左边就是白水坝农贸市场,这里每天都洋溢着浓烈的生活气息,我喜欢这里的气氛、感觉和种种美食,只觉得格外亲切。

菜市入口的三河米饺店,生意特好。色泽金黄的米饺,外酥里嫩,鲜美可口,一大早的,那油锅前总是站满了排队等候的人。古镇三河,有个丁家米饺味道不错。那卖米饺的小哥的操作台上插着一面小旗,上书:钓鱼岛是中国的,米饺是三河的。可这家的米饺毫不逊色于三河本土的米饺。平时早上等不及排队,周末必定去买回几个,配一碗豆浆,好吃得很。

一直习惯于去那对中年夫妇处买菜,几年下来,成熟人了。即便前面有更新鲜的菜,自己也不好意思绕过去,总感觉对不起这家人似的。这两口子人很老实,去他们家摊前一站,他们会拿出柜台下最新鲜的菜卖给我,每次算账,也总不忘抹掉零头,再送些葱蒜。

正是饥肠辘辘的中午,拎着菜经过"小方烤鸭"店门前,那烤鸭的香味阵阵飘来,向我的味蕾发出强烈的诱惑。眼睛时不时地就瞟向那边,脚步也不由自主地跟过去。但见小方从容地从大烤炉中取出红通通的烤鸭,先斩下鸭脖子和头,问清顾客要鸭头还是脖子,再切块装盘。那蜜糖色的烤鸭,皮焦肉嫩、色泽诱人,有时免不了的,就会打破午餐计划,管他呢,买半只再说。

方家烤鸭的隔壁就是小辣椒砂锅店。白水坝一条街上的特色小吃不少，但我吃得最多是小辣椒牛肉砂锅，它做法简单而无需等多久，却够味、爽口、解馋。据说这家店的砂锅粉丝和牛肉面，已成为合肥十大名小吃之一。

走到尽头，街角有一家冷饮店，里面有各色品牌的冰淇淋。无论冬夏，我都喜欢走进去，吃一盒。慢慢地，一勺一勺地品尝着冰爽的美味，总感到外面世界的奔忙都融化于调羹底下，停格在喧嚣的一角，倒有一种神秘而悠闲的幸福感。

和白水坝菜场平行的另几条街道，有叫白一巷、白二巷的，也有叫濉溪一村、濉溪二村的。"胖姐拌面"的老店就隐藏其中，我已记不清是哪一条巷。那店也真不太好找，可"酒香不怕巷子深"，慕名来的食客常为等一碗面而不惜排队一小时。夏季傍晚，懒得做饭，我常去那吃一碗招牌牛肉拌面，那爽滑筋道的凉面，伴以麻辣鲜香的牛肉干，很香很有嚼劲，口感特好。敲完这一行字，已禁不住唾津的浅溢了。

在白水坝生活时，美容院离得也近。下了单位班车，走几步就到了美容院。进去躺一躺，享受尊贵的服务，也享受在低回的音乐里不知不觉睡去的安逸和舒适。晚上散步至蒙城路桥，再沿着环城路走一段，回来经过合家福超市，把该买的生活用品买好，一切打理妥帖，人也神清气爽。

有外地亲戚朋友过来，家门口就是新宇宾馆，入住方便。对面的叶氏香格里拉酒店也是待客的理想场所。

一直忘不掉香格里拉酒店那道特色菜"锦囊妙计"，去这家店，必定要点这道菜。想来好笑，我到现在也没弄明白那鸡是怎么装进完好的猪肚里的，吃过几次，也观察不出一个结果来。在家里也做过鸡汤炖肚条，虽也鲜美，可全然不是店家那味道。

现在每次开车经过白水坝，总不忘看一眼那小巷，倒怀有一种"客树回望成故乡"之情。

那些年，孩子是生活的重点，每天站在窗前，目送着年少的儿子骑自行车离家的背影；一次次摆好桌上的饭菜，再站在窗前盼望他的身影出现。

别样红

寒暑假,我会将外地的父母接来住一段时间。父母在身边的日子是安逸的,无丝毫牵挂。白天,与父母一起买菜做饭,每一顿饭都变得有意义;夜晚,散步回家,看到二楼客厅的窗纱上透着父母的身影,心里总充盈着暖暖的幸福。

孩子去外地读大学之后,作为学区房的白水坝住所,似乎结束了它存在的意义,最终我们结束了每天四趟乘坐交通车的奔波而搬回单位附近居住。就在搬家前,父亲离世了,他再没有机会来我住的新家。

一辆大卡车载着我的书籍和衣物,也载着我的不舍离开了白水坝。从此,有关那里的一切,都渐渐地远了。

白水坝的那所房子,盛放着我与父母共同生活的种种记忆,"深知身在情长在",真是悔不当初卖掉了房子。

我搬家不久,乐购和北京华联商厦就紧邻蒙城北路与北一环路交叉路口拔地而起。这一带迅速成为白水坝商圈的核心地块。现今的白水坝,东边毗邻新开元国际大酒店、豆瓣汇步行街,西边接壤财富广场和香格里拉大酒店。这里夜市、商场、娱乐生活设施齐全,白天车水马龙,夜晚人声鼎沸,已是北门最繁华的地段。

后来再经过白水坝,发现为那家闻名遐迩的"叶氏香格里拉"酒店的牌子不见了,取而代之的是一家商旅酒店。

三河米饺店也找不到了,当初的店面现在是一家新鲜的水果铺。

小区巷口的新宇宾馆,已改头换面变成某妇产医院,手机百度了一下,又是"莆田系"的产物。一想到就连救死扶伤的医院都利益最大化了,心里特不是滋味。

我住过多年的那个小区,隐匿在这家医院旁边一条狭长的巷子里,远远的,见那红色大理石门柱在岁月的浸泡下已显陈旧和落伍,只那门楼上焊接的几个铜字"深圳花园"还依稀可见。

"雕栏玉砌",朱颜已改,曾经的邻居熟人皆已湮渺,如同白先勇的小说《游园惊梦》里的最后一句:"变得我都快不认识了,起了好多的高楼大厦。"

搬离白水坝这条街已七年有余,抚拾过往,记忆总是深长的。那一条街道,一座宅院,窗前那一株桂花树,岁月的感慨不只是这些,而是身处其中的人事和岁华。父母老去的容颜,儿子的少年与学生时代的韶光,都淹没在这条街上。每想起那旧宅的温暖,总让我对时光流年里的白水坝无限怀念。

别样红

农科南路40号

清楚地记得,我第一次从县城乘坐三个多小时的长途汽车到达合肥,又辗转几趟公交车到亳州路,再坐爱人的自行车,一路颠簸,才找到偏远的农科南路。当时,看着大院两边的稻田和菜地,我怔怔地发呆,感觉又回到了乡下农村。

一

走进农科院,进入宿舍区,但见一排排红砖红瓦的平房,一栋栋,鳞次栉比。家家门前都围有竹篱笆的小院落,或种菜,或养鸡喂兔。一直走,找到东边第三排第六间,踏进那属于自己的小屋。打这一天起,在这间不过20来平方米的低矮平房,我们开始了半城半乡的生活,一住就是六七年。

爱人在畜牧研究所工作。和爱人结束了两地分居的生活,我调至院小学工作。那一年五月的某一天,第一次,我跨进了省农科院。

农科院地处郊区四里河的农科南路,是全省最大的农业科研机构。记得那时,农科院南接梁郢村,西临五里拐,东镶一条无名河道,北面延伸至吴郢及桃花社区。整个大院四周被村舍、农田、荒堆与河道挤占或环绕,与周边郊区边界不清。如果不是看见田间地头插着的小牌子,很难分清哪是实验田,哪是农户的自留地。如果不是那栋九层的科研大楼矗立院中,你也很难知晓这里竟然是全省最大的农业科研机构所在地。

那时出行多有不便。除了每天上下班四趟单位交通车,外出就得骑自行车了。好在年轻,有的是精力体力。周末,一家三口骑一辆自行车上街,买菜购物逛公园,倒也其乐融融。孩子去城里读中学,因交通不便,我们去城区买房陪读,每天四趟乘坐单位车上下班奔波。直至孩子去外地读大学,我们复又搬回农科院附近的水木春城,而这时的农科南路早已变了模样。

当年与之接壤的乡村田园已规整集中,新型的城市化建设缩短了城乡差距。当时的村民都盆满钵满地分到了自己的几房几室,住进了高楼大厦。农科院周边道路变迁,历历在目。曾经的郊区四里河,早已成为紧邻庐阳区政府的重要枢纽。四里河立交桥、临泉路、银杉路、金桔路,多方纵横架构的道路,四通八达。随着地铁3号线的即将运行,城市的范围越来越大。如今的农科院,北接明发广场商业圈,东边与四里河滨水公园接壤,向西步行几百米就是最美的庐州公园,而正大门的农科南路,直通临泉路。农科院独守城市一隅,闹中取静。坐拥水田、菜地、植物园林等实验地,依然保有着乡村田园的旷远和辽阔,这对于有乡村情结的我来说,真是莫大的宽慰。

从第一脚踏进农科院,再搬进搬出又搬回,三易其家。这一晃,二十多个年头过去了。如今,每天从容地步行上班,于我,真是一件幸福的事。

二

从家到学校,一条十五分钟的长路,我已走了八年。

这条路,我太熟悉了。熟悉到我闭着眼都知道,路边的每一棵树、每一块田,它们各自的位置和模样。

出门右转直行,经过作物所试验大田,一路向东,就是农科南路。我喜欢沿着那一道篱笆墙外行走。说是篱笆墙,其实是试验田边的铁丝网,被各类植物的藤茎攀附所形成的藩篱。这些植物中,以爬墙虎居多,刺拉藤和牵牛花也夹杂其间。在时光的寸寸延伸里,一些南瓜和丝瓜的青藤,相互扭结纠缠,攀缘着爬上架。那葱青的叶片,一天天绵密,在田野之风的吹拂下,绽

别样红

放着金黄的花蕊,热闹非凡地开着,而一些温婉的牵牛花则被挤挨在绿叶和黄花之间,只在清晨探出粉白娇嫩的笑脸来。墙内,紧邻篱笆墙的田埂上,那些蚕豆、芝麻、豌豆什么的,静默地开着紫的、白的小花。在我看来,乡间的一切纯美被这条路包括了。上班路上,游目骋怀,一路有淡香暖风。

那几块实验田,每年照例是一季红薯,一季麦子。红薯收起,平地翻土,再种麦子。初春时节,总见地头行间沟渠分明,规范整齐,各色标识的小牌子插在返青的麦地里,上面记录着播种的日期和品名。再后来,麦苗长高了,那些牌子就掩埋其间。麦收季节,常见戴草帽的实验人员在地头忙碌的身影。如果不穿白大褂,他们与一般的老农无异,都是黝黑的模样,只是他们不问收成,只守着那一亩三分地的实验数据和成果。

试验田的麦子不同于农户家的麦子。由于播种时间及实验品种的不同,成熟度也不同。常见这几陇麦子已枯黄一片,那几畦麦穗才泛青,还在拔节灌浆。每次经过,脑海里就会跳出一个词"青黄不接",它让我联想起童年生活。每至年底,家中余粮常接济不上,母亲就催促父亲:"马上就青黄不接了,快去借些米吧。"而书生气十足的父亲,总硬着头皮去邻村的老同事卫老伯家借米。想我现在看到的只是色彩青黄不接的场景,全然不同于在乡下生活对于贫困的理解那么深刻。

油菜试验田也可见不同品种的油菜。有的还在开花,有的早就包浆结籽。偶尔还见田里的油菜花上罩着一个个白色的袋子,远看像是一只只白色的气球浮在黄色的画布上。这些袋子是用来阻止光照,还是用来阻扰蜜蜂传粉影响育种纯度,一直猜想却不得而知,也忘了去问我妹夫。这些油菜试验地是他的"地盘"。

说起这个妹夫可不简单呢,他叫陈凤祥,是油菜行业首屈一指的专家。他曾带领他的团队,攻克了杂交油菜制种的世界性难题,获得过国家技术发明二等奖(当年一等奖空缺)。这个奖项的含金量可不小,时任国家主要领导人都亲自出席了颁奖仪式。这几年,妹夫又多次获得殊荣。2016年,他被评为"安徽省十大经济人物",颁奖词称他为"油菜行业的袁隆平"。

没有随随便便的成功，我常在试验田边遇见妹夫，他戴着草帽穿着胶靴，在大田里不停地忙碌。

油菜田在农科南路以北。春天，那连绵的油菜试验田，铺开一片黄色的汪洋。我常去那边散步，一路清香，看一地花黄，在夕阳里，美得让人心惊。

农科南路与迎松路交口以东，是园艺所的温室花房。花房对面原先是园艺所苗圃，这里培育的菜苗品质优，尤其那小黄瓜、圣女果、脆皮苦瓜都特受周边的菜农欢迎。前两年苗圃搬迁，此地成了131路公交终点站。如今这里又拔地而起一栋十几层的高楼，和马路对面的创新大厦相呼应，与院内的科研大楼三者形成"品"字结构，它们容纳水稻、水产、作物、棉花、园艺、土壤、畜牧、绿色食品、农业情报等全院十几个科研机构的主体实验室和办公区。

自花房往北不过一百多米，就进入农科南路40号——安徽省农业科学院的大门。大门口有一溜排三十多棵大树，根深叶茂，无比粗壮，有几棵一人都抱不过来了。猜想着，这些树一定是建院时栽种的，它们该见证了农科院五十多年成长的历史。

农科南路贯穿整个农科院生活区。如今的农科院早已成为花园式单位，大院内有丰富的植物花卉：梧桐、青松、红叶李、紫薇、看桃、樱花、石榴、冬青、柏树、广玉兰……种类繁多。尤其是秋天，大院里到处弥漫着桂花的香味，随处可见那些乌桕和银杏，红的红，黄的黄，明艳无比。

大院内一方池塘，春柳袅娜、夏荷田田，为院内风景锦上添花。我工作的学校，紧邻荷塘，这是我日日经过的地方。院内曾经的平房区，早已平整为宽大的运动休闲广场。西边的那一排香樟树，长高长大了。树下的长木椅，日晒雨淋的，已斑驳成怀旧的色彩。每次经过，父亲牵着那条名叫旺旺的小狗，坐在长椅上等候我的情形就在脑海重现。

那些年，我将父母自县城接来，住在大院内我的房子里，自己则陪儿子读书住在市区。那天傍晚，天阴冷着，年迈的父亲，穿着厚重的大衣，捂着棉帽，手里牵着旺旺，枯坐在香樟树下的长椅上，守候在我下班必经的路口。

别样红

也不知他等了多久,可忙于工作和孩子的我,脚步总那么匆忙,只应付几句,就转身飞跑着去赶班车,而将父亲关切的目光和孤单的身影,抛在身后。

现在每经过那条路,总有"心事如潮不自持"之感,看见那条父亲坐过的长椅,想那些年自己的感情又是多么粗糙。默默叹息,人生里有些事情,不能蹉跎。

注定和"农"字有缘吧?父亲的名字中,有个"农"字。我自5岁随父母下放"农村",直至16岁回城,我人生最初的记忆,都发生在乡下,是农村生活丰厚了我的童年。大家庭里,各类农学专业的就有七人之多,我也因嫁了一个"农人",而一脚踏入这个"都市里的村庄"。自此,脚步再也不曾离开。

守着这条路,守着一寸一涯的时光,这一晃,二十多年过去了。儿子在这里成长、读书,再后来,去了更远的地方,读书、成长。

这条路,印下我父母蹒跚的步履。直到某一天,我胸佩一朵白花,送走了我的父亲,三年前,又作别我母亲。

如今,已过了大喜大悲的年纪。每一天,行走于清香四溢的农科南路,就好似在城乡间穿梭。看看菜地、麦田,这难得的"乡村景象",常令我想起远方,想起乡下,想起童年,想起家、母亲、笑声、温暖。

回不到从前

姐姐曾约我："一起去老家小庄看看吧。"

我摇摇头："不想去。"

国庆期间，去老家含山。当车子经过那个村，鼓足勇气，凭借着存在脑子的记忆，将车开往小庄村方向。在快临近村口时，想了想，又掉转车头，离开了。

实在是不愿意破坏记忆里的印象。读过这样的消息，台湾的李敖一直不愿意回到北京，他的观点是："重温旧梦，就是破坏旧梦。"我也有同感。我深知，当我一脚踏进现在的小村，记忆里的小村的原貌，那些生活过的场景，就不复存在了。

五岁那年，我们姐妹四人随母亲下放到那个叫作小庄的村子。这个村是我母亲的娘家所在地。说是娘家，也只有一些姨表舅亲戚。这个村全是一门黄姓。母亲原姓孙，两岁的时候，外婆早逝，她被抱养到黄氏外婆家，黄氏外婆的家就在小庄村。黄氏外婆一直不生育，抱养母亲后，特疼爱和娇惯我母亲。但因一次，外婆与别人吵架，被人骂了"绝八代"（家里没有儿子传宗接代），好强的外婆，后来忍气吞声，硬是给黄氏外公娶回一个二房，小外婆生了我的小舅舅后，外婆才真正扬眉吐气了。我们到小庄落户时，黄氏外婆外公早已作古多年，那唯一的小舅住在不远的小镇铜庙，母亲一直资助到他娶妻生子后，才算了却了一大心愿。而我们就在离舅舅家不远的小庄子里，一住就是十年。

别样红

乡下清苦快乐的生活，填满了我童年、少年的记忆。

才到那个村的时候，我对那里的生活很不习惯，我拒绝和村里的小伙伴玩耍。那时父亲在外地的学校教书，母亲常外出上工做裁缝。很长一段时间，我每天缠着两个姐姐，她们去生产队干活，我就一直跟着。她们到很远的圩田里，我也跟着，硬是坐在田埂上，等着她们收工才回家。倔强的我，为此没少挨妈妈的痛打。后来的一次跟路，被妈妈撵回家，可我挣脱后，继续往外跑着，脾气暴躁的妈妈抱起我，一下子就将我扔到村口的秧田里。打那之后，渐渐地，才和村里的小朋友玩在一起。

家里没有强壮劳力，父亲是教师。只有两个姐姐做农活，所以在挣工分、年终分粮，以及后来分自留地承包等方面，我家都不占巧。有几年，每到年底，家中的口粮都接不上，常需要向亲戚家借一石米，才能接上来年的收成。不过妈妈还是很会安排生活的，比起村里其他的人家，我家餐桌上饭菜要好很多，我们姐妹兄弟六人的穿着，在村里也算是光鲜的。

读小学时，正值"文革"后期，学校的教学不正常了，经常组织学生参加各类劳动或文艺会演。那时我常扮演《红灯记》中的小铁梅，唱《我家的表叔数不清》；还常扛起红缨枪在各种批斗会上表演节目；也常走出校外，去热火朝天的劳动现场，给那些正在"改造山河"挑河埂的人表演。现在想想，那些活动也真是锻炼了自己。

记忆里的村子有 21 户人家，每家每户都有前墙后院。村前的几块大水田连接着另外一个村子。村西一条大路通往小舅住的铜庙镇。那个小镇农历三、八逢节，逢节的早晨，街上很热闹。那时最盼望跟着妈妈或姐姐去赶集，得到一块糖果或是去亲戚家吃一顿，那是很快乐的。临近过年，妈妈会从集市上扯上几块花布给我们姐妹做新衣。货郎担子进村，一群孩子就会围上去，最吸引女孩子的就是那些绒绒的头花和丝绸带，我总是拉着妈妈衣角，死缠硬磨地要买。回家后，总小心翼翼地用手帕把这些头饰包藏收起，不时地拿出来看看。盼啊，盼啊，等到大年初一，迫不及待地穿上新衣，戴上头花，满村奔跑炫耀。

村东头通往圩区,有一条大河,那长长的圩埂坡道是小姐姐和同伴放牛的地方。而我在家里一直负责放鹅。放鹅于我是最开心的事,几个小伙伴把鹅赶到村北端生产大队后的大马路边,就不管了。鹅低头吃草,我们就席地而坐,玩各种游戏。那些鹅混在一起,我们也能分得清的,因为各家都会在鹅脚或鹅毛上做上记号或染上颜色;或是在雏鹅时,剪鹅掌,用火烧成各种记号,如什么左外丫、右内丫、双脚外丫、双脚内丫啥的。放鹅结束,我们会用长竹竿将各家的鹅拨划着一只只分开,然后披着夕阳,各自赶回家。

村头有一口大塘。稍大点后,我每天会帮妈妈去淘米、洗菜、捶衣。夏天,小伙伴们下塘洗澡,打水仗。有时我们也会将鹅鸭赶到塘里,然后就玩水,或者玩游戏。那时的游戏很多,挖老猫、滚铁环、踢毽子、跳房子、打砖头罚跪等,常使我们迷恋不已。几乎每次都玩到天黑,等家人满村里呼喊,才扫兴而归。

小红家在村南的东堡村。她家有村里为数不多的瓦房,好几进屋。院子很大,很深。读鲁迅《从百草园到三味书屋》时,脑海里就会浮现这个院子:不必说碧绿的菜畦,光滑的石井栏,高大的皂荚树,紫红的桑葚;也不必说鸣蝉在树叶里长吟,肥胖的黄蜂伏在菜花上……油蛉在这里低唱,蟋蟀们在这里弹琴……鲁迅的文字是深入骨髓的,而那院落的场景也深刻地镌刻于记忆里。

小红家院子里有一丛开着白棉絮状的植物,都说叫"稻庄药"(未曾考证是哪几个字)。这白色的药棉草,有止血的作用。东堡村有几个"坏孩子",常跑到我们村头挑衅,找我们"干仗"。我们会在村口交战,互相扔石块。有一次,我在"战斗"中不幸负伤,后来才知是被本村的小友子用石块砸伤(按现在的话说是被乌龙了),当时额头上鲜血直淌,我捂着伤口跑回家向妈妈哭诉。不一会,有同伴偷跑到小红家后院,采来稻庄药,妈妈帮我敷上才止了血。后来友子妈端来一大碗红糖水荷包蛋,算是赔礼,我妈的脸色才好看了一些。至于疼痛,再不记得,可那热腾腾的美味荷包蛋倒是一直让我忘不掉。如今我的脑壳上依然留有一个凹下去的小印记。童年的伙伴友子现在也是年过五旬的人，早已成为深圳一家会计师事务所的老总。偶然我们见面，说起童年往事，常会相视一笑。

七十年代末，我家搬到县城。搬家时我正在芜湖姨娘家过暑假。两个月后，当我回到小村，家里前后两进屋子，没了。那承载我许多记忆的房子，拆了。残垣断壁的土墙里，长满了齐腰深的茅草，我站在墙内，有如《城南旧事》中的英子一般，打量着眼前的一切，默然无语。临走的刹那，看到庭院中，妈妈种的各色大理菊还在热烈地开着，只是那一刻，不知它们可曾听懂我那刚开始发芽的青春的心事。

我在小庄村的日子就这样结束了，我童年和少年时代的生活也结束了。

后来村里的几个伙伴，渐渐地都联系不上了，再后来，听说：

17岁的大琴子早早地远嫁江西去了。

倔强的小霞因为抗议为弟弟换亲，投河死了。

小猫当上了村里的民办教师，嫁给了与自己无血缘关系的堂哥。

村里最有出息的小友子，考上了中专，去省城读书了。

……

自此，我再也没有踏足那个村子，更多的记忆都丢在逝去的风里。

只是，每听到故乡、乡愁、童年、母亲、老屋这些词时，一些片段和画面，会在不经意的瞬间跳出来。

那个赶着一群鹅，对着夕阳发呆的女孩；

那个扎着蝴蝶花踢毽子的女孩；

那个穿一身绿军装，戴着五角星帽子，唱小铁梅的女孩；

那个坐在课堂里熟练地背诵毛主席诗词的女孩；

那个刚开始发育，穿上妈妈自上海买回的粉色毛衣，美得不行的女孩；

……

那个女孩，如同现今的小村庄，早已变了模样。

那些成长中的快乐和忧伤，那逝去的童年，都留在了过去、从前。而我，再也回不到从前。

悠悠我心

豆　蔻

　　超哥受国内某知名大学邀请，回国参加一个学术论坛活动。前后一周时间，匆匆而过。临行前一天，陪他去超市。他说思元要买几味做菜的调料。看他接连转几个柜台，似乎没寻到他需要的，就问他要买什么，他说："豆蔻。"

　　"豆蔻？'豆蔻年华'中的那两个字？"我疑惑。豆蔻是调味料？

　　超哥说："是呀。豆蔻是很好的调味料。"

　　"好吧。"陪他又转了另外两家超市，还是没买到。

　　"怎么会没有呢？"他那神情不解中夹杂着些许失望。看来媳妇思元交代的事，他是很想办成的。我忽然想起家门口的菜市场或许有。于是折回。果然菜市场的调味品专卖摊里，豆蔻、草果、香叶、桂皮啥的，都有。

　　从植物达人程耀恺老师的图说里，知道豆蔻是味草药，真不知它还是调味料。好像我的家人朋友也没有用豆蔻来做调味品的。

　　看超哥仔仔细细一粒粒地挑选，再一粒粒地分装进一个个食品袋中。这是生活必需品吗？我暗自摇头，两个傻博士，读书已近迂腐。

　　我弱弱地问："少一味调料，也不影响食品的味道吧？"

　　他响当当地答："那怎么不影响呢？"

　　没去研究和对比，我也说不出所以然。想我们几十年的生活也就是柴米油盐酱醋茶，生活日复一日。从前只想着吃饱穿暖，后来日子好过了，觉得要吃好睡好，到现在也只是偶尔讲究一些营养搭配。可他俩似乎把实验

别样红

室里的一套操作流程,搬到了生活当中。每顿饭都不马虎,认真计算营养配比,认真操作,认真吃饭。

超哥和思元都是食品专业博士,他俩一个学的是食品热加工,一个学的是食品冷加工,方向不一样。超哥倾向于食品包装的研究,而思元则更喜欢食品的操作,显然这样的实践不一定与她的专业有多大关系。将来回国自己开一家蛋糕店,是她的理想之一。

很少看思元发朋友圈。如果有,要么做了什么糕点——提拉米苏、月饼、泡芙、抹茶慕斯之类,要么就是做了几道菜,什么蒜茸酱爆虾、椒盐羊排、日韩风格的寿司之类,显然都是她满意的作品。

超哥远在美国的家,小而整洁。思元是尤其注重厨房的,无论卫生,还是设备。春节期间,我和亲家在厨房忙活,总感叹,看这小两口,比咱大家庭的设备都全,调料也多。那天我数了数,光是胡椒就有白胡椒、黑胡椒、绿胡椒、颗粒自磨胡椒,好几种。糖也有绵白糖、白砂糖、红糖、方糖等。煎鸡蛋有专用的模子,煮鸡蛋有专用的滚刀。拉开灶台下的抽屉,里面整齐地摆放着各种瓶瓶罐罐,碗筷碟、刀具,非常齐全。对比我的厨房,不得不叹服。

早上用餐,我们包子馒头加牛奶,三下五除二,只两三分钟就下肚了。他俩慢条斯理地在各自专用的白色西餐盘里一步步地操作着:往一片切片面包中间放上生菜,然后是抹酱,然后是用滚刀将白煮的鸡蛋切成一片一片,均匀铺好,再然后是撒上研磨的胡椒或少许调料,最后再盖上一片面包片,就着一杯牛奶或咖啡类饮品,细嚼慢咽。

我和亲家常窃笑,现在是二人世界,看以后你俩可还会这样慢。

小两口回我们的家,看我们总还沿袭着旧的传统,喜欢吃雪里蕻烧肉,喜欢吃香肠咸鱼,喜欢臭小菜蒸豆腐,他们总提醒得少吃这些缺少营养的食品。可多年的传统和习惯,早已将我们的味觉和胃囊系统固化,他们带回的咖啡、营养米、牛奶添加物,也常被我放到过期。

家里的冰箱已用了二十年,超哥一再建议换个双门大容积的。可家里这个还能用呀。春节前,小两口帮我整理厨房,将多年不用的碗柜里的碗、杯子、瓶瓶罐罐的，扔了好几筐。

敝帚自珍的不舍与"断舍离"的决绝，自然使厨房整洁一新。

生活空间可简洁，但生活品质不能马虎，这或许是他们共同的理念。小两口做一道香煎三文鱼，在前期腌制时，需加多少料酒，腌制多长时间，他们可都是严格把控的。看来这卤牛肉要加豆蔻、草果等大料，于他们来说，一味也不可少。

回家查阅了豆蔻的相关资料。豆蔻，气味苦香，味道辛凉微苦，烹调中可去异味、增辛香。难怪超哥如此认真，原来豆蔻用于卤水以及火锅，就加了一味特殊的香。这样的香，提升了食物的品质，自然会在唇齿之间留下特别的口感。

豆蔻本美好。诗文中常用豆蔻比喻妙龄少女。宋朝谢逸有词："豆蔻梢头春色浅。新试纱衣，拂袖东风软。"而杜牧的《赠别》："娉娉袅袅十三余，豆蔻梢头二月初。春风十里扬州路，卷上珠帘总不如。"用早春枝头含苞待放的豆蔻花来比拟体态轻盈、柔弱美丽的十三余岁的少女。后人以"豆蔻年华"，更清楚地点明这个令人喜爱、亭亭玉立、含苞欲放的美丽的年龄段。如今"豆蔻年华"虽不拘泥于杜牧所说的"十三余"这个具体年岁，但大致指代美好的况味。

豆蔻是生活的调味料，豆蔻是年华美好的代名词。把生活过成诗，把日子当诗来过，认真对待一菜一饭，凡物凡事用心去体会，生活的百般滋味，总会带给你不一样的体验。

别样红

两把梳子

梳妆台抽屉有好几把梳子,其中有两把是我最珍爱的。

一把是黄色的牛角梳,一把是红褐色双排木齿梳。

出差在外,习惯带轻巧方便的黄梳子。在家,则多用木齿梳,它特别好用。

总有朋友问:"你咋就没白发?怎么保养的?"

是遗传吗?记得父亲五十余岁,头发就稀疏拔顶,可也奇了,直至老人八十寿终,却也无一根白发。而母亲年老后却满头银丝。特爱清爽的母亲,因一头银发,更显风姿优雅。我的三个姐姐,头发也都花白。如此来说,我随了父亲?

父亲教过我保健头发的诀窍,每日用手抓头,或者没事时,用梳子反复梳。我虽不能坚持每日多次,但早早晚晚的,却是爱用梳子将头发梳得条条顺顺。

之所以早晚都爱梳头,也是缘于对梳子的喜爱。

这两把梳子都是有来历的。

母亲在世时,住在我单位分的两居室,离我现在的家很近。一天,母亲来看我。刚进门,她便神神道道地说要送我一样好东西。她一边说一边从随身携带的小布包里,翻出一把梳子来。"看,这把梳子,是玉的,给你留着用。"我接过,看了看,大半新,色泽倒金黄油润,看材质,应该是牛角的。可看老人家一脸的温情与兴奋,不好拂她好意,问:"从哪来的?买的?"

母亲神情诡异,似乎不想说。终拗不过我的追问,说去澡堂时捡来的。我一顿数落:"家里有热水器,怎又去澡堂?多不安全哪。这捡到的东西也不能要啊,怎拿回来了呢?"刹那间,原本欣欣然的母亲,像个犯错误的孩子低下了头,嘴上还弱弱地辩解:"家里卫生间小,去澡堂洗澡舒服。当时捡到,问了,没找到丢东西的人呢。"

我摇摇头,想想八十多岁的老人,糊涂一点也正常。这梳子也不值什么,就不再理论,叫她自己留着用,可老人一定要给我:"你留着,这梳子好,是玉的。"她再次强调,是玉的。

"好吧。"我随手将梳子丢于沙发边的一个纸盒里,没当回事。

几个月后,母亲走了。好长一段时间,我沉浸在悲痛之中,想着母亲对我的种种好。

忽一日,无端地想起母亲送我的那把梳子。花了大半日时间,翻箱倒柜却遍寻不见。天哪,我给扔哪了?

该是跟纸盒一起扔了,懊恼了好几天。那天钟点工小胡来家,和她说起,她记起自己收拾过,放在阳台的整理箱里。

谢天谢地,终于找到了。抚摸着梳子那一刻,忽忽地,眼泪就掉了下来。

五年了。随着时间的推移,这把普通梳子,越来越被我珍视。这是母亲留给我的"玉"梳子啊!

儿子去美国读博那年暑假,我去北京送他。考虑到新同学和老师,我建议他准备一些见面礼带着,毕竟咱是礼仪之邦呢。

可带啥礼物呢?丝绸手绢?扇子?茶叶?那日黄昏,我俩沿街一路走,一路找。后来驻足在一家木梳专卖店,见店里有各种梳子,花色样式精美,很有中国风的味道,就它吧。挑了好几把,打包后准备离开时,儿子问:"妈妈喜欢哪把?我来给您买一把吧。""给我买?我梳子多着呢。"见我摇头,孩子一本正经地说:"那可不一样,这是我的心意,我才领的奖学金,给您买个礼物。"不容我分说,他开始认真地挑选,先是问我形状可喜欢,又叫我试试是否好用。最后,我们共同看上了一把双层木齿的长柄梳。一看价格,三百多。

"有点贵吧?"我试探地问。儿子果断掏钱包,付钱,说:"不贵,只要您喜欢。"

包好递给我。"只能送您小礼物啦,等我去拿美元,给您买大件,什么LV,什么香奈儿,您就随便说吧。"他拍了拍我的肩,笑呵呵地说。

一晃,儿子在国外读书工作,也六七个年头了。

或许是时光让物品有了灵魂,这普通的梳子里早已注入了那浓得化不开的亲情。现在,每拿起梳子,常会想起最亲的母亲,想起远方的儿子,想起从前、往事。

长大后　我就成了你

小学五年级那年开学季，上课铃响，父亲夹着课本走进我的教室，当时班上一片哗然。大家把目光投向我，我则一脸惊诧。当校长的父亲，居然成了我的语文老师？

几乎所有的学生都怕校长，我也不例外。上学好几年，从不敢进他办公室讨杯水喝；被男同学欺负，也不敢向他告状。

二十世纪七十年代初期，很多学校的教学和教育活动都不正常。作为小学生的我们，也常被拉到田地里接受贫下中农再教育，帮社员捡稻穗、挖红薯等。那时没有作业负担，书包里也只语文和算术两本书，几个本子，课堂上老师也不教多少知识。可也有例外，父亲的教学就严格。

几天下来，父亲带给我不一样的课堂感受。渐渐地，我开始喜欢父亲发散而丰富的课堂。他给我们讲林冲棒打洪教头，讲孙悟空七十二变，讲鲁迅、周恩来，讲励志英雄故事，讲乡村逸闻趣事……父亲的朗读也很有气势，他习惯在教室里来回踱步，高声朗读，读得有板有眼，抑扬顿挫。往往读完几遍，我就领会了原文之意。

小时候，我的成绩在班里一直数一数二的，有时课堂提问，无人作答时，班里所有的目光总会投向我，而我总自信满满地说出答案。刚开始我还满心期待父亲的表扬，可他只淡然地点头，算是赞许。

有一件事，让我好一段时间记恨父亲。快毕业时，全校选一名学生去省城参加一个活动。当时，我和小友子都可能被选上，可父亲最终还是带小友子去了。小友子回来那几天神气十足,说他坐了汽车,还乘了火车,那火车好长好长。说在火车上老师还给他买面包吃,那面包又香又甜,可好吃了!说得大家直咽口水。我是连火车长啥样都不知道,父亲却不带我去。好几天,我都生气而不理父亲。但他带回来的两块面包,我也没忍住不吃。

父亲毕业于师范学校,是乡村学校唯一的公办教师。方圆百十里,乡民们都尊他为先生。他写得一手好字。我尤喜闻着墨香,看父亲写对联。他写一个字,我读一个字。在认识对联的过程中,我得到了最初的文学启蒙和熏陶。我家灶台边,父亲常会贴上"一粥一饭当思来处不易,半丝半缕恒念物力维艰"。多年后我才知晓,这是出自《朱子家训》中的句子。

记忆里乡下的家,前后两进,有六大间,中间是宽敞的庭院。初夏,栀子花开,满院清香。

身高近一米八的父亲,挺拔高大。那时的父亲,多年轻啊!

无数个清晨,隔着一间堂屋,父亲在他的房间放声高唱:"朔——风——吹——,林——涛——吼……"那是父亲最喜欢的现代京剧《林海雪原》中的唱段。宁静唯美的乡下清晨,父亲拖着长腔唱京曲;热腾腾的稀饭;母亲目送,我跟在父亲身后,一蹦三跳跑向不过三五百米的学校……多少年后,这一幕幕场景,常在我眼前重现。

父亲很文艺。他会唱歌,会拉二胡,会吹笛子、口琴。阳春三月,他给我们糊各式风筝,带我们去放飞;夏季,他给我做网兜,让我去网知了和蜻蜓;每至除夕,父亲悠扬的笛声,穿透夜空,飘荡在乡村的上空。一个个穿上新衣的小新人儿,迫不及待地跑来我家。父亲拉着二胡为我们伴奏,我们唱啊跳啊,那无比快乐的时光,现今的孩子很难知悉和想象。

父亲一生辗转过很多学校。他到哪工作,我们的家就搬到哪。每次离开一个地方,当地乡亲都到村头相送,依依不舍。五岁那年,我家搬到巢湖之滨的小村庄,一住十年。那时物质极其简单而贫乏,可家家都有明月清风,人与人之间充满了关怀。我的小学,我的老师,我童年少年的所有记忆,都深埋于那段岁月中。

长大后我才知晓,那些年父亲也是很艰难的。可父亲少有悲观失落,一向乐观豁达。他常挂在嘴边的一句话是:"知足常乐,能忍自安。"也见他把这样的话书写出来,贴于书桌前。当时似懂非懂,及至中年,才算悟出其中的玄机和哲理。

　　蓦然回首,我从事教育工作已三十余年。或是我对父亲有着深刻的崇仰和敬爱,才让我恒久葆有人间有情的胸怀,葆有对生活从容的步履,一路坚守着教师的职业情怀,从秋走到冬,从春走到夏。

别样红

母亲的南瓜地

紧邻我家西墙外的村头,原是一大块空荒贫瘠的地。后来,母亲在这里种南瓜。瓜叶丰饶时,整块地被铺满连片。我上学若抄近道,需蹚开满地瓜藤,才能走出。

清楚地记得,开春后,母亲在这块地上翻土,开挖出许多大小不过一庹的窝凼。新土晒上几天后,母亲将屋后育好的瓜苗一棵棵移栽过来,连续浇几天水。等瓜苗直挺挺地鲜活过来,便不再管。那瓜叶和藤使劲地疯长,一段时间后,原本荒凉的残地,就被葳蕤硕大而坚挺的藤叶铺得满满实实。再

不久,大朵大朵的黄花开了,蜜蜂飞来了,白蛾子飞来了,蝴蝶飞来了。

母亲教我辨识公母花。母花有蒂,公花则无。母花是万万采不得的,一朵母花会结出一个大瓜。摘一把将开未开的公花,洗净,晾干。和一盆面粉糊,加两个鸡蛋、一小勺盐。将撕成片的南瓜花均匀裹上面糊,置烧开的油锅中翻炸。待金黄透亮时,捞出。等候在锅边的我们,常迫不及待地伸出小手,抓一块就塞入口中,脆脆酥酥,那个香啊。妈妈则忙不迭地提醒:"别烫着啊!"

油炸南瓜花,是小时吃过的美味。尤其端午节,母亲必备一道油炸南瓜花。

小南瓜初长成时,摘一只青嫩的小瓜,切细,配红绿辣椒丝一起清炒,一盘色泽鲜艳的南瓜丝,是饭桌上惯常的菜,就干饭或稀饭皆爽口。

南瓜的藤蔓也是可食的。与山芋梗、芡实梗的做法相同,需先将藤蔓的外皮撕掉,切细配菜爆炒,其味清鲜嫩爽。

瓜地里的南瓜一直结,我们一直吃。待瓜皮枯,瓜蒂老了,才可摘。这老南瓜和山芋一样,都是六七十年代必备的副食品,营养又果腹。

傍晚,提着大拷篮跟母亲去瓜地是很开心的事。瓜地里红蜻蜓很多,它们飞飞停停,比大老冠蜻蜓狡猾得多,很难捉。蛐蛐叫声一浪高过一浪,搬开一只南瓜,就能逮好几只二尾蛐蛐。不过女孩是不喜欢玩蛐蛐的。瓜地里那横一个竖一个的瓜,有的打眼可见,有的低调地深藏于叶片之下,安然地静卧,有的被一根青藤悬在路边的杂树上。尖叫,来自发现的欣喜:"妈妈,这儿有一个好大的瓜!看那儿,那儿还有……"

南瓜宜储藏。堂屋的香火台下,码放的全是南瓜。有麻咕癞癞的,有光滑漂亮的,有长的、圆的、扁的、椭圆的,有状似磨盘的,有甜的,有面的,有既甜又面的……村里邻居来串门,随便搬走几个,多的是呢。

我放学回家,书包未来得及放下,第一件事总喜欢跑厨房揭锅盖。好像家里一年到头饭锅里总蒸着东西。一般不是山芋就是长豇豆,不是蚕豆就是南瓜。蚕豆是用针线串好的,挂脖子上,边吃边拽,那感觉是最快活的。

别样红

老得发黄的长豇豆，取一根塞入口里，自一头一拽一捋，长长的皮自然剥离，满口豆米香。南瓜呢，我总喜欢挑那块唯一带蒂把的，特别面。妈妈骂我精坏，却又袒护我，我下学回家晚了，她总把方方正正带蒂的那块留给我，看我香喷喷地吃。

南瓜子是最好的闲食。小时一说肚子疼，妈妈就炒一捧南瓜子，说南瓜子可打肚里的蛔虫。后来想吃南瓜籽时，就捂着肚子装疼。妈妈发现端倪，抱我坐下，横担在双腿上，然后掀开我的小肚皮，使劲按压：是这里疼？这里疼吗？我哪能说出所以然？自知露出破绽，再不敢用此招。

热夏。母亲早早地切半个南瓜，添一勺绿豆，煮一锅南瓜绿豆粥，放凉。待日薄西山，姐姐们荷锄归来，一人喝一碗凉粥。

冬夜。姊妹们围坐在扎窝里烤火吃瓜子，妈妈在一边踩着缝纫机。我们常缠着她说鬼故事。屋外，北风呼呼，窗户上糊着的纸窸窣作响。家人闲坐，灯火可亲。

会裁剪衣裳的母亲一辈子没种过田。她喜欢把屋前屋后栽上花种满菜，还总把庭院整得四方四正，黄瓜是黄瓜，辣椒是辣椒，豆角是豆角；院墙边旮旮旯旯，这里一丛晚饭花，那儿几株十样景，墙上爬满牵牛花；西墙外的南瓜地则是母亲的大手笔。那生荒闲地，经母亲之手而瓜藤遍野。也正是那散散漫漫、峥嵘无限的南瓜地，缓解了清苦岁月的饥荒。

我自六岁那年随父母下放乡村，一住十年。后全家搬回县城，再后来我远嫁省城，至今不曾回过那小村。很多时候，也想不起它。

母亲别我五年。那天去郊外崔岗，看庄户人家屋后一地瓜藤、几只南瓜，那些绿过枯过的记忆，乘机袭上心来。木木地发呆，只觉鼻子一酸。

父 亲 与 书

午后。天,照例灰蒙蒙的。

沏一壶红茶,蜷在书房的沙发里,打开一本书,漫无目的地翻看。

这样的天气适合读书,也适合怀念。

现在读书,很难读进去。记忆大不如前不说,有时读着读着,又常神思飘忽。但纵使这样,每日总离不开书的。午后读书,犹餐后甜点;晚间枕边书,是每日的催眠剂。每晚忙顿停歇,想到上床后就可安静读书,总有莫名的兴奋。即便每天翻不了几页,也犹婴孩对安抚奶嘴般依赖,必须伴书入眠。

书,于我而言,像是填充物。每当空虚来袭,在书的滋润下,柔软的心就坚硬了起来,于是总能抵挡和排挤掉一些所谓的无聊或寂寞;书,也是我"精神的巢穴",辟一方宁静,躲进去,穿梭在字里行间,就会将凡尘琐事搁浅而暂时遗忘。

有朋友问我,有那么多书,还不停地买,能看完吗?相比于我那些文学圈的朋友,我的书少得可怜。可就这些书,能看完吗?这样的问话,让我想到生命是有长度的。可是,管他呢,藏书毕竟是快乐的事。

小时候太贫困了,哪有那么多书看呢?偶尔得几本小人书,便高兴得不得了。家里子女太多了,必须省吃俭用才能维持生计,哪里有钱买书呢?与几个朋友同感,在最适宜读书的童年时期,我们缺失了好书启蒙的"底肥",也被知识无用论的年代"荒"了好些年。现在对书的饥渴,可能也源于曾经的亏缺吧。幸好，十六七岁之后，我在姐姐家里读了一些好书，才算是渐渐打开了一扇通往大千世界的天窗。

父亲是教师，他喜欢读书和写字。他生命的最后几年和我一起生活。一向节俭的他，喜欢在旧报纸上练大字。那时的我，也不像现在这样喜欢写字和绘画，压根也没想起该给父亲买些宣纸让他写。现在想想，当时哪怕留下他几幅字，也是念想啊。父亲走后，老家房屋卖了，而在卖房之前，我也没能想到回家去找一些能盛放我思念的物件。父亲和我一起生活的最后几年，曾写过一卷厚厚的回忆录，我看过，鼓励父亲往下写。再后来，父亲走了，去他住的小屋寻他的手记，却怎么也找不到了。现在每想起这些，就后悔不迭。身边的朋友，有的藏有父亲的字画，有的留着父亲的笔记，而我的父母留给我什么了呢？或许他们一辈子最大的成就，就是生了我们姐弟七个孩子，子女才是他们留给世间最大的遗产？

不过，师从父亲，我也成为教师。于无形中，是父亲濡染了我这辈子对书的热爱。

姐弟们估计都不一定记得父亲的忌日。八年的时间，很多伤痛随着时间的推移，淡了，没了。

今天是一月十日，父亲的忌日。我在这阴郁的下午，掀开一帧对父亲的怀念。

前几年，隔三岔五地会梦见父亲，梦里父亲的音容笑貌总那么清晰，那种与父亲相见的幸福，常让我在梦里怀疑是不是做梦。惊醒时，一脸泪痕。两年前母亲也走了，新的痛又牵扯着自己。每想起父母，不自觉地会将一些痛糅进文字里，有朋友开始提醒我，少写伤痛的文字，这些文字会"扎"人的。这种友善的提醒，让我也有所意识。这些年自己在读书的时候，也是很不情愿读一些消极伤感的文字，就连唱歌或者听音乐，都喜欢轻松、愉悦、欢快的。"大隐藏人海"，渐渐地就学会了隐忍和藏掖，学会了伪装和放下。

可谁的心头没有一些不为外人道的苦楚呢？一脉亲情又有几人能安然放下呢？

父亲的离世,是我第一次直面死亡。什么是死?死是永远地失去,是没了。那个把你带入世间的人,就这样变成了空气,抓不着,摸不到。死,让人懂得这世上有一个最残酷而冷冰的词——后悔。亲人健在的时候,你不曾懂,总有一天,触景伤怀——"后悔"这个词就开始不经意间时常提醒你。

父亲走后,我开始在母亲身上进行弥补。母亲去世后,还是有那么多的后悔啃啮我心。我不禁想,是不是所有父母,在他们身后,都将扔下这个叫"后悔"的东西给后人背负呢?

后悔,是良心发现。"子欲养而亲不待",是良知觉醒后的怅惘。究其原因,一段时期传统文化的断层,纲常人伦的教育缺失,让一代代人过多地把精力、时间和金钱堆砌在子女身上,父母爱孩子的心是最真切的,而对于父母的付出远不及给予孩子的十分之一乃至百分之一。

父亲一直夸我孝顺,记得他病重时曾经对我说:"红子,我死后你别老哭啊!"母亲在病危之际,我擦洗她那日渐消瘦的身体,眼泪无声地流淌下来,母亲伸着手,擦着我脸上的泪,也和我说了同样的话。父母在生命的最后时候,依然忧心着孩子。想想,所有的父母,都希望孩子是阳光快乐的,父母在天有灵也一定希望子女不要沉湎于悲痛。如此一想,我们也没有理由不好好活呀。

种种心结,瞬间放下。

前几天买回一摞子书,每次新书进家都很心喜。发微信写了这样一句话:年轻时喜衣"妆",年老时靠书"装"。两个书房里的书柜满了,依然贪心,见到好书,买;看到朋友推荐的好书,买;看到书商做活动打折,买。我在一次次的买书和读书的过程中获得满足感。

父亲生命中的最后几年,读报和看电视是他最好的精神陪伴。我为他订过《老年报》和《健康报》,小妹每天给他送当天的日报,如果哪天忘了送来,他会打电话催促或是去我们上班的地方讨要。每当他在报纸上看到有我发的"豆腐块",就特别高兴,叮嘱我复印好给他珍藏,并鼓励我多写多投稿。

别样红

父亲走了后，我的文字日趋成熟，也出了几本文集，只是他再也看不到我写的书了。

抬头看看书柜里一摞摞书，猛然想，其实父亲就是一本书。这本书，写有他对生活对家人宽广的大爱，这本书中深藏着他孜孜不倦的追求和思想。这本书厚重、无华、温暖、慈悲。只是父亲在世时，作为子女的我们，从来就没有好好地去读他，读懂他。

父亲没有给我留下什么物质上的遗物，可他留给我的精神永存。他是我心中珍藏的最好的书，这本书胜过一切。

给自己送束花吧

今天得给自己送一束花，必须得有点仪式感。

又到了常去的那家花店。"玫瑰还是康乃馨？"姑娘问我。我看到了百合。"香水百合？"得到肯定后，询价，还价，挑选，包扎，支付宝扫描。

我给自己送了一束花。

一

从明天起，彻底地"颓废"，做一个真正的"社会闲杂"人。

圈里一个朋友，去年退休时曾如此自嘲。他说真正放空自己，心情舒畅，"身体里诸器官像花儿一样开放"。这别出心裁的比喻，亏他想得出呢。距离我正式退休还有二十九个月零三天，但今天也算是个特殊的日子——我的教师生涯结束了。

没有一个学生的校园，多冷清啊。最近这五年，每想起，心里就不是滋味。这几天，好几拨中考、高考结束的学生返校。他们来时大都习惯先到前后操场转一转，看看花，看看树，打打球，或者席坐在那棵歪脖子老树下，回味曾经熟悉的一切，然后再上楼来看老师。几个退休教师也时常来校，他们关心着学校和教师们的未来。我几乎每次都重复着同样的话：还不清楚学校后期做什么用，也不知自己后几年做什么。放心，肯定在大院内上班。

6年前主管单位决定不再办学。停止招生后，学生人数逐年递减，去年

别样红

九月至今,学校只剩下一个班,32个学生。

5个教师加上32个学生。想想和"32"这个数字真有缘。一九八五年师范毕业至今,当了32年教师;这最后一届的学生,也正好32个;一九九六年,被提拔为校长,那一年,我32岁。那时真年轻,真有干劲。电教一类达标学校,甲级管理学校,优秀办学水平学校,巾帼文明示范岗……规模如此小的子弟小学,获得这些殊荣也不容易。再后来,为提升学校形象,还成立过鼓乐队、腰鼓队,每年六一有声势浩大的庆祝活动,一年一度召开秋季运动会……教学质量被叫好,生源逐渐爆满。

那时的付出,已成过往云烟。我弟弟常取笑我为"末代校长",还真是。此后真不希望被人叫"校长",虽不是"愧偘",确也"名不副实"。不过走到哪儿总被人猜出教师身份,连文字亦如此。有朋友说,你们做教师的,写文章都喜欢端着,说教式的,不放松。看来职业痕迹,岁月使然,这也是没有办法的事。

想来是有种叫情怀的东西在作祟。记得有次某领导动员我提前转岗,被我拒绝,我说,毕竟对这个学校有感情,有教育情怀。当时那领导鄙夷地哼了一声:哟,还情怀?到哪不是工作?

那一刻,我默然无语。

是被自己绑架了吧。倒真不适应去办公室喝茶看报,宁愿每天站堂讲课,无休止地批改作业,跟孩子们不停地"磨",在一个个红叉或对号里画日子。

同事们常调侃说,这一届学生算我们的关门弟子。那就尽心尽力,为职场画一个圆满的句号吧。

这一年,居然在学生身上也接种了一种叫"情怀"的东西。他们开始留心身边的自然,学会认识一些原本熟视无睹的花草,能够像见老朋友似的叫出校园里很多花草的名字:小飞蓬、婆婆纳、车前草、野豌豆、马蓼梅、早熟禾……操场上的梧桐、水杉、柿子树、香樟、广玉兰、丝绵树(孩子们称之为歪脖子树)……也成为他们作文里抒情的对象。老师们还发现,几乎所有孩子的脸上都多了笑容，他们彼此很友善，每一天都很快乐。

有什么比孩子开心的笑脸更重要的呢？

这一年，我亲自担任最后一届毕业班的语文老师。我以为立足课本，跳出课本，树立大语文观是必要的。孩子们特别喜欢我发散而丰富的语文课堂：新闻时事、作家名著、名人逸事、节令天气、植物花草……让学生享受学习，享受生命的成长，带动课外阅读，并指导孩子自由书写，也是我的教育观；范读作文、鼓励式评语、个别交流、赠送好书……期许和鼓励，是我的"必杀技"；阅读课外书，是每晚的一项作业。最终，学生们明白了，爱上读书，是多么好的一件事。通过大量的阅读和每周习作，一年后，他们的文字越来越出色，有的开始写诗、写小说，孩子的内心有了大乾坤。每周一，我都迫不及待地打开他们的周记，阅读他们的文字，那清泉般无修饰的童心稚语，也滋养了我。

二

在最后守望的日子里，我还能给孩子们做什么呢？

经过思考，我决定给孩子们做一本书，把他们的文字汇编成册。很长一段时间熬夜，腰酸背痛的，感觉比自己出书还累。没有任何人要求，只是自己愿意这样去做。

一本作文书《听，丝绵树下的童声》，最终编辑完工了。那粒粒稚嫩的文字，闪烁着32颗童心的快乐和苦涩、天真与懵懂，也承载着孩子们对校园对师长的怀念。相信这样一本书所串起的美好，会让孩子们的童年岁月闪闪发光，也会沉淀最后校园的时光记忆。

电子稿做成后，家长群里感谢声一片。学生们更是期待毕业典礼这一天，能拿到散发着墨香纸香的新书。

这是我送给最后一届学生的礼物。

三

上班时,几个同事都在说着一个新词:今天"杀青"。彼此会心一笑,这笑中有某些意味。

上午上完最后一节课,我也"杀青"了。进办公室后,老师们都在感叹:轻松了,完美收官。多年的教师生涯结束了。大家各自计算着自己的教龄:15 年,22 年,26 年……

我呢,32 年。再回首,历历如昨,32 年,弹指一挥间哪。

还记得第一次怯怯地走进课堂的情景。那一年,我 20 岁。

"我们得给自己一个大大的赞!"不知哪个老师说了这样一句话。是的,真得好好赞一下自己。

那就给自己献束花吧。

收拾整理好办公桌上的备课教材,将杯中茶叶倒掉洗净。打开手机,对微信群几个好朋友说:我今天解放啦,我要给自己买束花,庆祝一下。

不一会,朋友呼应,有送花的,有安慰的,有祝贺的。

下楼,开车,直奔花市。

在华盛顿过年

在国外过春节,很难感受到喧腾和热闹。儿子超哥的住地离华盛顿市中心很近,距白宫特朗普家也不过半小时车程。可这里很冷清,几次出门散步,很少能遇见人,小松鼠倒是不少。

过年就是一家人团圆,看春晚,吃年夜饭。华盛顿与北京有13小时时差(冬令时)。关于啥时吃年饭看春晚的问题,超哥的意见是尽量和国内同步。大家一推算,春晚八点开始,这边才早上七点。这起早看电视可以,可吃年夜饭,总不能凌晨四五点呀?

还是按华盛顿时间吧。

大家商议,一家五个人,每人做一两道拿手菜,这年夜饭就该差不多了。确定大致菜单后,一家人开始去超市打年货。

华盛顿有好几家亚洲超市。亲家比我们先来,她说"大中华"超市价廉物美。一进超市,感觉似回到国内。所见的面孔,所闻的言语,蔬菜瓜果、生猛海鲜、鱼肉蛋禽以及它们的标识,全是熟悉的,连营业员都会说中文。推着车,在喜气洋洋的氛围里,终于感受到一种暖心的年味。

几个人挑选,三下五除二,不一会就满满一推车。鸡鱼肉蛋、瓜果鲜蔬几乎买全了。想着按家乡的年俗,要炸春卷。再去找春卷皮,居然也买到了。

"农历二十八,家家把面发。"一大早,亲家就端上一大锅热腾腾的包子。亲家是哈尔滨人,祖籍山东。她心灵手巧,特会做面点。下午她又大显身

别样红

手,蒸了团圆饼和生虫。这生虫,就是面捏的小刺猬、青蛙、小猪之类,用花椒籽做眼睛,它们都"活乏了"。团圆饼共五层,每一层边沿都镂上花,最高一层捏一条龙盘踞其上,或做一朵花什么的,再以红枣、枸杞点缀,这团圆饼的寓言和喜庆就明摆在那里。

年夜饭,当然亲家主厨。她准备的菜是熬冻、基围虾、蚝油海参和扣肉。基围虾摆盘很讲究,一只只开背,撒上蒜茸,沿盘子摆一圈,蒸好后,再点缀少许青葱,红彤彤一大盘,色香而喜庆。熬冻是东北特色菜,前年去亲家家过年吃过,口感糯而鲜。

年三十讲究年年有鱼,这鱼还得余着,这个风俗,南北方大致相同。红烧鱼的任务交给了先生。此外,他还做了自认为拿手的卤猪蹄、鸭爪等卤菜。

我准备的两道菜是炸糯米圆和蛋饺。北方人基本不做这些菜。而我们的节日传统里,少不了的,要炸各种圆子。记得老家巢湖一带炸圆子的过程很有仪式感,灶上灶下的人都不说话,可不能说"破了""不圆了"之类不吉利的话。北方的亲家也说,他们那做圆子,也是说不得"圆子不圆"的。

超哥和媳妇双双是食品专业的博士后,他们对美食的研究可谓精心。与我们传统的吃喝相比,他们更讲究烹调过程的科学以及食物的品相。大年三十,他俩准备的是几道西式餐点。

虽在国外,除尘、扫灰、贴春联,可是一样也不能少。

年三十一大早,先生就将从国内带来的春联"一帆风顺全家福,万事如意满园春",郑重其事地贴在门上。媳妇将几个"福"字也贴上了窗户。餐桌上,一大束红玫瑰,散发着醉人的芬芳;阳台的月季花,也艳艳地开着。

两个孩子将家中的糯米圆子和面点,匀出一些,分送给华人同学,说是让他们也感受一下家乡和妈妈的味道。

下午四点起,一家人轮番烧、炸、炖、烤。超哥买来当地特产蓝蟹,做了蒸蟹。媳妇最后上场做了一道煎牛排,这道西式菜,除了前期腌制过程讲究,火候的把控也要恰到好处,加上红辣椒和洋葱、黑胡椒、白芝麻等配料的烘托,果然色香味俱全,细嫩爽口。

两个孩子还精心做了餐后甜点和水果拼盘。

一大桌丰盛的年夜饭做好了,真可谓南北荟萃,中西合璧。

华盛顿时间的早晨,一家人围坐看春晚,当地球的那一端已开始接春,我们才开始围着圆桌吃年夜饭。

我问超哥,美国可以放鞭炮吗?

鞭炮一响,估计没两分钟,警车就呜呜地来啦。

哈,只是好奇。

席间,一家人高举酒杯,彼此祝福。饭后掼蛋,其乐融融。当时针指向十二时,亲家的饺子也端上桌了。

大年初一,拌素菜,喝早茶,炸春卷,吃茶叶蛋。

虽在异国他乡,咱也照样营造浓浓的中国传统年味。当然,能和最亲的人在一起,这个年,更温情脉脉。

连 续 梦

接连好几天,我都在做梦,总是梦见母亲。

她说:"星期天了,你们也不来看我啊?"说这话的时候,她在医院住院,而我好像一直在忙着什么,忙什么呢,也想不起来。

可母亲那神态和语气却让我自责不已。

第二晚,接着梦。母亲还是在医院。姐姐送她去住院,自己就去幼儿园接孙子去了,丢下孤零零的母亲在医院。我在外出的路上遇见医院一个朋友,她说:"你母亲在医院呢,怎么都没人照料?"那一刻,我心急如焚。不巧自己又没开车,于是打开手机软件,准备叫车。奇怪的是,手机怎么也打不开,全是广告界面,那个急啊。路过一个门店,见朋友的女儿正在店里,请她帮忙检查,她说:"你手机中毒了,要重做系统。"她帮着装了一个软件,界面突然黑了,彻底死机了。我焦急万分,央求她帮我叫车。

等我赶到医院门口,姐姐也到了。我责怪她:"怎么就不交接好班呢?怎么能让妈妈一个人孤零零地待在医院呢?"

无限自责与焦虑中,我醒来了。

接下来好几天,还是梦见母亲,要么是她站在门口目送我下楼,要么就是她做好饭后,站在八楼的阳台上望着那条我回家的路……

母亲别我五年了。

央视播过的《朗诵者》中,有一季的主题是《陪伴》。那天我是一边听、看,一边流泪。想到母亲的晚年,我们欠她的陪伴太多了,如今才知,陪伴是最长情的告白。这些天的连续梦,也是心里亏欠太多,从而日有所思夜有所梦吧。

前两天,我以很快的速度,读完龙应台的《天长地久:给美君的信》:"停下脚步,人们不断地从我身边流过,我心里想的是:当你健步如飞的时候,为什么我不曾动念带你跟我单独去旅行?为什么我没有紧紧牵着你的手去看世界,因而错过了亲密注视你从初老走向深邃穹苍的最后一里路?"读这些句子时,眼泪不自觉地滑下,视线模糊,欲罢不能。再读:"为什么我愿意给我女朋友那么多真心的关心,和她们挥霍星月游荡的时间,却总是看不见我身后一直站着一个女人,她的头发渐渐白,身体渐渐弱,脚步渐渐迟,一句抱怨也没有地看着我匆忙的背影……"我用波纹线画下这些句子,写上自己的读悟:"简直成了我内心的独白。"

龙应台的文字直击内心,她在母亲最后的时光,毅然放下一切,回到美君身边去陪伴、照料。她决定写信表达,尽管收信人——未读,不回。

想到几年前我在浦江书院参加国学培训,豁然间了悟出《弟子规》中关于孝悌的道理,无限悔恨父母在世时,自己陪伴太少,慨叹真应该为年幼的孩童进行国学传统精髓的启蒙。而今读完这本书,也感慨,如果早读到这本书,如果母亲还健在,我是不是可以做得更好?龙应台悔悟,现在她所做的一切,有那么多迟到的,空洞的,无意义的誓言。可相对于"子欲养而亲不待"的人来说,"至少她还有一个可以倾诉的对象,至少还有一个活生生的母亲坐在身边,至少还有可触摸的温度"。我在书上批注了三个"至少"。

想起一个在IT界工作的朋友,她每天工作日程都排得很满。可在她母亲成为植物人的226个日子里,无论自己多忙,每天都穿越拥挤的大半个城市,哪怕再晚都赶去医院,为的是看看母亲,拉拉她的手,对她说说话,哪怕母亲根本无意识、听不到,却一直这样坚持,直至送别母亲,她都无限感慨:"妈妈,真的要感谢您,226个日日夜夜,您给了我们足够的时间做准备,让我们感觉自己似乎已尽了孝,但是我心里明白,你一辈子都在付出,相比你的恩情,我们做的还是太少太少……"

别样红

记得母亲很多次想把她的故事说给我听,而我每次总敷衍过去:"下次再说吧,我忙着呢。"我总以为还有很多个下次。那时的自己根本没有足够的耐心和时间,去听她的叨唠,总以为那些叨叨没有任何意义。直到有一日得空,才偎在沙发上,按照母亲的要求,装模作样地找出笔记本,将母亲口述的她20岁之前的那段时光,记录下来。母亲沉浸在回忆里,我也由漫不经心到听得渐入佳境。将近两个小时后,母亲还意犹未尽,我说,下次再说吧。不承想再没了下次,关于她和我父亲,关于家,关于我们兄弟姐妹,母亲后续的历史,都尘封在那些发黄的岁月里。

母亲生养我们七个子女,父亲被打成右派期间,她饱受欺凌。父亲的工资一度被克扣到每月只五块钱,她自己拖着当时才五六岁的两个姐姐,去煤场做小工,贩西瓜,做裁缝,贴补家用拉扯孩子。那些年,母亲真是吃尽了苦头,可即便父亲当年得了肺结核,她也不离不弃,独自承担家庭重任。母亲曾和我说过,当年为了救父亲,从来不愿求人的她是怎样拉下脸面去跪求父亲的领导,请他们将父亲抬去医院救治。最终也是她那一跪,感动了教育部门的领导,最终救回了父亲的命。

父母一辈子牵手,拉扯大我们众多姐妹。等我们逐个都成家了,条件渐渐好起来之时,2008年初冬父亲走了,母亲落单了。各自成家后的姐妹们,给予母亲的陪伴却太少太少。

走在人群里,时常恍惚。每看见与母亲年龄或外貌相仿的背影,心里就发紧,继而一声叹息。也最听不得别人唱《母亲》那首歌,一直回避着,原本温情的歌词,现在听起来却那么揪心。

相亲唯梦里,鸡叫泪痕干。很奇怪,尽管每次梦醒满脸泪痕,或是惊叫而醒,可我却宁愿在痛楚的梦境里一次次见到母亲,享受那稍纵即逝的温情时光。

山里的小屋

我是心心念念想着再去一次小屋的。

山花都开了,这一周不去,觉得自己怎么也放不过自己的。

之所以说是小屋,是因为有房一间,不过二十来平米。邻居大都是知名作家,俺只是个写作者,能在这充满文学意味的村子里有一席之地,有间实在的小屋可容身心,已足够。

"山如眉黛,小屋恰似眉梢痣一点。"逶迤的群山间,有一栋灰墙黛瓦的二层小楼,其间有我的小屋。它位于霍山的东西溪乡。门前有溪,屋后靠山,既邻村户,又接乡镇。心中能有一亩田,用它种桃种李种春风,自是令人欣欣然。

去岁秋,在对各自的小屋进行简单的装修后,大家买床买桌买书架,忙得不亦乐乎。就像新入学的大学生般,我们对居住山乡小屋充满着新鲜和期待。

我的小屋,墙上挂着自己画的小山水。一幅火红的秋景图、一幅浩渺的远山图,还有一幅山居农家图。窗帘和床单选择了田园风格的小碎花布。书桌上的花瓶,随时更换各种新鲜的山野花。"花香不在多,室雅何须大。"有花香、书香的小屋,就有了文艺的味道、家的味道。

二楼正中一间,是大家共有的客厅。我与木桐的小屋双门正朝客厅,坐拥得天独厚的公共空间。

厅内陈设简单,方桌有二,长凳四条,碗具若干。两张桌子可拼可分,拼

别样红

起为长桌,可开小会、聚餐;拉开为方桌,可打牌掼蛋或三两谈天。除了字画,客厅里最不可或缺的,当然是花瓶。花瓶一定要大口粗陶的,可插山野花,哪怕是油菜花、萝卜花,也都很适宜——邻居老文青"许员外"如是说。

山里四季都有花。秋天,我们采回一大篮野菊花。回来插满花瓶,插满竹编的鱼篓,插满床头的花篮。厅外屋里,自是一片清香。

这个季节,漫山的映山红,随便采。不过真有钟情萝卜花的,从农家门前捡来的破旧腌菜坛,也派上了用场。内置一碗水,将这一大捧淡紫色萝卜花,随意一插,那花就活泛了,簇拥旖旎,朝夕莞尔。

每次小住,朝茶晚酒好花天,倒有林徽因"太太的客厅"般,很聚人气。

屈指一算,春节前后,已三个来月没来小屋。打开客厅,丢下行李,推开朝北的后窗。一顿扫、拖、抹,不一会,小屋就亮堂了。自车中取回途中采撷的野杜鹃,插瓶。待心闲气定,再泡一壶新茶,落座。

窗外是山。山上青草青着,白云白着,一树淡紫色的油桐花油油地开着。

门前有树。石榴树嫩叶初发,鲜亮亮的,"花褪残红青杏小",想着下趟来,站在二楼自家门前,伸手可摘杏,心里盈满喜悦。

老旧的小屋光线是明亮的。哪能不明亮呢?屋小,窗多,门大。山上的自然光色,带着阳光的温煦,糅合着花香草香,一股脑地泻进来。

除了山花,小屋的安静也是吸引我一次次来的理由。

来小屋是一定要住上一晚或几晚的。也只有安心地住下,你才能体会夜的宁静。

还有什么比一夜好睡,夜夜好梦更美的事呢?

清晨,耳际婉转着清脆的鸟鸣。推窗即青山,出门遇鸡鸭。闲来去邻居老王、老毕家串串门,去山涧小道走一走。掰几根竹笋,采一束山花。中午,几碟鲜蔬摆桌,一锅热腾腾的竹笋烧肉满屋飘香。只需扯着嗓子叫一声:"开饭啰!"隔壁邻居自然过来,拿碗筷,举酒杯。虽没有"两人对饮山花开,一杯一杯复一杯"的情调,但三五成群,彼此吆五喝六的,也热闹非常。

下午小睡后,必须去乡村最美图书馆泡一下午。在喜悦的光阴里,读读书,发发呆。夕阳西下,再去吧台边高脚凳上,品茗闲坐。听图书管理员小汪吹一曲又一曲萨克斯或葫芦丝,在悠扬的旋律里,想东想西想迷离。

时光悠悠,今夕何夕。山中一天,恍人间数年。

每过一段时间,我的心就拽着我,必须再来小屋。哪怕只住一晚,哪怕在山野溪水边随便走走,看看天空树林,感觉身体里负面的东西就释放出去,然后一身轻松再回城。

小屋虽小,可它给了我博大的乡村、田野、天空和大地。它铺陈一条锦绣之路,连接着城市和乡村,也连接着我的诗和远方。

别样红

176 岁老人

公公今年92,婆婆84,两位老人年龄之和176岁。

与公婆相处已有三十余年的光阴重叠。刚结婚那几年,与他们住一起。开始挺不习惯。我家只弟弟一个男孩,姐妹多,女孩原本就听话些,父母不严厉,我在宽松的家庭环境里长大。公婆家正相反,男孩多,只一个女孩。他们对孩子的教育严得多,也规矩得多。

恋爱期间,我第一次上门。那时先生的弟妹们尚小,都争抢着为我打洗脸水、端茶、盛饭,眼勤手快,活泛得很。公公和婆婆和蔼可亲,对我嘘寒问暖,不一会,我就放下了拘束。

公婆一家人总客客气气。晚辈晨起要请安,叫爸妈早,弟妹上学要和家人说再见;饭桌上,彼此谦让,喊着夹菜,叫着"你吃、你吃";睡觉前,也要招呼"我去睡啦"……一开始我哪里习惯,后逐渐"随俗"。觉得这些礼节,很亲切,令心情很好。如今弟妹们各自成家后,家庭成员间相爱亲和。现在看来,这些传承也沿袭了《弟子规》及《朱子家训》等传统文化的精髓。

婆婆对公公的照顾很妥帖。家里日常事务及人情往来,一应由她负责。作为一家之主的公公,负责孩子们的学习、工作等。他们俩算是男主外女主内的典范。

公公个头不高,习惯穿一身中山装,戴一顶蓝色呢帽。给人的感觉就是一个"老学究"或"老古董"。可耄耋之年的老人思想却能与时俱进呢,他多年如一日,坚持读书、看报、听收音机。在国外读书的超哥回家和爷爷谈心,也不住地感叹:"爷爷真不糊涂,还整新词,真跟上形势呢。"

公公曾做过好几个单位的领导,为人处世有中庸之道。想我那当教师的父亲则是个很有原则的人,一向一是一、二是二的,一辈子吃过不少亏。当年还被打成右派,差点送命。和先生谈恋爱,我父亲是不赞成的。后来未来的公公登门,两人对饮,推杯换盏的,几两小酒下肚,父亲就信服了公公的"游说"。

超哥三岁之前,我一直随公婆生活。婆婆特别会安排。一大家人,仅有微薄的工资,可她精打细算,日子过得细水长流。我有身孕后,在家享受"大熊猫"的待遇,婆婆每天变换花样给我增加营养。八十年代末,桂圆荔枝算是高级补品,婆婆一买就是一大饼干桶,送到我房间,让我每天吃一把。为迎接小生命的到来,她早早准备好小衣服、尿片和摇床,安排得妥妥帖帖。超哥出世后,一家老小欢天喜地。先生的弟妹们放学回来,扔下书包,就抢着去抱。

婆婆那时不过50岁的年纪,还在供销社上班,家里请了个阿姨照看超哥。等我产假结束,婆婆正好退休,由她照料孩子。一大家人,虽忙忙碌碌,但生活很有条理,其乐融融。那几年,婆婆给我补了很多人生的课程,如何带孩子、料理家、买菜做饭,如何与人相处、相夫教子等,这是在我娘家母亲那里未曾学到的。

婆婆有一帧年轻时的黑白照片,照片上的她梳着两条长长的大辫子,穿一件白底的花衬衫,面容姣好。当年她考上了安徽纺织轻工业学校,后分配到的中国银行合肥淮河路工作。后来有了身孕,不得已调回老家。最后她又经历了与前夫(我先生的父亲)感情不和的痛苦折磨,最终选择离异,独自带着四五岁大的孩子生活。二十世纪六十年代中期,一个妇女主动做出离婚决定,也是需要勇气的。婆婆从来就是一个倔强而有个性的自强自立的人。

儿子超哥是婆婆的长孙。孩子两岁后随我来到省城,在10周岁之前,每到生日,奶奶都会赶来为他庆贺。后来超哥顺利读大学、读研、出国读博,孩

别样红

子的每一点成长和进步，都牵连着奶奶浓浓的关爱。

公公是一个非常豁达的人。他沉稳的处世哲学，够我们去学习一辈子。现今已92岁的老人除了耳背，其他一切都很正常。他声如洪钟，思维敏捷，说话清晰。公公的生活很有规律，每天早睡早起。上午读报，看电视，然后他独自提前吃午饭，早早地出门，去棋牌室和几个老友打麻将。下午4点左右结束牌局回来，在家中的前庭后院转悠，逗一逗家中的豹子——那条机灵的牧羊犬。

公婆现住县城近郊一座三层独栋的楼房里，房屋的前后都有很敞亮的大院子。前院，婆婆种了几畦菜，四季都有新鲜果蔬；后院种养了几盆花草，有白玉兰、凤尾竹、君子兰、茉莉花、蟹爪兰等。此时，一株老梅正开，花香满院。

公公最喜喝酒，几十年如一日地每日两顿小酒。喝不多，也就三两杯而已。对菜的要求更简单，一碟花生米或一只鸭爪子，够他喝半天。老人最喜边喝酒边和孩子们拉家常、聊过去，然后总会表达如今的知足和幸福感叹。我常拿公公和我父亲比。我父亲一生勤俭，从来就没有好好享受生活，家里孩子多，总想顾这个顾那个，爱操心。年老时，身体多病，又总担心给子女添麻烦，顾虑心太强。而乐观的公公，一向把不顺的事情往好里看、往好里说。纵有天大的事，也似乎在他的掌控之中，依旧不急不慢，不温不火。两个父亲教会我不同的人生哲学。

每次几杯小酒后，公公的话匣子一打开，就会一直兴奋地说个不停。老人最引以为豪的还是他有出息的儿孙们。"像我这样的家庭，10个孙子，有6个读了大学，还有研究生、博士生，这也是少有啊！和我一起的年龄相仿的老人，哪有我这样的福气啊？！我真是快活得很呢！"老人掩饰不住自己的幸福之情。不过，通常他在说，婆婆也同时在一旁数落甚至谩骂："又开始啰唆啦，这些话你都说多少遍啦？勺死了！（当地方言：臭美的意思）。"而一旁的我们总不住地窃笑并制止婆婆："我们爱听呢，让爷爷说吧。""说说说，他就会吹。"婆婆一脸愠怒时，公公便乖乖地打住，端着酒杯嘿嘿一笑："你妈妈烦我呢，我又犯了她的王法了。"他那委屈自嘲的神情，常令家人忍俊不禁。

婆婆早几年常因打牌的事而埋怨公公。我们一再劝说，打打小牌是一种运动，是老人接触社会的一种方式，也鼓励婆婆走出门去和同伴们玩牌。再后来，婆婆不干涉了，偶尔有闲心也出去和几位老婆婆一起抹抹纸牌。

公公是我先生的继父，在我们心中和亲生父亲无异。公公也是如此，他一直把先生视为亲生，关怀备至。

公婆的几个儿子都在外地工作，孩子们都特别孝顺老人。老人不经意地就流露出：谁谁打来电话了，谁谁又给买鞋子衣服了，谁谁又带回营养品了……像天下父母一样，他们并不在意孩子给他们买了什么，而是看重子女们的孝心，这种孝心带给他们的是一份温暖。目前二老跟着女儿和女婿一家生活。妹妹和妹夫对两位老人也孝顺有加。

记得去年春节前，公婆被远在广州的三弟一家接去过年。除夕那天，我和先生也飞往广州团聚。除夕夜，90岁的公公端起酒杯："看这样子，我这几年是走不掉啊！孩子们孝顺，生活又这么好，我每天都开心，我哪能走得掉啊?!"老人红光满面一脸幸福，迷糊半天的我们，这才明白"走不掉"的意思。

家有老人如此，于子女们来说，何尝不也是一种幸福呢？

好人万安

高 洪 其 人

有日子没见高洪了。

前段时间接到她电话,邀我暑假同去西藏。好奇地问:"去年你不是才去过吗?怎么又想去了?"

"不行,没玩够。西藏太美了,必须再去一次。"

这个热爱旅游的人,暑假还没开始,又在折腾新旅行计划了。

从教育系统退下来的高洪,现被省内一家知名的民办学校聘去做管理。原本我也劝她,图啥呀?每天从城东开到城西,那么远去干活,不如拿一份退休工资清闲自在。她的回答很另类:"我工作的目的性很强啊,挣一份旅游资金呢。"

屈指一数,我在教育部门已工作三十余年,挺吓人的数字。但真正作为同行的朋友,也就结交那么几个,高洪是其中之一。

我们曾几次结伴出游。旅行中,她从不放弃任何观察和体验的机会。记得在泰国芭提雅,导游推销高空热气球跳海项目,一向恐高的我哪敢呢。可胆大的高洪却敢一试。在船板上,仰视着恣意翱翔在蓝天高空上的她,我直摇头,这哪像年过半百的人哪。她也是一个喜欢较真的人,旅行社服务不到位,或者有不合理收费项目,她是一定会站出来和导游据理力争的,这点,怕费事的我是做不到的。

十多年前,一次教育系统年会上,台上一校长正演唱当时流行的《青藏高原》,刚起唱,台下的高洪坐不住了,她跑上台去,即兴为歌者伴舞。那柔

别样红

和的舞姿,忘我投入的神态,特别是那一个仰面下腰的高难度藏族舞动作,令人叫绝,全场掌声雷动。我心下叹服,于一群小文人间,能如此撕下腼腆,果敢而率真者,不多也。

听她说过这样一件事。午间放学,她和两个同事刚走到学校附近的一条马路上,见几个年轻人正在群殴一个背着书包的高中生,其中还有人挥刀乱舞。见此状,愤愤不平的她不顾同事拉阻,一个箭步冲上前去,对着那群人大吼一声:"住手!你们在干什么?!"几个青年一惊,回头看是个大妈级人物,哪里在乎,继续打斗。她高声大叫:"你们一群大人欺负一个孩子,算什么呀?!再不停,我要报警了!"说话的同时,她冲进去,拉住持刀的人,"有什么问题都可以解决,打人是犯法的,不能简单粗暴解决问题!"她的斥责和力劝,最终平息了一场乱殴。再后来,问清原委,加之沟通和劝说,这群人心悦诚服地离开。让她别多管闲事的同事,目睹事情全过程,实实在在地替她捏了把汗。

高洪快人快语,从不藏掖,这在校长队伍里也算奇葩了。

在某校任校长时,因为工作上的分歧,一位下属不服从安排,说话阴阳怪气。她找其谈话,直言:"我认为你缺乏基本素质。我比你年长,也是你领导,你向我反映问题,应该看着我,而不应该用这样不阴不阳的语调,背向我,屁股对着人说话。"一句话把那人噎得半天回不过神。此后这位下属说话做事再不敢造次。

高洪喜欢看电影。她办了电影卡,有新片的时候,会独自去看。有时电影院里就几个小青年或几对小恋人,像她这大妈级的人,独自坐在影院,也是少有。经常的,就会有异样目光投向她。可她才不会去考虑这些,更不会无端地去揣摩别人的看法。

一个人看电影,一个人旅游,一个人逛街,一个人散步,这些于她都是常态。偶尔也有朋友爆料,她散步的时候是打着赤脚的,后面还跟着一个人,那人还优哉游哉地拎着一双鞋。当然,这个人不是别人,正是报社那个赫赫有名的编辑,她的夫君戴某。

高洪热爱美食,她自诩是个好吃的人。

我们一起在上海参加学习活动期间,她约我出去开小灶。几次实践后,我才知道,原来黄泥螺那么鲜美,小腰芒更是香甜。

喜欢自制家常咸菜,喜欢用各种配菜做浇面,喜欢吃螃蟹,桌上有四只,自己得吃三只,如果那戴先生谦让一番,那第四只也会很快进入她的胃囊。

高洪是个会持家的人,有三分钱,能办五分事。十年前偶然看上一栋别墅,位置好,环境好,房型好。身无分文的她,居然拍板定下一套。紧接着,在两个月内,卖现房倒腾加贷款,很快地,别墅拿到手,房价呼呼涨。这可不,赚大了,让那个文人老戴对夫人是佩服又折服。

如今从教育系统退了下来的高洪,依然拥有一批不同年龄层次的真朋友。这些人也大都真性情,不伪装,彼此不累。

这倒也难得。

别样红

冷 月 蓝

　　我的床头新增了两本新书，一本是教育专著《迷恋成长》，一本是散文随笔《原风景》。两本书的作者都署名：杨立新。
　　我一直不习惯叫她的名字，总喜欢叫她笔名——冷月蓝。
　　我们是同道中人，又年龄相仿，经历大致相似——出生于教师之家，又都师从父亲做了教师。

一

　　与她认识，是在 2000 年前后。一次，有所学校请来本土教育家何炳章先生做报告。晚筵上，近距离地听她与何先生之间的对话。她那轻柔的嗓音先一步引起我的注意，再看，这是一个眉眼间总挂着笑意的人，举手投足优雅得体，宁静谦和。再听，她的表述，层次清楚，言简意赅，既有思想深度又清晰流畅，不由得让我心生好感。尽管早闻其名，一直未曾接触。初次给我的印象是沉静、内敛而有才气。
　　此后几年，我们在各自的岗位上进步着。她从学校调至教育局机关，任教研员。而我所在的学校，因有着良好的教学质量，也引起了她的关注和兴趣。再后来，因文字，我们彼此走近。
　　偶有闲暇，小约喝喝茶，分享彼此的故事，或者一起出游，放松心情。再后来，我们同在一个微信群里，更多了接触和交流。

冷月蓝是一个聪慧的人，这是朋友们的看法。如对待学生一般，她善于鼓励和欣赏别人，取他人之长。身边聚拢一些优秀的人，大家相互滋养，彼此温润。

这些年，我算是见证了她凤凰涅槃式的成长和进步，这种进步，有她自身不懈的努力，有其厚积薄发的喷涌。我以为这是一种必然的状态。所以在得知她出版文集，且一下子出两本书的消息时，我是不意外的。

老舍先生曾说过，"有的写没的写，每天都要写500字，三天不写手会生的"，我一直也想这么做，可独独缺乏恒心。而这些年，她做到了。在QQ里，她是我特别关注的人。每次登入，好友动态里，就会跳出她新鲜出炉的文章。这些年，写文章于她而言似乎是一种很自然的状态。因为她的坚持和勤奋，才有了那些浑然天成的秀美文章。

当然，我最青睐的，是她写故乡和亲情类的文字。

家乡庞书坊的那片乡野，让她的文字扎了根基。乡下几十年不变的原风景，存留在记忆里，静谧而单纯，厚重而悠远。

关于父亲的文字，她写得情深意切。笔端流淌着刻骨的思念和无尽的感伤，但更多的是父亲留给她不竭的精神养料。父亲同为教师，都已离世，同在乡村度过童年的我们，相同的经历，让彼此更懂得文字的表情达意。

关于爱人的文字，她写得感人至深。那些文字，升腾起一团可触可摸的温暖，是那么抓人心。

记得她曾感慨万千地告诉过我，几年前爱人在哥斯达黎加工作期间，突发急病，住在医院的重症监护室里。那一段日子，她曾真切地想到过如果失去这个人，将怎么活下去的问题。也就是在那些沉重的日子里，她才意识到亲人的命运是捆绑在一起的，她必须要用柔弱的双肩去扛起希望，全身心地去挽救他的生命。"这样一段经历，让我更懂得了执子之手与之偕老的含义，因此才倍加珍惜和感恩生活的赐予。"她是一个清醒而自知的人。

《原风景》一书中，许多篇幅记录了她对自然和人生的真实感受。凡人琐事、童年趣事、花草树木都成了她笔下的景观，通过对世俗社会和大自然的悉心叙说,品味其中的文化内涵和生活情趣。那些清新朴素的文字,独抒性灵,铅华尽洗,散透出淡定的从容和雅致。

二

担任语文教研员的冷月蓝,早在几年前就开启了对小学语文试卷拟定的改革。首先将书写作为各年级段学生首项应考内容,且赋以较高分值,意在引起教师、家长和学生对于汉字书写的重视;其次在阅读的考察上,从课内延伸到课外,增加了阅读的广度,也加大了分值,注重考查学生是否具有真正的阅读能力,倾向于大量阅读和背诵,大量的积累和运用。此外在学生作文命题时,降低了要求,不在题目上故弄玄虚,也不在写作上做过多限制。让学生一看就明白,好下手,有话可说、可写。这些细节的改革和实施,无疑会对所有的学校和教师起着良好的导向和引领作用,无疑会逐步提升小学生的语文素养和能力。

这些年,她遍访名师,读专著,听讲座;深入基层,下课堂,做评析。我曾观摩过她对青年教师的指导和评析,她的点拨和开启,使授课教师顿悟,有拨开重雾柳暗花明之感。我也听过她的讲座和报告,她自如的表达,娓娓的语调、节奏和气度,以及那表情达意的眼神、手势,既具备了作为一个专家所应有的技能又有着演说家的口才和风采,那些话语,真正是"说到了心窝子里"。我曾赞誉她是教育界的于丹,她含笑,自谦弗如。

对于现今语文教研的现状和走向,她既有着清风朗月的觉察力,又有着理性而清晰的思考和分析。多年潜心于教育实践和研究的她,终于历练成长为教育科研专家。这厚厚的一本专著《迷恋成长》,洋洋洒洒十几万字,有深层次的教育思考,有课堂教学实录,有听课的感悟也有对学生的探究和认知……文字间澎湃着她不懈追求的教育激情,也流溢出她多年的教育痴情,更是倾注了她对于学生一以贯之的教育热情。这样一本书渗透了她多年的教育心血,是她追求完整幸福教育生活的真实写照。点点滴滴的文字记录着她思想的光辉,也彰显了她对于教育一往而情深的信念与孜孜不倦的坚守。

她是一个爱思考的人。关于人生,关于生命,关于家庭,她既有着很现实的思考,也有着浪漫的情怀。她会合理地规划自己的人生,有计划有目的地去思考和践行。

每一周她的工作日程安排得满满的:下校听课,指导教研,调查督学……每一天她的业余生活都是充实的,去茶社喝茶,去练习瑜伽,晚间习字临帖,周末陪爱人登山……

她是一个热爱自然的人,也是一个崇尚自然和美好的人。她曾规划着,有一天,她会回到自己的故土:荷锄耕作,种菜养花,含饴弄孙,写字绘画……她这种田园诗意般的美好规划,绝不仅仅是一种喜欢,更是一种生活态度,一种心境,一种融入。

悠然地行走在属于自己的世界里,懂得扮演生活中不同的角色,既不失去各种机会,也不失去生活的情趣。她就是这样一个人,淡雅而不孤寂,绚烂而不彰显,自我而不失温暖,坚定而伴着温馨。

三

几个教育界的同行常夸道"冷美人"是越来越美了,一种由内而外的美。我以为,这种美有书香的氤氲,有茶香的缭绕,有音乐的陶冶,更有爱的温情。这脉脉温情浸透在性格里,使她能用一颗温柔悲悯的心看事物,发散在笔下,就变成平易而真切的文字。

"赏心只有三两枝",低调的人虽寥寥,却是这个世界一帧难得的风景。总见她的眉眼里饱含笑意,那一种笑犹如婴孩般干净的笑,那是一种优美的沉静、一丝清雅的内敛。或许真正放低自己,与这个世界恬淡地交流,才能达到心底的平和、灵魂的宁静。

几年前,因她的推荐,我喜欢上巫娜。喜欢将音量调到最低,让巫娜的

别样红

　　一首首古琴曲如游丝般缭绕在我的耳际。当音乐响起,那些无名的情愫就会流淌在心间。这时,文字是唯一的出路。写文字的人都懂得,唯有文字才能表达出种种言说不尽的悲愤或感慨、愉悦和舒爽。

　　她说,文字是修行的一种方式。

　　是的,希望我们都能在文字中丰富,在文字中提升。感恩,知足,微笑,简单。

　　行文至此,夜已深。窗外,是城市璀璨的灯火。抬头,苍穹之上,一弯新月悬挂,皎洁而明亮。眼前,那一树绿意浸染的香樟木,风姿绰约,那些透着光亮的叶片,在清冷的月辉下,发出幽幽的蓝光。

好 人 万 安

万安是我的同事。确切地说,他和我是一个大单位的同事,他妻子小杨才是我真正的同事,我们一起在学校共事多年。学校停办,转岗分在同一办公室,因此关于万安的话题,经常会聊起。

万安是个很有意思的人。很多年前,我在院大门口遇见骑着摩托车的他,彼此招呼后,看他绝尘而去,他白色T恤的背后写着一行醒目的红字——"万里长城永不倒"。后知晓他儿子小名万不倒,亦有"万事难不倒"之寓意。时隔二十年,万不倒已成为一米八几的帅小伙,可大院里少有人能叫出他大名,仍叫他"小不倒"。

曾在报上看过万安拾金不昧的事,也从朋友的笑谈中知道他的为人。譬如路遇两个青年打架,他能放下自行车,去力劝、拉架,而不顾安危。路遇为人父母者当众训骂孩子,他也忍不住去小声劝说父母,应顾全孩子尊严。邻里住户有不讲卫生者,他曾拍现场图,标明地点,发到单位群里,谴责和呼吁,以维护公共文明。

老早前的某个假日,我在家乐福广场停放的献血车前遇见他。见他佩戴着志愿者的标识,正在忙。和他聊几句,他向我普及献血的相关知识,从中得知他每周都参加此类志愿活动。那天他来我们办公室,忆起那次遇见,时光飞逝已近二十年。问他现今是否还献血。他说,当然。捐血、捐血小板,至今未曾间断。家里的红本本不少吧?我问。是的,都一抽屉了。他淡淡地说。

别样红

去年我参加"格桑花一对一西部捐学"活动,可人家万安先生早几年就加入了这个群体。他资助的一个学生,已顺利考上大学。我问,还继续结对吗？小杨说,这是他愿意做的事。一年2000多元的学费,我们是可以承受的。

万安是个能人,他喜欢捣鼓一些电器,把自己的小家电,拆了装,装了拆。别人的家电坏了,他就主动帮忙修,修好了,别人夸几句,他就美得不行。自己贴时间不说,常连买配件的钱也不好意思要。有次,朋友的手机屏坏了,他也自告奋勇地拿回家修,捣鼓半天没修好,干脆自己掏一百多块,给包换了。我们的相机、办公室的水壶出状况了,只需带给他,就完事。

他爱好户外活动,曾多次带小杨和驴友们自驾旅行。临行前绘制线路图,做攻略,很是在行。说来也巧,前年暑期我们不约而同地去西藏,走的是同一条川藏线,行程一致。他们早两天出发,我们正好尾随其后。一路上他不断提示:哪段路有险阻,要注意安全;理塘海拔高,他们已无一例外地在此遭遇高反,万不可在此住宿;去鲁朗要吃石锅鸡,某家味道最正宗等等。因有他做向导,我们一路顺畅。

万安是个摄影迷,多年前就喜欢玩相机,家里长枪短炮的镜头,花费不少。小杨偶有怨言,他振振有词:"咱不就这个爱好吗？"尤记得他去西藏拍的一组组风景照,那真叫专业。前些年他还曾热衷帮朋友拍婚礼录像,还在家中搭过影棚,为大家拍写真。除了成本,他不曾收过一分钱辛苦费,图的就是大家满意,自己开心。去年开始,他利用业余时间,义务帮全院几百号职工拍证件照。那天我去拍,结束后,他说必须收费哦。我问,多少钱？加印一寸、两寸各六张收成本费一元。这也太少啦,发8元红包给你吧。他说,那不行,必须一块,多一分不行。我笑喷。那语气,让我想到某小品里,那个傻傻的卖鸡蛋的人———块钱俩,五毛不卖。

万安在农科院老干处工作,服务对象是离退休老干部。老人家的电视机坏了,收音机不响了,手机不会用了,都喜欢找他。老人们总夸他热心、细心还有耐心。单位职工有房屋出租需求,或旧家具、旧书籍送人,也找他发布信息。"有难事找万哥",似乎成了大家的共识。每年为全院干部职工联系体检,是万安的工作之一。全院十几个科研院所,他总要三番五次地协调安排——体检时间、注意事项、接送车辆、体检单送达时间地点,等等。暑期,他几次为职工团购葡萄。别人送货来,大热的中午,他牺牲休息时间,帮忙统计发放。葡萄有说甜有说酸,这等出力未必讨好的事,他也不嫌其累,不厌其烦。

万安是出了名的孝子。他父亲万老先生是退休的老校长。万老先生温文尔雅,不料年逾古稀,却得了阿尔茨海默症,这几年更严重到不会吃喝拉撒的地步。家里三个儿子,弟兄们和睦,一三五、二四六地,轮流在家中陪护照料。万安是家中老大,自然处处带头。几年下来,卧床的老父依旧干净清爽。去年春节之后,老先生病重住院,医生多次下达病危通知,但老爷子生命力极其强大,又顽强地挺过了端午,挺过了中秋,直至十月底才驾鹤西去。这期间八个多月,万安早晚奔波于家与医院,悉心照料老父,接送陪床的母亲,无一日间歇。送别老父,他在朋友圈里发了条说说:刚刚送走父亲,此生永别……来生,还要你养我;来世,还让我伺候你!淡淡几句,催人泪下。

万安耿直真诚。他有一说一,本真自在,从不会违背自己的准则去迎合别人。这是他的优点,也是他的缺点,至少在爱读古诗书的小杨看来,他还不够中庸。

可这也没什么不好。

想起郭明义那句公益广告词:帮助别人,快乐自己。这大概也是万安内心里最真诚朴素的体会。

这些年他获得了一连串荣誉:全国无偿献血奉献银奖、合肥市五星级志愿者、中华骨髓库五星级志愿者、省直机关"岗位学雷锋标兵"……当然,金杯银杯不如百姓的口碑,同事们都说,万安是个好人。

是的,好人万安。

别样红

小大人周大宝

那一年一个普通的夜晚,姐姐、侄女婿和我在省立医院产房外等候侄女秀子临产。侄女婿急促不安地来回踱步,临到晚上八点多还没见动静。他担心地对我说:"四姨,这孩子要是生在明天可麻烦了,闰年啊,这以后四年才过一次生日,咋办呢?"果不其然,这孩子还真挨到第二天出生。

2004年的2月29日,闰年闰月闰日的周大宝降临于世了。这一天,我们全家老小都"普调"一级。虽是姨奶奶,可我也算是奶奶级别的人了。我父母也终于见到了血脉流传的第四代人,这意义非同寻常。

孩子父母是学园林的高知,在给孩子取名字时咬文嚼字,后取"润璟"二字。蕴含闰年出生,绘制美好园景之意。只是这名字的笔画较多,刚上一年级不久,孩子考完数学回家嗔怪父母:"我写好名字,同学十道口算题都做完了。"

在家中,我们都叫她周大宝,顺口。

一转眼,周大宝就十岁了。这十年来,孩子只正式过了三个生日。当然这三个生日家人还是很重视的。

周大宝是书迷。家里沙发上、桌子上、床上,到处是书。当然最好的看书场所是卫生间。如半天见不着她身影,推开卫生间,保准看到她傻坐在马桶上,正看得入迷呢。

爱读书的孩子,总是很有灵性。

一次我们一起出游,一路上听她津津有味地说班上的事,直把我们乐坏了。问她在班上可当什么头头,她自豪地说是数学课代表还兼小组长。大肚爷爷(孩子给外公的绰号)问,这是多大的官呀?她正色回答道,相当于中层干部,也就是科长级别的吧。还说现在家里面,除了奶咪(外婆)外,就都是科长以上的干部了。她还把班级比作董事会,说班主任是董事长,而班长就是厂长经理啥的,至于她嘛,也算是班委会的领导了。

天真的孩子或多或少就打上了社会的烙印。

周大宝是个精力特别充沛的孩子,如果家人不催促,她每天可以熬夜至很晚才睡。她两三岁时,通常是妈妈拍着哄她睡,结果呢,一定是妈妈把自己拍睡着了,而周大宝却自顾自地玩呢。

这孩子很会与人交流和沟通,说起话来是一套一套的。

上二年级那年,她曾煞有其事地对我说:"四姨奶奶,我建议国家为我们确立一个节日,叫自由节,可以放在每年的六月二号。这天老师都不许布置作业,爸爸妈妈也不能叫我们练琴,所有的小朋友想干啥就干啥,可以自由地做自己想做的一切事……"

在家里,周大宝虽是大肚爷爷、奶咪以及妈咪和爹地的掌上明珠,但她偶有不听话时,也常会受到大人的责骂或惩罚。读一年级之后,小小年纪的她知道了维权抗议,她语出惊人:"我有《未成年人保护法》,你们这是虐待儿童啊?!"还厉声厉色地警告,"当心我告你们哦!"那神态,令一大家子笑得不行。

春天,亲戚几家一起出游去大宝老家绩溪。一路上,周大宝兴奋不已。一到目的地,她便自告奋勇地当起小导游。她将红领巾系在一根小棍上,一路举着,摇着,绘声绘色地解说着,那语气语调还真有导游的范。她说:"这导游按规定是要收费的,算了,优惠点,你们每人就给十元吧。"一路上,她都没忘记自己导游的身份,一圈游下来,我们早已疲惫不堪,可她还执意要再免费赠送两个小景点,让大家选择其中一个去游玩。真是佩服这孩子的精力,小导游当得还真尽职。

今年就读五年级的小小少年,已经有她的烦恼了。一天半夜,她从床上

别样红

爬起,摇醒梦中的妈妈:"妈妈,我灵感来了,我要写诗。"于是下床,她写了长长的一首诗:

无 题

他们是一棵棵光秃秃的大树,
无情的北风把一片片叶子吹下。
他们并不是只留下了寂寞和空虚,
而是打破了弱小心灵平静,
还无情地被丢弃在一旁。
……

第二天,侄女把她的诗发给我看。斯时,我正和几个诗人朋友在一起,大家都惊奇,这十岁的孩子会写这种诗了?后来我问她诗中"北风"代表什么呢,她说:"那是暗喻不受同学喜爱的老师,他总是歧视、摧残、攻击我们班一些学习成绩差的同学……"

瞧,一连用了几个词来表达对老师的愤慨,孩子的心公正而柔软。

和许多同龄的孩子一样,周大宝的业余时间和寒暑假也都被父母安排了学钢琴、象棋、游泳、英语啥的。各类培训与学习,让原本活泼贪玩的孩子玩的时间越来越少,对一些枯燥重复的作业,偶尔就有拖拉的习惯。但天性聪明的周大宝,在学校里各方面表现不错,学习成绩也不赖,特别是作文更是写得行云流水般自如,很得老师欣赏。暑期里钢琴通过七级考核,去她家哄她高兴,会为大家即兴弹一曲。时而,她还煞有其事地给我当小老师,看那一双小手在键盘上飞舞,听那流淌着的轻快优美的旋律,还真有模有样。

学钢琴是苦差事。虽然父母和奶咪"逼"她弹琴,孩子会噘着小嘴,泪眼婆娑的,但她还是按要求保证了每天的练习量。

才一段时间不见,十岁的周大宝长高了,长成了小姑娘了。懂事的孩子捡妈妈旧衣裤穿,说自己还要长呢,买新衣服不几天就小了,不是浪费吗?

诚天性之潜感,顾童心兮如疑。周大宝一天天长大了,不过在内心里,我希望孩子永远保有一颗纯真的童心,希望她的童年就像魔幻王国般多彩绚烂,快乐而无忧。

别样红

祖　母

我祖母没有留下一张照片。除大姐外，家里姐妹都不知她名字。谁会关心一个已故去四十多年的老人呢？初夏小满日的这个午后，我在读一本书时，忽然就想起她。

祖母30多岁就守了寡。当年日本鬼子进村，全村人都跑了，而祖父执意不愿离开家。藏在床底下的他，最终还是被鬼子抓住，用枪托打致重伤，卧床不到一个月就愤而离世。也不知何故，父亲从未和我们说过此事。外婆也是前些年才知道我家居然也有国恨家仇的历史。祖母只生养我父亲一个，她含辛茹苦拉扯父亲长大，省吃俭用培养父亲读书。父亲读中学时，祖母将他远送到含山她妹妹处，让他在教学条件好的含山中学读书。

说起这个姨奶奶，颇有意思。她很小的时候随她父亲（我的外太爷爷）去集镇，吃了个肉包子，回来后大吐不止。后来请人算命，说是这孩子是佛家的命，一辈子只能吃素。再后来这姨奶奶就被送到含山城外的尼姑庵习佛。我记得，背地里我妈一直喊这姨奶奶为"老和尚"，是她早就削发为"僧"，头上还烫有9个戒疤的缘故吗？不得而知。父亲也从不叫她姨娘而一直叫她二伯，我们叫她二爹。二爹开创的寺庙，是现今含山香火很浓的碧峰禅院的前身，她在86岁那年圆寂，她的墓和碑位现在仍在禅院的塔里，此是后话。

当年父亲住在尼姑庵，每日下学后担水、浇菜、帮忙做事。和尚二爹也很喜欢我父亲。八十年代初，我们自乡下搬回县城，父亲常带我们去尼姑庵看望老和尚,父亲一直记着她的恩情——当年父亲也是在她的资助下才考取师范,而成为"公家人"。父亲后来分配到含山工作,和我母亲结婚后,还寄居在庵里好几年。再后来父亲辗转几个学校,也陆续有了我们姐妹,父亲到哪,全家都跟着去住校,直到七十年代初期,全家下放乡下,家里才搭建了前后二进六间的草房子。

远在肥东的祖母一直孤居乡下,父亲想接她过来,可她舍不得她的那些菜地。依旧种菜卖菜,用微薄的收入接济贴补我们一大家的生活。一直劳作到70多岁,才带着一车家当,去我父母下放的小村团聚。

记忆里祖母的面容,模糊不清。当年才六七岁的我,跟她也没什么感情,似乎一点也不喜欢她。

那时祖母应该腿脚不便吧,总穿一身黑布衣,头扎包头巾,手拄拐杖,似乎很老态。家里五六个孩子,又添人口,也不便帮家里做农活的祖母,似乎也不太受母亲待见。年幼的我自然站在母亲一边,对奶奶的出现,很是警惕,也不愿和她亲近。

家里前后两进六间房屋,奶奶独自一人住在前排房里。我们总有些害怕,很少去她房间。父亲很孝顺,他经常自学校教书回来,会带一些诸如饼干和方片糕等送到奶奶床前。家里只弟弟常会被奶奶叫去房间,分得一些糕点吃,我们姐妹是没有份的。不过有一次,祖母唤我小名,我怯怯地走到她身边,半躺在床上的她,侧身从床头垫单下,取出纸包,拿出几块饼干,递给我的同时,叫我喊奶奶。我起初还佯装不肯接,但小手已经伸出去了。似乎是看在饼干的面子上,才应付着叫她几声,而祖母则笑眯眯地摸我的头。那几块饼干多香啊,我吃得小心而奢侈。吃完祖母还诡异地叮嘱我,不要告诉其他人哦。

麦收季节,门前晒满了一地麦穗。母亲搬一把靠椅,让奶奶在门前帮着看场。那天下午,才读一年级的我放学后,一蹦一跳地刚走到门前,奶奶就招手叫我,她颤巍巍地从黑色大襟褂口袋里,摸出一把绿色小刀,说是场地上捡到的,举着问我可要。我一看便知是削铅笔的小刀,自然喜欢。祖母送

别样红

给我的同时,又充满期待地叫我喊她几声。我叫一声"奶奶",她答一声"哎",我叫得那般稚气,她答得那么干脆,那么欢心开怀。

好像那时的我和家里的几个姐妹,都是不愿意叫她的。乡下孩子原本嘴就笨拙些。何况,这个从天而降,我长到7岁才第一次见到的奶奶,那么让我陌生。

记得一个夕阳西下的日子,和妈妈生气后的奶奶,独自拄着拐杖走到村口小学校边的坡道上,面朝西方,朝着父亲回来的方向,就那么望着,望着。

母亲知晓后,叫我去喊。我跑过去牵她回,可奶奶执意不肯。她拄着拐棍,一直站着,等着,望着……直到父亲的身影出现,她才在父亲的搀扶下回家。那晚,我听到父母房间激烈的争吵声。第二日母亲气冲冲地责怪奶奶:"我虐待你了吗?这样做不是给村里人看笑话吗?"我听到奶奶双手将拐杖直戳地面,直直地辩解:"我不是等他(指我父亲)回来,我只是想家了,才朝老家的方向看的。"

我那时哪懂"虐待"一词的意思,只知道平日里,母亲和奶奶从不多言。不过,母亲也算是很照顾奶奶的,每天都记得给奶奶加个独菜,蒸个鸡蛋或者精肉汤什么的。现在想来,一辈子独居的奶奶,或许是很不适应和六七个孩子的大家庭一起生活吧。

那年端午的前一天,中午奶奶还好端端地吃了一碗饭,喝了半碗妈妈给她做的精肉汤。下午我和三姐听到奶奶在床上大喘气,吓得赶紧跑去屋后的大队部叫回正在宣传队练舞的大姐。大姐回家发现不对劲,又跑回大队部给正在四五里外学校工作的父亲打电话。等父亲大汗淋漓地跑回,家里已是一屋子人,奶奶刚咽下最后一口气。记得那天,父亲伏在奶奶的床头号啕大哭,村人拉他几回,他仍旧在奶奶床头的踏板上,长跪不起。

躲在房门外窥看的我,不敢进房间。第一次直面亲人死亡的场景,除了有些害怕之外,似乎还不懂得悲伤。那一年我7岁。

祖母葬在我上学的大路边。坡下,杂草丛生,野蔷薇遍地,一朵一朵,好似开到了天边。一直到三年级的两年里,我日日路过她的坟茔。祖母应该能听到我一路清脆的笑声和成长拔高的声音。

八十年代初,我们全家搬回县城。父亲将祖母的坟迁回肥东,祖母终于回到她生生息息一辈子的老家。十年前父亲离世,父亲的坟墓就在祖母坟墓的脚下,他们母子终于在故土得以永久团聚。只是父母的坟墓是砖砌的墓塔,而祖母的土坟长满了杂草,每年清明冬至这两天,我们姐弟去上坟,会给祖母的坟培一抔新土加固。也只这两天,我们会更深切地想起这一脉源远流长的亲情,想起奶奶、父母,想起曾是这世间最亲的亲人们。

别样红

老 季

　　每年暑假,总是迫不及待地要将自己放逐远方。当了一辈子教师,最实惠莫过于有寒暑假。如我这般,一放假就想出门旅游的,估计不在少数。

　　十几天不见,我的校园,似乎又陌生一些。一进校门就觉得奇怪,前操场上那两棵原本应该一直开到9月的紫薇花,居然都谢了。拍图片发同事群,有回复:紫薇也伤心了。

　　再看看那间小小的保安岗亭,里面的书本依旧码放整齐,桌子上铺着一张报纸,报纸上还摆着那副被一根细绳系住两端的老花镜。

一

　　放学时,见老季正与对面楼一个邻居拉家常,他见我准备离校,赶紧起身拉门。我将手中刚打印好的诗稿递给他。老季接过被我取名为《老季钓鱼诗集》的"书",眼睛亮了,脸上挂起掩饰不住的笑意。封面是一幅剪影图案:一个钓者,面对一湖水,提起的钓竿上有一尾活蹦的鱼。图案上方有书名,下面注有作者季发云(即老季)。老季喜滋滋地翻着,向我道谢。邻居凑过头来:"咦,你老季还会写诗啊!"

　　去年一个寻常的日子,我刚跨进校门,老季叫住我,回身去保安岗亭的桌上拿了几张纸递给我。我打开一看,是学校废弃的考勤表,背面写满了一行行诗。我边看边疑惑地问道:"谁写的?"再一看写的都是钓鱼方面的,抬头见老季那不好意思的神情,我一惊一乍道:"呀,你写的呀?!""我写着玩呢,你帮我看看可行啊?"看他一脸的谦虚,又似小学生般腼腆。我又读了几首,除了歪歪扭扭的字迹,看得出是他的手稿外,真不敢相信这诗是他写的。我心底里嘀咕着:这每月发工资,看他的签名也是没读过什么书的人哪,咋都能写出诗来?他不是只有小学三年级文化吗?再看,这些诗还讲究对仗工整,读起来还都押韵顺口。于是鼓励他:"不错不错,继续写啊。"老季嘿嘿地笑着。这以后他每有几首新作,就拿给我看,当然每次也会得到我慷慨的赞许。

老季在我们学校工作已有七八年了吧。那一年,学校传达室需找个看门的,老季得此消息,直接找到我,说他可以。他就租住在与学校仅一墙之隔的平房,离学校近。和老季算是熟人了,我是他家儿孙两代人的老师。当时老季也快七十了,这个年龄,让我有些担心。他打消着我的顾虑:"没关系的,身体好着呢,老伴也可以帮忙的。"看他一脸的真诚,想着急找人也难,于是同意了。打那天起,老季和老伴儿就搬至学校不过十来平米的传达室,在学校安了家,这一住就是七八年。

老两口都是有爱心的人。他们家养了八条狗、五只猫,还有三只大乌龟。乌龟是老季钓的,养了都二十多年了,比孙女苗苗都大。小狗小猫大都是流浪无主,自己找上门的。老师们都喜欢那条叫"煤球"的板凳狗,它浑身乌黑发亮,两只眼睛隐匿在一脸的长毛里,见人也不叫,温顺而乖巧。每天学生到校之前,老季会将狗呀、猫呀牵着抱着送到学校对面的出租屋里,等学生走完,再将它们拉回校园放风。夜间,因为有这些狗的守卫,校园也多了一道安全保障。

老季是个地道的钓鱼迷。他钓来的鱼基本送人,有时钓得太多了,就拿回家,老伴还得搭上时间一条条宰杀、腌制。常听他老伴边宰杀边骂着老季:"整天钓、钓、钓,害死人了。"老季才不管呢,依旧不改其乐。

自打学校停止招生,规模小了,原来的保安也辞退了,老季就兼任了保安和传达室两项工作。他钓鱼的时间少了,可读书时间多了。学生进校后,

别样红

他锁好铁门，就回到他那不足两平米的简易的保安亭里，戴上老花镜，趴在桌上安静地读报写字。他订了好几份报纸，譬如《新安晚报》《合肥晚报》及《老年报》等。如在报纸上看到我的文字，他会立即带上报纸来我办公室，递给我看。

我曾以《老季》为题写过一篇文字，收录在我的散文集《幸福的米香》里。当时写他那会儿，根本不知道他还会写诗，一起工作好几年了，也丝毫没看出他是"诗人"。

有次经过老季的窗前，见他伏在小屋的桌子上，脸上架着那副廉价的老花镜，正整理着他写的一摞子的诗稿。我随手翻了翻，老季这一年又写了不少诗，看那些稿纸都是废物利用的旧纸张，乱糟糟的，于是我说："把你的诗稿给我吧，得空了我帮你打印出来。"

敲打着老季的文字，始知这个不修边幅的平常老人，也是一个很有情趣且内心丰富的人。如《春钓歌》的浪漫（湖水千层浪/风摇柳丝长/布谷歌春曲/燕归筑集忙/旭日天晴朗/开竿钓健康/不计鱼多少/只为赏春光）和《豪情》的气概（修心养性乐无穷/两鬓凝雪钓输赢/每将大鱼擒在手/敢与黄忠比英雄）；还有几首诗，则让我忍俊不禁地开怀。《梦钓》：半夜三更一声嚷/惊醒我家老首长/ 只因一句上鱼啦 /屁股啪啪挨两掌。这样的文字，生动而俏皮；《送外卖》：红虫小米身边带/ 驱车驰骋百里外/ 妻骂我是贱骨头/ 免费给鱼送外卖。"送外卖"这个词，还真是时尚而贴切；还有一首《老婆吓成感叹号》，也是令人叫绝：深山野水不好钓/车坏走了两脚泡/到家脱鞋一展示/老伴吓成感叹号。《到白头》一诗也写出了老人内心的一脉温情：红日已落西山头/钓翁渔人把竿收/对对恋人并肩坐/好像鸳鸯水上游/蜀山远景碧波静/只陪老伴到白头。

这些诗句，真是浸透了生活的滋味，神乎其神，生动而质朴。看似平淡无奇，却充盈着泥土的气息，全是生活的本质味道，即便没有文学的价值，读来也贴己入心。

激动之余，将老季的一些诗，发到朋友圈，引来不少文友的赞叹。新安老马遂将老季的趣闻推荐给晚报记者,后来报社记者联系我,想来采访老季。我欣喜地跑下楼去告之老季,可他接连摆手:"没必要吧,没必要的,我只是爱好,搞着玩的。"

二

一大早踏进校门,看到一陌生人守在大门前,隐约不安起来。

"你是王校长吧?我姐夫昨晚走了,这几天我来替他看门。"

是预料中的事,老季走了。

他最终没能撑到6月,没能看到最后一个学生离开校园。他,如油灯般熬干了。

上课铃响了。我跟毕业班的同学说:"季爷爷昨晚走了。"蒙了的孩子们,好半天才回过神,明白"走了"的意思。刹那,教室里一片安静。

年前那一天,我在改作业,老季照例抱着一摞子的报刊信件,气喘吁吁地上楼,送到我办公室。见我停下不忙,就找我说说话。

他说,孩子们叫他去医院呢,他不想去了。为什么不去?他说:"都扩散到淋巴了,没用的。"我抬头看他,见他脸上挂着微笑,仿佛在说别人的故事。

"你看,脖子这两边都肿这么大了。"他用手摸着,提示我,"这个,还有这个。"

"还是得治吧。"

"没用的。"他摇摇头," 不过,那些医生和病友都想我去呢,我一去病房就热闹了,我喜欢和他们开玩笑。"

说这些话的时候,他脸上的笑容渐渐漾开,宛若那可恶的瘤子并没有长在他身上。

"哎,好久没钓鱼了,看见鱼竿,手都发痒啊。"说到钓鱼,他神情黯然了下来。我知道,往常约他一起外出垂钓的渔友们,再也不喊他了,好几次他央求他们外出叫上他,可谁敢带一个病重的老人?

别样红

"我最近又写了几首诗,你得空帮我打一下吧。"看我又开始忙,他将新写的几首钓鱼诗,放我桌上,走了。

没想到病重后,他还在坚持写诗。整理了一下,三四年来,他已经写了两百多首诗。看了看他新近写的那些诗,依旧平实豁达,没有丝毫哀怨的色彩。

自去年年底查出肺癌,一年多来,一天天地,看着老季色枯形瘦,可他依旧精神着。每月除去医院化疗几天,其他日子他一直待在学校门口只十来平方的小屋里,守着学校。

快放寒假的那些天,他刚化疗回家,身体特别虚弱,每日裹着那条长长的军大衣,在前操场晒太阳。那天,他叫老伴上楼送来一个红包,说是给我即将结婚的儿子送的贺礼。我哪里忍心收呢?中午放学,见他在校门口晒太阳,走过去,将红包递给他,一再道谢:"真的领情了,你留着买点营养品吃。"

他双手拢在厚实的棉衣袖子里,头也不抬,声音低沉而虚弱:"你就不能满足我最后的心愿,非让我遗憾吗?"

再不忍拒绝,拉把椅子坐下,那一天,我陪老人说了很多话。

他说:"如果以后……希望学校别再新找人来看了,学校就剩下一个学期了,让我老伴或者她弟弟来把学校看完吧。"

我说:"您没事的,马上就春天了,暖和了,您会好起来的。"我这样安慰,也真是希望春天能带来一丝好消息。

"我什么都放下了,没有办法的事。只是这小四子不听话,还没成家……"说这句话的时候,两行浊泪从他那古铜色的脸上缓缓流下。

小四子的婚事一直是老季的心病。这最小的女儿,快四十了。如果孩子自己能独立,一个人生活也没什么不好啊。我这样劝他。

再后来,每次经过传达室,只是嘘寒问暖地说几句。关于他的病情,已没有什么好问好说的,他已开始靠打杜冷丁捱日子。有时在校门前,看他那病恹恹的样子，我实在没勇气停下脚步，我想，对有着尊严的人来说，不恰当的怜悯和安慰，也是伤害。

那一次，看着他手里拿着一张 X 片，步履蹒跚地走向校门外等候他去医院的车子，我和几位老师站在二楼楼道上，目送着他的背影，发出无助的轻叹。

短短的一年，一个达观健康的老人，只剩下苟延残喘。这万恶的病魔。

初春，最后一个学期，学校里只剩下 32 个学生。常见老季呆坐在传达室外墙边的轮椅上，看操场上活蹦乱跳的学生。他身上还是那套好久不曾洗的棉衣裤，依旧光着脚，趿踏着一双鞋。好几次我提醒韩阿姨："给他穿上袜子呀，脚上不能寒呢。""是给他穿啊，可他就不愿意穿袜子，他怪。"阿姨不满又无奈。

再几天，见他开始呕吐，也不太能吃了，每天只一小碗稀饭。这让我想起母亲最后的时光，心下想：老季怕是拖不长了。

几个老师都和我同感，老季怕是熬不到学校结束那一天了。

到 6 月底，这个学期结束，五十多年的老校区，在送完这一班学生后，即完成了它的使命。我这个"末代校长"也将卸任。而传达室老季，也就结束了他多年的保安工作。可是，这最后一个月，他倒下了。

……

听完老季妹夫说完，我在空荡荡的校门，呆立良久。知道这一天会来，可还是太快了。

跟学生们说，季爷爷昨晚走了。孩子们趴在桌上，默默无声。有不懂事的孩子问："季爷爷走了，他去哪了？"当晚有孩子在日记中写道：或许是上帝眷顾季爷爷呢，不忍再让老人被病痛折磨了。

去他的灵堂吊唁，方得知，老人是五一劳动节晚上走的。他老伴韩阿姨说，傍晚时，老季执意要去自己多年不住的老房，他说不能在学校走，那会吓着明天来上学的孩子。当弟弟和弟媳用轮椅推他到老房时，他神志还清楚，他指指自己身上，又指指一旁放着的寿衣，示意他们给他换上。当时大家奇

别 样 红

怪,他为什么现在就想穿那样的衣服? 可当晚不到十点,他就合上了眼睛。

我想到了"赴死"一词。是的,老季已经做好准备。几天前,他让老伴推着,去看那块孩子们为他选的墓地,那墓地离学校很近,看完后他很满意。他知道自己大限已到,五一假期,他挨到最后几小时,才悄无声息地离开学校,平静地走了……

"老季说,他很想等学生都毕业离校啊,可还是没等到。"去殡仪馆吊唁回来路上,他那几位钓友和我感叹道。

送走老季,跨进校门,我看见他收养的七猫八狗,在传达室门前翘首张望;我听见校园里的苦哇鸟,苦哇苦哇……在凄凄地鸣叫。

两个多月过去了,校园里只剩下"煤球"和两只猫咪。韩阿姨说,"煤球"是老季最喜欢的狗,其余的那些猫狗以及乌龟都送人了,她一个人也无精力养那么多,看不过来了。

老季走了,最后一届学生毕业了,老师们散了,校园里的紫薇花谢了花红,偌大的前操场,空落落的。

这个暑假,有点长。

且行且珍惜

听归隐者说

在朋友家阳台上观太平湖,别有一番气象。湖水碧蓝清澈,湖周碧山隐隐。真正的山水画,就那么近距离地呈现于眼里,真真切切的,似乎可触可摸。想着闲来小住一段时日,每日闲坐藤椅,执一壶一杯,看尽湖光山色,岂不是神仙?

沿湖边的栈道行走,巧遇朋友的邻居,他建议我们去查济村转转,不过六十公里车程。早听说过查济,知道是画家村。刚习画不久的我自然向往,按捺不住憧憬,说走就走吧。一车人沿山道出发,睡意昏然间,穿过原乡田野,绕过蜿蜒山路,七弯八拐地,终于到了一片开阔地,不远处那典型的黑瓦白墙的村落,该就是查济了。

进村头,就见徽派建筑特色的民居,婉约地呈现在眼前。停车后,迫不及待地向村口走。穿过一石桥,桥下溪水环绕,几只自在的麻鸭随波而下,穿桥而过与下游一潭清水里的几只白鹅相遇。那白鹅伸长脖子欢叫着,似很热情,它们彼此混成一群,和和睦睦,自在地在随波嬉闹,想不到这鹅鸭还这般亲昵。桥的一侧见三名女学生正支着画架油画写生,画面景致鲜活如生。专注在画里的她们,感受不到背后赞许的目光。行至村前,见这一弯溪水环绕流过村庄,紧邻溪水的是一排排古朴而庄严的各式老屋。天色将暮,沿街铺面灯已亮,来不及逗留,便急急地沿溪水一侧的街面走去。一路边走边看,牌坊、宗祠、门楼、屋顶、悬梁,无不显现徽派韵味。

傍晚,少见游人,倒是见到不少写生绘画的实习生,三五成群的,一问,

别样红

有不少是来自南京财贸学院的美术系的学生。看来画家村倒真正名不虚传。

几个孩子在沿街的门前嬉闹玩耍,一只肥油油的黄狗,伸着懒腰,端着脑袋趴在街边的青石板上,眯着眼打量着游人。村外溪水环流,捣衣的妇人在大声地说笑。一路上各种石桥横架于溪流之上,连接着村外的田园菜地。桥上有行人漫步走过,桥沿上垂吊着的藤蔓直抵水面,溪边或见一簇流金溢彩的野菊……

黄昏时分,四周寂然一片。

村外一派田园风光,远处稻黄一片,那是秋天最明快的色彩;近处是各家的鲜蔬园,那些青菜、萝卜、香葱、韭菜,油油地流淌着绿意。举眼,随处可见各色形态的树,一片片红色的叶子点缀其间,这个季节,色彩斑斓。秋天,是天然的调色板,把野外的杂树林渲染得如油画般风情万种,让人着迷。

诗意地行走在黄昏中的查济。一路的风景不疾不徐,写意地摄入眼帘。真是一个喧闹绕溪流、人鸟乐悠游的好地方。

一

沿一条叫许溪的溪流往上走,就到了画家村。这里大都是仿古的建筑,各具特色的建筑,也彰显了画师们的艺术天赋。推开一扇虚掩的木门,我们走进了水彩画画家柳新生的家。柳老的画室就建在高高的河岸边,这是一栋别具特色的房子,他的工作间和天井是相通的,自然的光线投射进来。北面的落地窗,让屋后的山林绿色涌入室内;门外架了一个木头露台,又是一片绿色引入卧室。柳老师告诉我们,二楼还有玻璃屋顶,晚上他可以躺在床上看星星,可以伴着门前的溪水声自然入眠。

屋内一张约五米长的画案上,一幅尚未干透的简洁纯净的大写意山水画,水灵灵地呈现在画纸上。柳老师晃着白胡子乐哈哈地笑问我们从何而来,得知我们是合肥人,说,真巧,我也是上午刚从合肥回来呢。

他的室内陈列着许多人物水彩画像，那些人物灵动而富有生气，一些山水画的色彩纯净透亮，真是天工巧匠，用活了那些颜色。偌大的画室，凌乱而有致。问起柳老师可曾带学生呢，他笑笑说，不能带。自己还是学生，还要学习呢。真是一个谦虚而阳光的老人。

　　柳老带我们参观了他的庭院。大门外木头回廊上，爬满紫藤。庭院里，有几色雏菊正开，一个古老的马槽里，种养了几株睡莲。院子很大，分南北两块，南院正对着一条小溪，溪水哗啦啦地流淌着；北园种有数枝竹，还有老梅、兰草、天竺等。我尤其喜爱西边院角那一丛高大的芭蕉，想象着琵琶声里，雨打芭蕉的情形，该有多浪漫。

　　柳老的房前屋后有好几棵古老的板栗树，此时落叶遍地。这里正在修缮，几名工人在修砌花台，柳老和他们亲切地对话，和蔼可亲。我们用手机的自拍神器，在院子里拍摄着一景一物。柳老走过来，像个孩子似的好奇于这一神器，不明白那一根长棍是怎么摄像的，我们给他看手里的遥控他才明白缘由。邀请他和我们合影留念，照片上他的笑容犹如孩子般纯真灿烂。

　　坐石凳上歇歇，屋后的林间有清凉的风悠悠地吹来。这山乡原野，一切都那么原生态，艺术家的心中装着自然，在这自然的天地里，一切艺术的元素都将最大程度地融合到画里画外的生活中吧，我想。

　　后来我们得知，柳老先生是第一个来到查济的画家。自他之后，这里成了画家云集的地方。他在这里一住十多年，画查济画了十多年，很多村民的家中都挂有他的画，他是查济的荣誉村民。

　　有朋友来电话，柳老接完回到屋内拎出一袋东西，笑呵呵地告诉我们，有邻居请他吃饭呢，这不，带上几只螃蟹，喝酒去啰。

　　告别了柳家大院，出门后见附近几处画家宅院的大门紧闭，不便打扰，就继续沿溪流而上。此刻，天渐渐地黑了。

别 样 红

二

　　查济村老屋新房掺杂,断墙残壁处处,很多断墙中的菜地还可看出是曾经的老屋。河边和竹林里会冒出一些新建的房子,建得很普通的是村民住房,有奇特艺术感的是来自全国各地的画家,还有一些奢华的房屋,多半是一些商人的。

　　走出柳画家的宅屋,穿过一座桥,见一高大的墙头上大红灯笼高高挂起,透出暖暖的红光。至门前,见立有一块黑板,上写几道茶品及价格。看来这是家茶社。推门,果见宽大的院落里,有一大间木屋,里面有三两人正品茶。男主人见我们张望,便热情地邀我们参观。

　　原来这又是一处私宅。

　　看他的装束和谈吐不像当地居民,原来是北京人,医生。夫人是上海人。早在2003年非典时期来此旅游,看上了这里好山好水,果断决定来此建房。问每年在此住多久呢,他笑答,300多天吧。

　　参观其住所,真正高墙大院。上下两层的古式徽派特色的房屋,屋墙的四周及隔断基本都用原木条装饰。房高约6米,横梁是原始生态的长圆木,数了数,有30多根。同行的木桐调侃:"你家简直用掉一片森林啊。"堂屋的正中摆放着几组红木沙发,墙上挂着几幅字画。从字画上推测他们该是习佛之人。墙角的衣架上挂着各色民族风格的衣服,门前有几双有图案的拖鞋,显然女主人也是一个有情调的人。屋内的陈设,既古朴自然又融合了现代元素,朴素又奢华。说笑间,门外传来女主人热情的声音,她邀请我们去屋外一端的木屋喝茶。

　　这是一间简易的茶社,不过20平米。地面是自自然然的灰砖,墙面和屋顶由清一色松木横条拼接而成,室内支起了三张大小不等的木制桌椅,桌子上搭着田园风格的花格子桌布,桌上放着一些茶具以及几本杂志和书。屋角的吧台上是一些瓶瓶罐罐,里面装着不同的茶品,有几小盆绿色的植物点缀其间。

　　相对于那高墙豪华的主人私宅,我倒是更喜欢这里。男主人为壁炉添置了几块柴火,不一会火苗越烧越旺。秋凉了,坐在这温暖的小木屋,我的脚步就移不动了。

　　女主人身着一件黑色毛衣,下身一条休闲裤,脖子上围系着一条素花围巾,整个人干练而精神。她说话的口音很好听,且表情生动,满面桃花,巧笑嫣然。得知同行的雅君是上海人,两人还夹杂着说一些上海话。

　　我们要了一壶红茶,女主人推荐我们喝野胎菊,说这是他们两口子亲自上山采来自制的菊花茶,一壶才68元,特清香,她强调这个季节喝点清火润肺的茶非常好。我们应允后,她便开始忙碌。不一会,一壶清亮透黄的花茶端上桌来。她轻巧地为我们斟在一个个透明的玻璃杯中。举杯,轻啜一口,饮下去,野菊花的芬芳和香甜直抵肺腑,滋了肺,又润了心。一天的疲惫顿释,人也渐渐精神起来。

　　男女主人与我们对坐桌前。说起怎么来这里,他们饶有兴致,打开话匣子滔滔不绝。当初是怎么一眼就看上这地方,又是怎样煞费精力地买地盖房,现在怎么爱上住这里……言语里透露出对民风淳朴、自然和宁静的村庄的喜爱。他们为这里捐资修路,和当地的百姓和谐相处。虽然在北京和上海都有自己的居所,但他们把家真正地安在这里。闲暇时,上山去采花,插花。夏夜,坐在自家偌大的阳台上看星星,溪水就在门前流过,夕阳、炊烟、耕田的老牛,这一切的自然,都融在他们的生活中,诗意而芬芳。在此,他们结识了许多同道之人,还有两位分别来自法国和荷兰的邻居。来这里,他们就停下了脚步,找到了生活的原点。男主人说,查济,似乎成了地球村。这些热爱自然的人居住在这里,大家经常串串门,有好吃的拿来一起分享,还可以一起谈天说地,多么惬意的生活。女主人补充道,现在公路村村通,网络也连接到家里,需要买什么可以网上淘宝,几天就送达家中。周围村民每天送鲜蔬上门,他们吃着包种的稻米,喝着自采的茶叶,现在已经回不到过去。北京、上海的家已经不习惯了,孩子们放假也会回到这里,他们在溪水

别 样 红

里自在地游泳……

　　看着女主人一脸幸福,沉浸在他们的故事里。这样的生活,也是多少人心之向往呀。只是夫妻俩除了要都有这样的心性,还要有挣脱藩篱的洒脱,当然也还要有一定的物质基础,而这一切,似乎离我都很远。

　　喝了一壶一壶的茶,时间已经不早了,我们起身告辞。看来这茶社本身只是主人结交朋友的一种方式,至于经营倒是次要的。走出木屋,女主人又执意要求我们去参观她家客厅西侧的藏医工作室。女主人介绍,先生是一名嫡传的藏医,在北京也是赫赫有名,还做得一些生意。现在习佛多年,渐渐地放下名利,寻得这样一个安静的场所,归隐修炼,可即便是这样,也还有一些北京、上海的朋友千里迢迢来这里请他治疗。不过,附近的乡民对藏医缺乏认知,所以他不敢轻易为当地人治病,但他很乐意为百姓服务,做自己力所能及的事。

　　告别这对夫妇,出门时,沿街路面已是黑黝黝的,伸手不见五指。不知不觉间,我们一起聊了两个多小时,忘了吃饭,也忘了还要踏上归家的路。

天柱山散板

城市真是一个围城,久居一段时日,总想逃出来。

自然,出了城,心情就曼妙无边。

秋已深。窗外成片的秋季稻田上,泼洒着大把大把金黄。不由得想起春天的油菜花、夏日无际的麦浪。看来大自然也是偏爱黄色的,一年中居然有稻黄、麦黄和菜花黄。季节一到,那些让人炫目的黄,就在田野阡陌间透迤连绵。这样的黄,有很强的视觉效果,也会立刻灿烂人的心扉。好像几天前还是春天,这一晃,秋天又快结束了。高速路边整齐的白杨,在微风中簌簌舞动,想起那句:白杨多悲风,萧萧愁杀人。可人在旅途,朋友间说笑着,是没有那种悲秋感怀的。

这一趟天柱山之行,于我而言,目的倒不是爬山。其一,是想去体验和感受天柱山卧龙山庄作家村。这个村也算是内心里文学生活的一块归属地。今年夏季,作家村开业时的种种欢乐喜庆,各种形式的讲学座谈,文友间有关文字精神的碰撞,都在这里演绎过。而斯时,我远在美国,此去算是了却心愿。其二,就是想把自己置身于山的环境里,看看天,发发呆。此番已是四上天柱山,早过了新鲜劲。本来嘛,旅行去什么地方不重要,和谁在一起才重要。

车至山脚下,天已黑。寻一个颇为地道的小饭馆,吃了正宗的山乡土菜,继续前行,向着半山腰的卧龙山庄进发。

山里的夜晚过于黑暗,窗外的风景都被笼罩在夜的黑里。

别样红

没有见到传说中的山庄庄主,好在有周到的接待和安排。提着行李走下台阶,几扇木格子窗前的灯光,暖暖的、融融的,身体中那些快乐的因子,瞬间就被激发出来:住木房子啰!

七八个人,守着这样一座木屋,喝着青茶,说着话,打着牌,不觉间,时针就转过了一圈。新的一天,在热火朝天的牌桌上拉开了序幕。直到人迹散去,清凉的夜晚才恢复了平静。

寂静像一个巨大的器皿,将山中各类声音都装了起来。而所有的寂静沉寂下去后,唯一能听到的,是紧邻木屋的龙潋谷山泉汩汩流淌的水声。这水声,让卧龙山庄的寂静变得清澈。这水声,又如细密、柔软的纱布,滤过寂静,让寂静更细腻,更富有弹性。这样的夜晚,枕着绵长而清澈的一脉水流声,我很好入眠。

清晨,同伴们还在酣眠,我轻声走出木屋。开门见山,站在过道上,感受着愉快的空气穿梭在鼻翼间,忽然想象着,这些空气与我们生活的城市中的空气是不同的,这里的空气还存在着其他的物质,有植物的气味,有花香、果香,有雾雨的气味。我贪婪地吮吸着这湿润的空气,翻阅着眼前的一片山。水汽氤氲的山体,犹如一幅幅刚画好的大写意的水墨画,大自然的调色盘,将各种色彩随意涂抹在树木、枝蔓、草叶上,红的、黄的、绿的、紫的、白的……长夜过后,在薄雾的清晨,所有的一切都是新的,自自然然、原生态地呈现着。

卧龙山庄新的一天来到了。

门外的过道处,有一条木质的长椅,椅子边有手推的磨盘。多年不见此物,想想那些岁月都被磨得发白了吧。我让自己松弛地靠在座椅里,面对着空旷的山谷发呆。这样的时候,我既清醒地意识到自己的存在,也清晰地感受到周围。我和我的周围,不再有界限,整个人似乎都在自然的包围里,而自然似乎又进入了我的体内。于一呼一吸间,我的灵魂似乎也变得轻了,净了。

晌午,朋友们坐在山庄空旷的露台上,闲适地聊天。露台前端的几个大缸里种植着碧绿的大叶卷心菜和青菜,那些菜在雾水的滋润下,格外鲜嫩。农庄厨娘,拎着菜篮走来,不一会工夫,就采满一大篮子。蹲在一边陪厨娘择菜,这自给自足的生活方式,让人想起小时乡下生活的朴素与美好。抬眼,早晨的山岚几乎都被层层浓雾掩盖,就在说话的当儿,忽见云开雾散,看啊,天柱山!

是的,雄伟的天柱峰,就在不远处,撩开了它的面纱。真是撩啊,那动作之快,刚刚还水汽氤氲的天宇,转眼就变成仙境,天柱峰的顶端瑞云缭绕、祥气笼罩。

秋阳朗照,大山环绕,索性一群人都坐在门前庭院里,看山吃饭。藤椅板桌,端着大碗,农家的鲜蔬与土猪肉,让人吃得舒坦而欢畅,这才是人间清欢有味的美好。

下午小睡后,不见了同伴。独自一人对坐大山,远处传来阵阵呼唤,大山里回响着我的名字。于是追赶着他们的脚步,走到索道口。时间已不早,太阳忽明忽暗。一群人断了登山的念头,就在那一带走走停停,看天、看山、看树。

走回山庄,刚到二楼回廊上坐下喝茶,天就落雨了。

山里的天,变化真快。这一日,雾晴云雨,让我们经历颇丰。

雨一直下。晚饭后,几个人一溜排坐在一楼过道的竹椅上,听雨看雨,屋檐下,是一挂雨的珠帘。现在城里是看不到的这样的雨帘的。小时候住在乡下,常见茅草房檐下有这样的雨帘,经年日久,那地面还会有雨滴滴出的一个个小空凹。那时,我最喜冬日雪后屋檐上长串长串悬着的冰凌,凛冽晶莹,犹如一支支棒冰。常和小伙伴们,搬个高凳子去摘下,当作冰棒吃。岁月一路奔流,看着昏黄的路灯下这一挂白色的雨帘,不由得想起往事,想起童年,想起游戏,想起家,笑声,温暖,还有春天。

天柱山的夜雨,隔绝了人和世界。我们安静地说话,发呆;一只短矮的小黄狗,在我们的脚前来回穿过;忙碌好山庄厨务的几个村妇,在另条走廊上打着手里的毛线做着针线活;时光恍若凝滞。有人提议,还是唱歌吧。雨的夜,我们翻唱着一支支老歌,在散板的旋律里,一任温情和安详暖暖地泛上来。

别样红

不负银杏不负秋

腾冲至瑞丽的高速路段，天朗气清。可这里哪一天天气不好呢？从雾霾堆里走出来的人，对于如此奢侈的蓝天白云，只有感叹和想占有的份。窗外，层峦叠嶂，一层层，一道道，远近分明，如水墨里的浓淡干湿，清晰朗润。走着走着，视野里，山下的那些田地、树木和沟壑，就被云雾填满了，相机的镜头还来不及打开，移步换景的，又是一幅幅水墨丹青图扑面而来。坐在车前的"员外"，冷不丁地掷出一句："此处应该有'哇'。"

满车人哈哈大笑。

这"员外"，不过60开外。称他为"员外"，乃因其为徽州人士，自幼生长在古色古香的徽派房舍内，家教严谨，加上学识渊博，习文有学究气息，故都称其为"徽州员外"。我们熟稔，也习惯性地忽略他的名氏，直呼"员外"。

按照"员外"的话说，我们算是"社会闲杂"。从岗位上下来，已无大用。每日无非家门小事，写字习画。当"间歇性的城市厌倦综合征"复发时，就必须逃离城市几天。这一回，也算是预谋好的集体出逃。

彩云之南，在心里一直是美好的代名词。

来过一次，到过昆明、丽江和大理。这回朋友相邀，倒转双飞，相去万里，直飞西南边陲腾冲，只为去看银杏叶。

这一行的记忆，从银杏村开始，以"不负银杏不负秋"。

我以为最能代表秋天色彩的莫过于乌桕和银杏树叶的颜色。乌桕看得多了，我们单位大院，门口种有几十棵乌桕。秋深时，乌桕枝头一片火红，那残阳如血般的红艳,美得让人心惊。我的校园外,亦有银杏三五棵,秋风紧,银杏叶落满校园内跑道处,孩子们找寻最美的叶片做书签,有调皮的还在满地的落叶里追逐打滚。这一年,学校停办,校园空寂无声。再去寻觅,孩子们欢笑的声音犹在耳际,可眼里却只见稀落一地的枯叶。

秋天总让人感怀,但旅游治百病呢。好吧,权且再出逃一回吧。

出发去腾冲前,曾无数次构想着:在世界上最美的银杏村,一袭长衫坐于银杏树下,看纷纷银杏叶飘然而下,用心去感受秋叶之静美。到达银杏村,看万事万物都新鲜庞杂。房前屋后走街串巷的,大多是如我一般的各色游客,手里一色的是拿着相机或手机,看到吸引眼球的景色,便是一顿猛拍。只村中人家倒是淡定自若。抬头相视,友好地一笑,就各自忙着淘米洗菜,或做针头线脑的活计。常见门前银杏树下,老年妇女悠闲地边聊着天,边编

别样红

制着芬芳的头戴花环。这里有的是鲜花,有的是一地金黄的银杏叶。她们就地取材,用细柳条将银杏叶片和花朵朵,一叶一花穿在一起。游人问价,随便给个三五块,拿起就走。生活处处有美学。惊异于各人手里编结的小花环,花叶色彩搭配各式不同,真是各人都有自己的巧思,煞是好看。如果不怕同伴取笑,我也真想戴一圈花环以应景,想自己老大不小的年纪,还是矜持一点为好。一路行走,一路阅读,迎接着自然美好对于视觉的馈赠。欣欣然,满当当的生活气息扑面而来。

第一天出游,天气和心情一样晴朗。看到窗外美景就大呼小叫,时常不约而同地"哇!"。几日下来,面对不断呈现的各种美景,除了用心感受之外,已经到了感叹不能的地步。"员外"倒是奇怪了,怎的不"哇"了?再看到某处大好风景,坐在副驾驶位置上的他就不时扔来一句:"此处应该有'哇'。"

想起每年春秋之际,这一群人,总要相约去皖南,春天看金黄油菜花,秋天看塔川红叶。看不够的皖南,每次都有新感受,每次也都习惯性地哇呀啊的。对于美好,所有的失态,都是情不自禁,这也是没有办法的事。

那天夕阳西下,在和顺古镇一片金黄的稻田间,我们摆拍留影间,忽见天上一行大雁人字形排列,正缓慢而浩荡地掠过头顶。因离太近,我们"哇"声一片,尖叫不已。许是那群大雁被惊到了,迅速绝尘而去,直到天空一片纯白,我们才逐渐回过神来。血色黄昏,夕阳光照,一张被抓拍的照片,定格了三张仰面朝天、张大嘴巴、满脸惊喜与激动的脸。那一刻,即永恒。

而那一日我们在北海湿地徜徉,所看到的景致,更是让我们没了"哇"的力气,原来有一种感慨叫"此时无声胜有声"。

空气里飘着草叶的清香,芦苇丛中不时传来嘎嘎的野鸭叫,湖面上不时有游人初踩草排的惊喜叫声。泛舟湖面,宛若置身在大草原中。只不过这片"大草原"是漂浮在水上的。

远处是群山,近处草丰水美,水下是蓝天,白云在水底缓行……"员外"早已踱着方步走在前头,一个人徐行。他是在孕育诗呢,我们窃笑。

接待我们的小周,将我们的行程安排得很妥帖。有次安排我们去一个偏远的园林深处午餐。那里单门独户的一家,属私人饭馆,只对朋友开放。我们穿过林园,见里面各色树木,落叶满地。林间阡陌有乌鸡雁鹅,悠闲自在。还有两条温驯的土狗,慵懒地躺在路边。午时,阳光和煦,我们在高大的银杏树下,静静等待箪食瓢饮。有微风轻拂,片片银杏叶落,有的自我们身上、发梢滑落,也有的落在木条长桌上。数了数,有十多片呢。那盈盈诗意的场景,令人陶陶然。

想起《桃花源记》里的句子:"土地平旷,屋舍俨然,有良田美池桑竹之属。阡陌交通,鸡犬相闻。其中往来种作,男女衣着,悉如外人。黄发垂髫,并怡然自乐。"仿佛就是这儿的真实写照。

那一刻,唯默然无声,方更能感念岁月静好。

别样红

择一河而居

　　说实话,早些年对皖北一直印象不佳,对皖南倒是情有独钟。每一年踏春赏秋,总爱往南边跑上几趟。自认识几位皖北籍作家,特别是读过许辉主席的《淮河读本》和《涡河边的老子》后,对这一片土地就多了向往。前不久去亳州,刷新了我对皖北的认识。这次去宿州采风,对这片丰厚的土地,则心生敬重和热爱。

　　一条河,穿城而过,对于一座城市来说,真是无限的福祉。《道德经》中有言:上善若水。人们骨子里都有着趋水性,而水,在很多时候给人类带来了福音;它哺育了两岸的先民祖先,也带动了一座座城镇的出现,城市因河因水的润泽,才得以延续和发展。

　　沿着新汴河河域,溯流而上再顺流而下。虽已过了繁花的春季,新汴河航道边的景观带,依旧是万花献艳,美不胜收。踱步于汴河之滨,河水盈盈的,穿行于花海,呼吸清爽,便有着恬恬的自在。

　　金鸡菊、黑心菊、天人菊,逶迤一地,灿烂在北岸的坡道。有的枯萎,有的还在热烈地开着,大有一种开到荼靡终不悔的势头。透过一大丛蒿草,我看到了"箭茎条条直射,琼花朵朵相继"的蜀葵。这花总让我倍感亲切。小时候,我们叫它端午景。端午时节,家家门前屋后都是这花儿,踮起脚,采上一朵插于辫梢,就觉得自己是最美的一个。

　　正值格桑花盛开的季节,在太阳的暴晒下,那些花儿流光溢彩,在坡上恣意地连绵,朴素而美丽。在藏语中格桑为"美好时光"或"幸福"之意,徜徉于花海，心田似被难以言说的幸福填满，洋溢着沁人的芳菲。

在六月的明亮里，新汴河的北岸，怒放出自然界中所有的颜色。

当然，这个季节，荷花是主角。

很少见荷花开在河边的，新汴河景区的设计真是独具匠心。为了方便游人临水欣赏河边美景，他们在河边搭建了长长的木栈道。《浮生六记》中那句"夏日泛舟，以荷为伞，沉睡不知光阴之须臾"，真是极美的句子。踏入花径，无须知晓前途方向，左顾右盼，栈道两边的荷，安安静静地开着，那田田的叶子，也都安安静静地绿着。风送荷香，虽然不热烈，却也一点一点沁人心脾。

远眺，对岸有高楼林立，河道上苍翠绿荫；近观，新汴河河道的水、滩、堤、岸绿化全覆盖，灌木乔木，地被水生，常绿落叶，立体化的种植，使得这里的景观真正四季有花，四季常绿。脑海里跳出宝玉的一句题联："绕堤柳借三篙翠，隔岸花分一脉香。"遥想多年后这些树木蔚然成林，岸边花红柳绿，岂不更是"柳映溪成碧，花落水流红"？

向晚时分，河道上的人多了。老人们闲闲散散，拉着家常，孩子们追闹着，欢跳着；泗州戏的拉魂腔，声声入耳。一路行走，一尊尊神情毕肖的人物雕像映入眼帘，令人驻足凝赏。千百年来，这片美丽的土地上，英雄辈出，灿若星河。揭竿而起、楚汉相争、垓下决战、霸王别姬……这些史诗般丰厚和沉重的雕塑，上演着一幕幕金戈铁马、叱咤风云的故事，真叫人回味无穷。它们不仅蕴藏着一座城市的文化内涵，更给人心灵以冲击和震撼。一路边走边看，古汴遗风与新河旷野之风，时而在脑海与视觉中交织转换。

都说新汴河夜色很美，晚饭过后，再次来到河边漫步，果然不同凡响。数千盏明灯将一河两岸装点得璀璨生辉，别有风情。

时光悠悠，一条河，静谧悠然；一座城，纳水藏气。夜色中传来谁的歌声？"一条大河波浪宽，风吹稻花香两岸……"想起朋友在新安江边置的小宅，打开窗，就是一幅山水画。也见他写过"我家就在岸上住"，那种惬意，真羡煞了我们。春天去含山的运漕古镇，看一条古运河，浩浩汤汤流过，沿河

别样红

居民悠闲自在。更别说古镇周庄、西塘，无不面水而居，润泽而生。

"风水之法，得水为上。"一直对临水而居，有一种执着的偏爱，就如海子所写的那样："我有一所房子，面朝大海，春暖花开。"

择一河而居，心，敞敞亮亮的。

永远的大庙村

一直想着暑期去大庙村游泳,看来已不太可能,因为——大庙村就要消失了。

大庙村,其实不是一个村,也没有什么庙。说它是一个农庄吧,也只一户人家;说它是会所呢,它比会所的功能强大;而说它是城市别墅,它却地处乡野农田之中;说它是乡居小院,也有点牵强,它内含很多城市因素,譬如多功能音乐厅、酒吧,还有游泳池。

大庙村位于上海郊外松江一带。据说多年前,此地有庙,村在庙里。再后来破"四旧",庙没了,村也没了。十多年前,闺密弟弟置地百余亩,如李渔打造芥子园般,走"人间大隐"之道,在这里兴土木,挖沟渠。后来就有了新的大庙村,有了藏惹翰海佛堂,有了仿茅屋格调的几处四合院和平房,也有了竹苑、长廊、酒吧、会客厅、榻榻米客舍,有了偌大的露天游泳池。

走进这里,就走进了一个别有洞天的世界。

大庙村真正是融在一片田园之中。尤记得夕阳西下的大庙村融于无际稻海的景象,那真是一片金色的汪洋呀。它让我想起台湾美学家蒋勋所住的池上,想到池上无垠无际的绿浪水田,以及水田浅水里倒映着的天光云影。

池塘,水田,菜畦,鸡鸭鹅鸣,大庙村具备了乡村最基本元素。如此来说,大庙村,勉强算村吧。

好像我骨子里就和"村"这个词很亲近。随着年龄渐长,更是将村作为

别样红

被文青们用滥了的"诗和远方"。究其根本,或许与童年乡下生活的经历不无关系。

屈指一数,至少有四个村子与我有关联。童年生活过的小庄村,是我挥之不去的乡愁。石台仙寓山大山村,是一到暑假我就想去避暑的好地方。再就是霍山月亮湾作家村,那儿有我的小屋,说得文艺一点,那是我安放心灵的寓所。还有,就是这想时常去虚度一段光阴的大庙村。

真所谓缘分也。如果不是雅君小弟隐居于此,我怎么也不能知道,大上海居然还有这样一处地方,怎么也不可能一次次去到那里。

小弟何人也?本姓焦。如同如何定位大庙村一般,我也很难表述他的身份,他是生意人?佛教徒?传统文化践行者?……或许兼而有之吧。他做过煤炭生意,开过KTV、典当行、茶社。焦氏菩提,是他的佛像文化产业。佛像的经营,一般不做买卖,请一尊佛,大致随缘。我去参观,看那些精美的木雕佛像,慈眉善目,浑圆饱满,细腻而典雅,尊尊透露着佛光的气息和生命的安宁。看着看着,就有了欢喜心,有了澄明的心境。

焦先生是个有故事的人。早些年在生意做得风生水起时,他忽而在江湖消失得无踪迹,半年后,才知他沉寂于九华山,在那里潜心习佛。这么多年,他一直做慈善,不遗余力地为许多庙宇建设和佛事活动做贡献。

焦先生喜交友,有思想,有才情,按上海人的说法,这人有腔调。他信奉关公的大义,舞得一把关公大刀;弹得一手好吉他,有一副奇特的好嗓子。听过他月下弹唱邓丽君的歌,他也能唱出柔媚婉转,唱出万般滋味。或许正是情怀使然,他才着力打造了大庙村这样一个寓所,来远离尘世,寄情山水。

清晨的大庙村,在声声木鱼和寂寂鸟鸣中醒来,焦家人开始晨课诵经;晌午,焦先生或挥几行大字或画一幅关公像,间歇携小儿去园中,撒一把谷粒喂一喂孔雀,捋一把青草以饲小鹿;午间,几碟鲜素,与家人围坐;小睡后,去瓦蓝瓦蓝的泳池游几个来回。在一池碧水边,喝下午茶,发发呆,或和几个音乐发烧友敲敲打打,弹弹唱唱。

这样的生活,也是大多数人所向往的吧。

不过,我喜欢大庙村,则因为这里有半坡青草。沿草地漫步,累了可以去坡上的亭台休憩。那小木亭也似我临摹过多次的山水画之一景,极尽简约,极尽安适。静坐,感受天蓝、风轻、草绿。

当然,我也喜欢傍晚时踱步至藏惹翰海佛堂,于窗前茶台,持一盏香茗,在《云水禅心》的佛乐中,静静地将目光投向窗外。看夕照洒在茅屋上,洒在草地上,投射在楼下那一片非湖非河亦非塘的水面,再看那水面上一座长长的木桥,在夕阳下,盎然着诗意。那一刻,弘一法师那首淡而惆怅的《送别》,总在心中起伏:"长亭外,古道边,芳草碧连天。晚风拂柳笛声残,夕阳山外山……"

我最朴素的愿望是去那一方泳池游泳。之前因为自己是旱鸭子,徒对一汪碧波,不敢下水。自去年学会游泳后,每周一三五、二四六地,常去游泳馆,游着游着,就有了瘾。心心念念里,想着退休后去大庙村,时不时地去露天泳池,感受蓝色天宇下亲水邀游的妙趣。如今,大庙村即将退屋还田,这愿望,似已成空。

最为遗憾的该是焦先生吧。问雅君,她淡淡地说:"那倒没有。得失随缘,心无增减。退屋还田,也是造福于民。"

大庙村,在记忆里永恒。

我也似忽然开悟,心中自有一亩田,用它种桃种李种春风,自而"做个闲人。对一张琴,一壶酒,一溪云"。

别样红

零下 29 摄氏度的爱

亲家在电话那端热情地相邀:"叫亲戚们都来,今年哈尔滨是暖冬呢,来看看我们的冰雪大世界呀!"

"暖冬?多少度呀?"

"也就 20 来度吧。"

那里的人也都习惯了说多少度,而不说零下多少度,可对于我们来说,哪里见过零下 20 度的模样?别说 20 度,零下 10 度也少有呀,如此低温,想想就哆嗦。

一行十一人自合肥出发,经历 4 小时飞机晚点,抵达哈尔滨已是凌晨 1 点。来接站的亲家和孩子们早已手捧鲜花,满面春风地等候在出口。11 束鲜花,让刚踏上冰雪之城的寒意瞬间消散。心,即刻就温暖了。

真是有缘千里来相会。两个孩子在美国相识相恋,前几天,从美国飞回合肥完婚。哈尔滨亲家一行十四人千里迢迢赶来祝贺,这一回我们合肥亲友团又同机飞往哈尔滨参加他们举办的答谢宴。

车窗外,白茫茫一片,哈尔滨的冬夜多么清冷,多么安静。因为孩子,我的心和北国这座城市也连在了一起,真正是"因为一个人,爱上一座城"。

入住酒店,窗外寒意逼人,室内温暖如春。翌日晨,拉开窗帘,明晃晃的银色世界,一派北国风光。早餐过后,步行不过百米,就是松花江畔,"松花江水波连波,浪花里飞出欢乐的歌",冬日的松花江又是怎样一幅美景啊!

这静止的河流,是冰和雪凝成的世界。冰河上奔跑着汽车、马车、游览车，大批的游客在冰面上玩冰戏雪，此时的松花江成了天然的冰上游乐场。江面上满是嬉戏的人们。狗拉爬犁，冰陀螺，碰碰车，冰雪滑梯……厚实的绒帽下，一张张冻红的脸，眉宇间透着开心和喜悦。

孩子们太开心了。终于可以体验只在书本和图画里见到的冰上游戏，一项项体验，玩个够。禁不住诱惑，我也坐了回狗拉爬犁，虽然面对那肥大健硕的狗，还有些恻隐之心。被拉着在厚实的冰河上溜一段，算是满足了一把儿时的夙愿。

转一圈，走一走，有鞋滑者，摔两跤。不一会也就忘记了寒冷，尽管这一天气温低至零下27摄氏度。

在江岸的公园里，我们见到一群快乐的舞者。他们跳的是欢快的新疆舞，很有趣。这可全然不同于广场舞。看这些舞者，既有着新疆舞的功底，气势里又有着东北人的豪情。见我们驻足观看，他们更加投入，使出浑身解数，一招一式，舒展自如，全然不在意冰天的寒冷，忘情于音乐之中。跳得太好了！蜷缩在厚实的大衣里，怎么也舒展不开的我，也忍不住放开脚步踏上节奏。

来到哈尔滨不得不去的地方是中央大街。这条街迄今已有百年历史，与北京的王府井街、上海的南京路等地的热闹繁华不同，这条街因有许多欧洲风格特别是俄罗斯风格建筑而闻名。踏上这条街，异国风情扑面而来。街边积雪不断，也有许多雪雕和冰雕映入眼帘。我尤其惊奇中央大街街面上的石头，它们精精巧巧，密密实实，光光亮亮，一块一块，连绵铺成整条路面。据说这条街面是俄国工程师科姆特拉肖克设计、监工的。这些石头是由花岗岩雕刻而成的，在当时一块石头就价值一块大洋，够一个穷人吃一个月的。可想这几百米的大街，真是金子铺成的路。

走着走着，这么大冷的天，遇见大街上三三两两边走边吃冰棍的人，在南方人看来真是不可思议的一件事。有人说来哈尔滨不吃"马迭尔"冰棍，就相当于到北京没去长城和故宫。亲家给我们介绍说，"马迭尔"冰棍一名沿袭至今已有百年，这是中央大街的特色冷饮，不容错过。浅尝几口，果然

别样红

是"甜而不腻,冰中带香",吃这种冰棍儿,不仅是品尝它的味道,重要的是体验在这滴水成冰的寒冷的季节里吃冰棍的感觉!那叫一个字:爽。

午饭安排在中央大街的最具浪漫风情的西餐厅华梅西餐厅,来这里用餐得早早地预订。这家餐厅墙上的装饰、古典的吊灯及餐厅桌具的摆设,都充满了异域元素。当然,正宗的俄式餐点,也让我们的味蕾开出芬芳的花来。

中央大街往东不远就是索菲亚教堂,曾经是哈尔滨地标性建筑,现在成了哈尔滨建筑艺术博物馆。也是听了导游的介绍,我才知道"洋葱头"和"帐篷式"建筑风格一说。再看索菲亚教堂的塔顶,真的是很形象。这一日,白雪皑皑,银装素裹,站在教堂前空旷的雪地上,抬头见蓝天白云之下的索菲亚教堂格外庄严神圣、典雅脱俗。耳际传来教堂里厚重的钟声,塔顶端有白鸽掠过。那一群鸽子,或歇息或觅食或围着教堂楼顶盘旋飞舞。这些圣洁的小精灵,让人内心涌动着和平时期的安宁美好。

华灯初上,冰雪大世界已是璀璨一片。

天气预报说,这一天是哈尔滨入冬以来气温最低的一天,零下29摄氏度。亲家一大早送来一大箱棉衣、棉裤、棉鞋,又带来足够多的手套、围巾、口罩。晚上进园前,我们全副武装,将自己裹得严严实实,密不透风。还好,冰雪大世界里没有想象的冷。不过,手机基本罢工了。看来只能饱览华丽的冰雪大世界,而无法拍录。也好,权且把这般风景看在眼里、装在心里。

真乃有幸,得悉今年哈尔滨冰雪大世界将是春晚四大分会场之一。此番,我们看到了史上投入人力物力最多,巧思设计最精美的冰雪雕塑。流连在风格迥异的冰雕前,欣赏着鬼斧神工、独具匠心、浓缩着人类艺术的精华的件件作品,真是"风景处处有,这里最不同"。夜幕下,高科技的光影,为这梦幻般的世界锦上添花,给人以无比的圣洁感和神秘感。

年三十的春晚,当看到华美的冰雪大世界,看到独一无二的冰舞台上所展现的冰上舞蹈时,我们感觉亲切无比——这个地方,我们来过。

早在八十年代,一首由郑绪岚演唱的《太阳岛上》风靡全国,让太阳岛成为家喻户晓的名胜。近些年,太阳岛雪博会与冰雪大世界已成为哈尔滨旅游的拳头产品。冬季来哈尔滨看雪雕,太阳岛自然是不能错过的一景。

赏雪雕看冰灯,几天下来,冰城在我们脑海里的形象越来越丰满。

来冰城之前,我们曾对这里的寒冷做过的各种猜想和恐惧,都在抵达之后化解开来。呀,原来零下29摄氏度,也并不那么可怕。

天空湛蓝,阳光骄好,空气新鲜。一呼一吸间,都是松花江冰面上飘过来的清冽,阳光肆无忌惮,从未吝啬过一丝一毫,无私地照射在每个人的身上,使你臆想里的所有酷冷严寒都去了九霄云外。

冷艳的冰城,有着别样的温暖。

别样红

美 国 小 镇

美国给我的印象实在谈不上宏伟和气派。

其中的原因,其一是相对于我国,无论从人口密度,还是日新月异的城市发展来说都比不上;其二是因为去了三次美国,西海岸几个城市,基本都游遍,都不算太大,很少见高楼。纽约、华盛顿也去了,跟咱们北京、上海比,也还是少了些气派。更主要的原因,可能是我在普尔曼这个小城住久了,根深蒂固地认为,这不过三万人口的小城,比我们三河古镇都小多了。

在美国,类似于这种大小的"镇"我去过好几个,都各具特色。

普尔曼

美国许多大学城都叫市。普尔曼是华盛顿州立大学主校区所在地(这所大学有三个校区)。儿子公派来这里读博,一读就是四年。这个小城于他来说,一定承载了很多的记忆。这个城市注定了他的姻缘。他和媳妇思元一起生活在这样的小城,这里也成了我最为牵念的地方。

普尔曼属丘陵地带,四季分明。前年冬天,我去陪孩子过年。整个冬天,普尔曼一直是雪季。我飞去的时候,飞机居然无法着陆,改签两次,第三次才从临近的机场转道到达普尔曼,那段经历太奇特了。普尔曼冬季的雪景也令我难忘。那两个月,冰雪坚固不化。那些丘陵、山峦、树木、房屋以及一切的庞杂都笼罩在皑皑白雪下。整个城市被白色的线条简约化,勾勒出一幅普尔曼冬季最美的画。两年后的夏季当我再次踏上这片土地时，又是一番景象。普尔曼的麦子熟了，遍野金黄，无边无际的麦地，连绵又连绵。蓝天白云下，那些大色块金黄，泼洒在无垠的原野里，真是让人心醉。当然可以想象，这里的春秋季的景象也无限美好，我从孩子们的描述和一些图片中也可以感受得到。

普尔曼市中心，孩子称为"当烫"（后来我才得知，所有的市中心都叫"当烫"，是英译词）。市中心很小，不过几条街道，但服务功能齐全，有好几个大超市，有银行、出租车行、各种快食店（也有中国餐馆），基本满足了人们生活的必需。很奇怪吧？警察局就设立在大学校园里。可也没啥奇怪，这大学城也就是市。普尔曼有大小五个教堂，儿子住所的附近就有三个，平时里教堂很安静，只周末才见络绎的人群，听见颂诗的声音。

我最喜欢普尔曼的安静。这里不少人家都养狗，但狗几乎不叫，连鸟也懒得叫早，门前的树上也常停歇着一些呆鸟，它们似乎习惯了安静。假期里，没有被各种东西催促，只偶尔听得门外松涛的声音。说是松涛，是因为有那么一大排高大的松树，我数过，有十多棵，风起的时候，那些树的声音就出来了，这样的声音尤显得自然的安静。这种安静，特别适合读书和安睡，那些日子我饱尝了夜读的美好，也养足了精气神，时常睡得昏天黑地的。出门，人少车少，一切都是原生态的自然景，路边的树木无人修剪，那些花儿草儿也自在地按着自己的意愿疯长。门前松树下落了一地的松果，有一天，我们捡了一大纸箱，放在车后备厢，第二日出去野营时，用它做烧烤的燃料，特别好。

美好安静，是普尔曼给予我的全部的印象。窝在孩子的小家，除了安静，就是安静。从喧嚣和雾霾里过来的人，面对这一天天的安静，又是多么欢喜。

据说这里的PM2.5值仅为个位数。孩子出门后，我独自宅在家，打开巫娜的古琴曲循环播放，煮字泼墨，养心修性，这样的时日，怕是许久难以忘怀。

别样红

莫斯科

离普尔曼不过20分钟车程，就是另一个"小镇"——莫斯科市。它居然与俄罗斯首都撞了名。这也是一座大学城，是爱达荷大学所在地，属于爱达荷州。孩子们更喜欢去这个莫斯科市购物，那里的Winco（福耀）超市，食品多而齐全，特别是蔬菜很新鲜。

我尤其喜欢周六来这里逛农夫市集。

每周六约定俗成，周围的农人或是一些手工业者自发地来这里，兜售自产东西。一条长长的街道，布满各种摊位。五花八门的蔬菜水果，各种食物饮品，花花绿绿的植物及各类装饰品，琳琅满目的手工艺品，还有一些艺术类的活动，绘画、摄影作品展卖，林林总总，应有尽有。尽管门类杂多，人头攒动，可是，你走过来，走过去，丝毫感受不到那种拥挤和嘈杂的菜场味道。你看到最多的是文明、友爱和每个人和善的笑容。街头，一家人或挽着手或推着婴儿车在闲逛，三五朋友悠闲地在街头的座椅边闲聊，几个主妇谈论着各自篮子里淘到的宝贝，街边小广场舞台上展示才艺的孩子和台下父母鼓励和期待的目光。

一位穿黄色花裙的大妈，见我站在她摊位前，热情地向我介绍她手工制作的香皂，并执意要送一瓶精油给我。孩子给我们拍了一张合影，照片上有她满脸喜悦的笑。几乎所有的摊位，都有会心的笑容，那笑容是他们最好的品牌。你买不买东西，毫不影响他们的情绪，似乎他们只是将自己珍藏的东西拿出来展示和分享，这种喜悦大于买卖的收获。

德国小镇

去西雅图的雷尼尔雪山公园途中我们特意去了德国小镇。这是一个洋溢着德国巴伐利亚风情的小镇。据说这里原本是一个印第安人部族，后来没落了,由政府和华盛顿大学仿德国风情建造成了现在的德国村。

我们的车一开进这一片领地,就有了一种踏入异国的感受。街头上,各种标志性的旗帜和建筑及文化氛围都彰显出德国元素,一些商家的招牌食物以及店员的穿着也很德国化。

据了解,这里每年都有很多大大小小的节日:春天有狂欢饮酒的空杯节、德国诗歌节、春鸟节,夏天有德国手风琴节,十月有德国啤酒节,其中尤以冬天的圣诞灯节最为吸引观光客。这小地方,因为特色鲜明,节庆活动多,每年的访客约15000人次。这样的人际流动,让原本一个快要荒废的小村,转型成为西雅图近郊最受游人喜爱的小镇。儿子说,这里的旅馆价格不菲,如不预订,还真住不上。

这个下午,照例天蓝风轻。刚找到位置停好车,我就迫不及待地跳下车,我实在是被眼前的景色完全迷住了。真正是开满鲜花的小镇,家家户户门前必定有花团锦簇的盆栽鲜花,有悬挂于屋檐及门前电线杆上的,有摆放于门外和窗台上的。对于鲜花,我一向没有抵抗力,心情于刹那就被俘虏了,走不动路了,就看啊,拍呀。好在街坊们都很友好。小镇内商店、餐厅、民居等建筑都各具风情,外墙上随处可见色彩绚丽且极富想象力的壁画。这种浓厚的巴伐利亚特色,让你仿佛置身于德国某个城市的街头。

小镇的游客不少,但大多只是安静地散步、观光。在一家琳琅满目的超市,我挑选了几块冰箱贴,并买了一个布艺花背包,也算到此一游的纪念。

傍晚,微风习习。儿子超哥找到一家地道的德式餐馆。喝着德国黑啤,品尝这里最富特色的烤猪蹄,那一顿美味,更是提升了我对这个小镇的好感,德国乡村风情已然入心。

德国小镇,满足了我对田园诗意生活的美好向往和期待。

夕阳西下,漫步于街头。不远处传来乡村爵士乐悠扬的弦乐声,寻一张长木椅坐下,静静地聆听。对面街头,一对恋人热吻的情形就这样进入眼帘,按下快门,悄悄地拍了几张。不为别的,只因被那旁若无人般自然流露的真情所感动。

别样红

西藏去来

一趟西藏自驾游,前后25天。最近一直在思索,我该如何描绘我眼里的西藏？西藏给我留下些什么？

几天下来,我发现自己脑子里空空的,根本找不到表达的点,也找不到该表述些什么,可有时又觉得脑海里满满的,似乎装了很多东西。有文字情结的人,总有不吐不快的"病",可我这样边听蒋勋说《红楼》,边敲打着键盘,依然没有想好该怎么去写。

西藏太大了,虽然走近它,可我又了解多少？读懂了多少？多少人都有西藏情结,认为是一生必定要去的地方,我似乎也是,这几年每到暑假,就向往。西藏于我,是一个大概念,知道终究要去,但我又很难说清楚,那片土地究竟是什么在吸引着我。

去西藏是需要机缘的。那一年,我们一路自驾,都快到康定了,可因意外,又扫兴而归。或许,就是机缘没到吧。去西藏是一个大工程,需要做好功课,需要做身体上、心理上的准备,还需要必备的行头。但必定也是有一些说走就走的人,不会去考虑那么多事。

这一回,也算是一次说走就走的旅行。

当得知此次是先去稻城亚丁,参加一个佛事活动,再去拉萨,当然毫不犹豫。稻城亚丁,在我脑海里就是一栋栋别致的藏民居,是蓝天白云红草滩,是飘扬于心头的经幡。特别是每年秋天将至,那红草滩就像是给我发了一通红色的请柬,曾经错过两次盛大邀请,再不能够爽约了。

只是当时脑海里全然没有318的概念。走了一遭之后,我才知道"国道318"的魅力所在,艰险所在。可更要命的是,后来我们还决定走回头路,想到那条让人胆寒的生死路,有两晚我简直忧怯得无法入睡,恨不得弃车,直接从拉萨买张机票回家。还想着,即便机票全价也毫不吝惜。

可毕竟是一个团队,纵使有困难,也不能当逃兵吧。

也是回到家中,想想才更觉后怕。

好在终于走完了这趟西藏之旅。

回家第二天,燕子来电话说为我接风,说我有口福,可以吃到家宴,吃到野生甲鱼。

席间,大厨张姐说:"你们幸好回了。我一个朋友前天才去的西藏,当夜突发高原反应,送医院就没抢救过来,没了。昨天我哭了一下午,唉,这西藏,我是再不敢去了。"

"怎么会这样?"我无比震惊。她接着说,那朋友之前还去过一次西藏,此番去前还做了全面体检,并且还打了卦,希望能平安归来。

唏嘘不已,明天和意外真不知哪个先到。

在亚丁的虞悦客栈翻一本书,不几分钟就读进去了,回家立马买来读。这本书叫《西藏生死书》,作者是索甲仁波切。这本书深入讨论了人生的真义,针对生死问题提供许多法门和答案,希望每个人不畏惧死,也不畏惧活,希望人们能对心性和真相彻悟,找到终极的快乐。

去了一次西藏,回来后确实感觉心性上的变化,似乎变得安静了一些。或许也是给自己找理由了,一改以往去一个地方,回来立刻抒情一把,写游记感悟的做法。而这一回,我觉得整个人需要沉淀,至于会写什么,想写什么,要不要写,变得不那么重要了。

西藏的山水,有时真能给你一些开悟和启迪,至少有几次吧,面对一湖碧水,面对那冷峻的山脉以及那辽阔到望不断的草原,心里是起波澜的。

那日黄昏,在318国道怒江之畔,我们的车堵在一段狭窄的山口,进退不得,原因是连日阴雨塌方而致路断。那几个小时,只能坦坦荡荡地静等。陷

别样红

在大山沟里,看天看山,看滚滚怒江奔涌。天色渐近阴沉,又担心下雨。夹在相互对峙而又无寸草依附的山体之间,看满山巨石,想着,如果再下雨,说不定,冷不丁地就滚下个大石头来,或者,滑坡、泥石流什么的,一切皆有可能。一边是波涛汹涌的怒江,一边是寸草不生的山体,中间的路面不过七八米宽,若有滚石下落,也真无处可藏。

那一刻,内心恐慌、担忧、焦躁,顿觉人在自然面前渺小而无助。刹那,心底起了后悔:好好的,放着安逸的空调屋不待,为什么非要自虐呢?愁绪百般之时,回头瞥见那长尾龙似的车后,有一群正在说笑的骑行者及背包客,想着他们更自虐不是?于是,宽下心来,静待时间的流逝。还好,也就三个多小时后,前方挖掘机终于辟出一条道,放行了。后视窗里,那些渐行渐远的挥锹抡锤开动铲车的身影,让我心里多了份感恩。

都说西藏是山的故乡,一路上我们看到了多种山体山貌。可如此近距离地在山坳里,看高天,看群山,于我而言,真是第一次。那光秃秃的褐色山脉,似蕴藏着我无法了解和进入的神秘,永恒而苍凉。广袤、博大和悲壮,这些词,或许都难以涵盖西藏大美而不言的气概。

西藏归来,临行前的种种念头,旅途中的种种疲惫,仿佛被高原的风吹走了,只留下一种单纯的感受与回忆。

西藏25日,让我负重的灵魂得以喘息。我知道了世界上还有那样一个地方,在我们不曾感知它的时候,遗世独立地以它的姿态呈现着,又在我们揭开它的面纱之后,让人一见倾心,继而想倾一城以许,长住久不归。

当然长住西藏,或许只是一种愿望,只是一时冲动的念头。我终不能像虞悦客栈的吴女士那般,有坚定的西藏情结,能离家别院放下现实的居住环境,去驻守在被称为"蓝色星球上最后一片净土"的亚丁,过自己想要的生活。不过,自西藏归来,我又似多数人那样,暗自下了决心——西藏,我会一来再来。

海上慢生活

来美国几天后,时差基本倒好。择周末,儿子超哥安排了全家出游一周的计划,乘邮轮去加勒比海上漂游。

万物萧瑟的冬季,美国各大媒体和旅游网站最推崇的旅行就是邮轮公司的线路。孩子介绍说,这种旅行,是一种"慢生活",它回归到旅行的本质。邮轮本身就是出游目的地,倒不一定就是交通工具,它是一种旅行方式,无论是娱乐还是服务本身,都值得去体验一把。

说这话,是因为他们小两口曾乘坐过"皇家加勒比"海船。有周到的安排和免费的翻译,我们自然乐呵呵的,只管跟着走就是了。

出发:飞往佛罗里达

我们自华盛顿飞往佛罗里达州的坎巴,从那里的海湾登船。踏上"天堂号"邮轮的那一刻,自己还是吃惊不小。邮轮比想象的还要大,外观令人震撼,里面更包罗万象。各种餐厅、酒吧、夜店、免税商店、游乐园、健身房、舞台、棋牌室、图书馆等,还有媲美赌城拉斯维加斯的豪华赌场,真是应有尽有。

邮轮,不仅是一条船,它简直就是一座漂浮的小城。

下午4点邮轮离港。出发前,船上喇叭响,孩子说是通知大家去剧场参加逃生演习训练。本来还觉得没必要参加,可孩子说得服从船上安排。到

别样红

那一看，全场坐满了人，大家都十分安静地等待着。孩子说，邮轮单员工就有900多人，此次同行的游客也将近2000人。3点30分主持人准时进场，他边讲解边演示逃生的方法及乘船顺序，特别强调孩子和女士要优先登船。按照座位顺序，我们被分组带到甲板顶层，船沿边悬挂着一只只救生船，工作人员指着其中一只，说，这，是你们乘坐的船。

看着这只橘红色的逃生船，再探头看着深邃的海，忽然想起"泰坦尼克号"，沉船那一刻的场面在脑海里浮现，心里直发怵。

因为订票的时间稍晚，选择客舱时，没选到临海的房间。好在所有的不适在苏醒后就得到了加倍的补偿：轻摇的船，安静的黑暗，一夜好眠。

登顶：观海上日出

在泰山极顶、黄山之巅看过日出，这一回，可不能错过海上日出。上船后的第二个清晨，想赶在日出之前，等待东方那一抹光亮的出现。乘电梯至甲板，目之所及，除了浩瀚海洋，除了蔚蓝一片，看不到任何一物，除了蓝还是蓝，好干净的海面。遥望东方，天海的分界处，一点一点地放亮，渐渐出现鱼肚白，再一会，渐渐泛红。我们满怀期待地等待，相机早已对好焦。只是遗憾，因一层黑云遮挡，好大一会，当太阳自云端升起，已经发出明晃刺眼的光亮。

没事，我们有的是时间，还有好几天呢。

第三天，按预报的日出时间是7点18分。早7点才醒的我，急匆匆登上船顶，惊鸿一瞥间，一轮完整的红日已跳出水面。"太阳跳出了东海"，我想起乔羽先生《祖国颂》中的歌词，体会这"跳"字真是传神。悬与海天一线之上的红日，像极了鸭蛋黄，新鲜浑圆而有质感，美妙绝伦。我的身后也一片欢呼。再一会，我所能看到的海的最远方，已经红霞一片，我镜头里的远海、近船和身边的人们也被染成了红色。真是难得一见的奇妙海景，这一回，总算了却心愿。

也是贪婪,临下船的那日早晨,还想再看一眼红日出海图,登上甲板才知船已靠岸。看来机会和日出一样,稍纵即逝。

休闲:尽享美好时光

看日出日落也罢,睡到自然醒也罢,每天去甲板上晒晒太阳吹吹海风,最惬意不过。

船顶甲板的躺椅,全是短裤或三点式着装的男男女女,目之所及,几乎看不到一张亚洲的面孔。这至少三十五六度的高温及炫目的太阳光,不戴墨镜真难以睁眼。老外可真不怕暴晒,好像他们这一趟旅行,就是为了来享受这些躺椅,享受加勒比的灿烂千阳。

船上百分之九十的游客,是来自美国。感触颇深的是他们很热情。一大早,你见到的每个人都对你微笑着说 Morning,几天下来,你也会习惯性回应:Morning。

船上安排有很多互动节目,音乐响起,台上台下,全是手之舞之足之蹈之者。一曲终了,尖叫、口哨、掌声,一片快乐的声浪。那些欢呼似乎不仅是为台上的主持或歌者,更是给自己的赞美。

甲板的休闲广场上,上、下午都会有互动节目。我们注意到一位白发苍苍的坐轮椅的老奶奶,音乐响起时,她从轮椅中下来,举起双臂跟着音乐忘情地律动、摇摆。被她的热情感染,一群人围过来,和她一起拍着手,跳着、扭着。后几次在夜总会、酒吧、甲板露天晒场,常见她活跃的身影。这位有着明星般仪态和风韵的老奶奶,走到哪都令人瞩目。她白净而红润的脸上写满快乐。那种快乐如婴孩般单纯,却让人从内心深处涌出感动。那天看到动情时,真有走过去拥抱她,跟她拍一张合影的念头。可音乐结束,她已坐上轮椅,渐渐汇入人群。

若说船上的生活,我最留恋的就是晚宴。每晚的餐点都各具特色,前餐、正餐和甜点,一道道程序,很有仪式感。有两晚是 Formal Nights(宴会),

别样红

放眼望去,女士们都一袭晚礼长裙或套装,男士们则西装革履的很正式。临行时孩子要求我们必须带上正装。那晚,亲家、先生和两个孩子穿着得体大方,咱可不能丢国人的脸哪。我也特意穿上酒红色中式旗袍,外搭一件手工编织的绣花围巾,这很中国风的穿着,引来几位老外的注目和夸赞。

每次用餐,餐厅服务员会不失时机地过来搭讪几句,菜上齐时总会说上一句:Enjoy your dinner. 有时还用生硬的中文说你好、谢谢之类。有游客生日,他们会送上一份点心,再和大家一起送上祝福。

很奇怪,房间服务生还会记得住客的名字。他们每天会送一张写了你名字的纸条,告诉你今天船上有哪些活动安排,提醒你不要错过。每次回房间,打扫整洁的床上总会摆着一只毛巾娃娃,小狗、大象、青蛙什么的,这用心的小举动,让人心生欢喜。

早餐后,端一杯咖啡,在甲板上或立或坐,沐着加勒比暖阳,看万顷碧蓝。这样的时光里,你只想发呆,什么都不要想,什么也无需做。脑海里的碎碎念,都被眼下的时空一点一滴地过滤,直至空白。

船上的另一种享受,则是泡杯红茶,与家人一起打几局掼蛋或者"干瞪眼"。输赢不重要,重要的是走那份控制牌局挥洒自如的气势,重要的是没有挂虑彻底解放的舒坦。

当然更开心的享受,是能和最亲的人,天天在一起,共同享受美好时光的恩赐。

停靠:开曼群岛与玛雅遗址

第三日,邮轮抵达墨西哥开曼群岛。下船时我猛然发觉那里的海水是绿的,蓝绿蓝绿的。

也曾见过世间如此多的湖泊大海,或风光旖旎的西湖太湖,或天高云淡的洱海天池,也见到过长天一色的天涯海角,但论那份纯净到极致的自然之蓝之绿,都非开曼群岛海水的对手,也许与之匹敌的唯有西藏的那些

"措"——纳木措、羊卓雍措以及我尚未涉足的贝加尔湖吧。

沿着细软的一弯沙滩漫步，与蓝绿色大海零距离接触，那一段光阴，如春暖花开。

第四日，邮轮抵达玛雅城废墟图卢姆。这里是墨西哥唯一一座临海的玛雅文化遗址。对于玛雅的概念，源于好莱坞大片《2012》，能够一睹玛雅文明，也算是有幸。烈日炎炎，树荫下，墨西哥导游小哥举着图片绘声绘色地讲解着，可除了几个单词，我根本听不懂，只能从孩子的间接翻译中，略知一二。

草地上，不时能看到美洲的蜥蜴，也叫变色龙吧？有好几种颜色和种类呢。刚开始我还有些害怕，但慢慢靠近，发现它们也并不理会我。它们晒它的太阳，我拍我的照，看来它们已习惯了游客而见怪不怪了。

归航：唯美食和美景不可辜负

再次回到邮轮，感觉又进入人类社会。每日饱尝餐厅提供的各种美食，欣赏精彩纷呈的派对和轮番来袭的演出，也被海天一色的蓝洗亮了眼眸。

临窗，侧身而坐，面朝大海。广阔的视野里，只有一片不平静的蔚蓝。我呆呆地想，谁的手掌有如此之大的神力，能推波助澜，让无际的大海汹涌，让这些海浪连绵不断呢？

环视与眺望，恍惚这无际的大海原本就是一个圆，这邮轮一直在圆心，离岸永远是一定的半径距离，而我们终不能抵达彼岸似的，在海里漂摇。

思绪缥缈间，又仿佛这世界，仅一海一船一人而已。

在公海漂游的日子，每天没有广告电话，没有微信信息，几天下来，习惯了不被手机"绑架"的安静，也习惯了与自己所熟悉的环境疏离，恍惚间，人世间所有的一切都变得遥远且不那么重要。

日记抄

在浦江书院的日子

2016 年 1 月 23 日　晴

雪后清晨,好冷的天。

拖着箱包下楼,裹着一件已放置几年都不曾穿的长羽绒服,戴着手套和帽子。路上结冰了,非常小心地穿过小区大理石路面广场。北门,几株蜡梅在雪中绽放,馨香拂过冷面,幽幽的。很想掏出手机拍两张,想想麻烦,只流连地张望几眼。出北门等车,不过两三分钟,青垟一家来了。虽不曾谋面,但在约定的时间和地点见到,总不会错,招呼好上车,开往火车南站。

一路上,听着孩子父母的介绍,也观察了小家伙:八岁的孩子,嫩嫩的,一副机灵像,两眼清澈纯净,一看就心生喜欢。

接王院长的电话,建议可带两名学生去体验冬令营课程,也算是公益推广并惠及孩子。Y 校长推荐了青垟,青垟是他们学校三年级的学生,天资聪慧,习书法、笛子,家长很支持孩子参加国学班的学习。为了省却家长远送的麻烦,将原本订的 20 号的车票改签至今天。站台上,孩子与父母拥抱告别,孩子爸爸妈妈又塞给他一些零花钱,一再招呼孩子要听话,并多次向我表达谢意。

候车室里,青垟数着爸妈给的零花钱,一十、二十……呀,有 60 块呢。他眨巴着眼睛:我可以自己花 20 元,再给爸妈各买 20 元的礼物。"很有孝心呀,不错。"我夸奖着他。"上一次我去夏令营,也花 8 元钱给爸爸妈妈买了礼物呢,他们很喜欢。"不一会,他开始东张西望,想去看看,有啥可买的。我

别样红

建议说:"现在可别买,等回来带上海的礼物吧。"孩子点头同意。这孩子和我交流起来,没有一点拘束,不一会工夫,就斜靠在我的身上,玩起手机。

顺利登车。合肥去上海的动车大约3小时车程。车行一会,靠窗边的小家伙就坐不住了,一会说渴了,要出去买水;一会又去买回一大杯的爆米花。每次往外走时,他都不忘对相让的邻座说声谢谢。买回爆米花后还递给我:"这是我们俩一起吃的。"见我摇头,他就边吃边不时地拿几粒喂到我嘴中,好有意思的孩子。

车停南京站。孩子脸贴着玻璃窗:"到南京啦,我还没来过南京呢!"当看到高楼上有"万科"两大字时,他还老练地感叹:"哇塞!万科将房子都开发到南京了?!"想想他家就住万科森林公园附近,看来他也关注了这个品牌。

"你对南京了解吗?"我问他。

他开始滔滔不绝:"我知道南京是六朝古都,也有说是十朝古都。还知道南京大屠杀,1937年南京沦陷后,日本鬼子连续几个月在南京先后屠杀了30多万人,他们还抛尸江中,真是血流成河啊!太罪大恶极了……"他一连串说了很多,我问他从哪知道这些知识的,他说是看书知道的。接着他告诉我,一个暑假,他看了34本书,其中Y校长还奖励给他好几本书呢。

一个打造书香校园的校长,一个喜读书的学生。难怪校长推荐他呢。

中午给孩子叫了一份快餐,他说自己带着面包呢,不饿,不想吃。我吃了几口:"嗯,很香呢,还是吃几口吧?"

"那就尝尝吧……"他吃了几口,说," 不好吃。"

2点10分到了上海,娇已经接站等候了,直接开往书院方向——水博园。

"院长希望你住在书院呢,还希望你给孩子们教教作文。"娇告诉我。

"哦。"此前还想着,早晚过来听课帮忙,晚上回娇家放松休息,看来要改变计划了。

下车,黄浦江边的寒风袭人,可王院长及几个支教老师已等候在书院门口,他们深深地鞠躬相迎,帮我提行李,一股暖意遍布全身。

小青垾对书院大厅书柜里的书很好奇,问,可以借看吗?得到肯定的答复后,他高兴地拿出一本,坐在一个茶桌前翻看起来。后来又去参观楼上的教室和宿舍,得知有上下铺,他要求睡上铺。王院长告诉他:"不可以,你太小了,睡上铺不安全。"小家伙任性的本性开始暴露了:"不行,我要睡上铺,我要睡上铺!"

支教老师得和学生同吃住,我也住进书院的女生宿舍。外地的学生基本都来了,本市的学生明天报到。晚上开会安排了第二天的事项,一直到近12点,才上楼休息。

又开始体验住上下铺的学生生活,阔别三十多年的校园生活,仿佛又重现了。

2016年1月24日　晴冷　零下6摄氏度

浦江书院开营第一天。

清晨6点。洗漱后,开灯,叫醒同室的几个小营员。6:30下楼。

王院长及几个老师已经在楼下迎候,见面照例是鞠躬礼,问候早上好。

拜见孔子塑像,晨诵《弟子规》。做早操,这是每天的早课。晨会上,王院长安排了上午的活动,给教师和学生进行了分组。挑选了四名门前迎宾的学生,一遍遍训练他们:"家长您好!您一路辛苦了,浦江书院欢迎您!"再集体弯腰敬礼。

上午8点一切都已安排就绪,家长们陆续进入书院。书院外安排有师生迎接,书院门口有学生鞠躬敬礼,每进来一位家长,"家长您好,您一路辛苦了,浦江书院欢迎您!"这样的声音不断。递茶,填表,分发营服和书本资料袋,引家长就座,陪学生参观,一切都很有秩序。

10点开营仪式。

新华院长致欢迎辞,介绍书院情况,接下来往届家长和学生代表发言。昨天晚上接到任务,要求我代表书院老师发言。我用三个词汇来概括对书

别样红

院及院长的感受：美好、温暖和人格魅力。

会后与王院长一起列席参加家长交流会，分享了每个家庭中孩子的故事以及家长对浦江书院的认识和感知，送孩子来此学习的动机以及与国学的渊源。我在做记录时大致统计了一下，29个孩子分别来自北京、上海、湖北、四川、黑龙江、安徽等省市，大都以老带新，慕名而来。会议结束前，按照王院长的要求，我也谈了谈自己的家教体会以及学习《弟子规》的感受心得。

中午，家长与学生共进午餐。按照规定程序，每餐前都必须集体朗读感恩词——感恩父母的养育之恩，感恩老师的教育，感恩农夫的辛勤劳动……餐前家长和学生分别宣读感恩词后方可用餐，用餐不语，气氛神圣而庄严。

下午，开始了第29期冬令营的课程。课前读《弟子规》《朱子家训》；2：40起，王新华院长上课。主题为：《素质：无需提醒就已经形成的习惯》。

从礼仪规范入手，新华院长先示范做自我介绍，接下来学生逐个做自我介绍。

本期学员共29人（待报到3人）。分为3个小组，每组3—4个老师协助管理，课堂要求教师全天候站着陪同学生听课并维持秩序。

一天下来，大家都有疲惫感。

晚间学生读完《朱子家训》后，观看励志故事动画片《大禹的故事》。接下来新华院长布置学生每日日记，按年级有字数要求：一年级100字，二年级200字，三年级300字，四、五年级400字，五年级以上学生500字以上。学生哗然一片，最终妥协，埋下头写起来。第一篇日记题目为：浦江书院第一天。

窗外的世界，冰天雪地。昨天起身体小恙，腰疼，感冒咳嗽，今天忙碌一天。和学生一起住在集体宿舍，晚10点睡下。

这般体验，让我想起多年前学校的集体生活，心里也在打鼓，这般艰苦的生活，我能坚持下来吗？

孩子们陆续睡去；窗外，北风呼呼，夜晚的书院真冷。

2016年1月25日　阴冷

早6:15,已听到有老师蹑手蹑脚起床,梳洗。昨夜腰痛,加上很不习惯集体生活,很久没能入睡。坚持坐起来,整理好床铺,6:30,开灯。"同学们,早上好!"新的一天从问候开始。叫醒同室的6个熟睡的孩子,催他们赶紧起床、洗漱,7点下楼集合。

祭拜孔子像,诵读《弟子规》,学做五禽操,开始早餐。

每一餐饭前须诵读感恩词:感恩父母养育之恩,感谢老师辛勤培育,感谢农夫的辛勤劳动……

每桌由小组老师陪同学生一起吃饭。我在第二组。

这一组中共10个孩子,最大为18岁的高三学生,最小的才8岁。子宜和子宣是双胞胎姐妹,才读小学二年级。小子宜吃饭很慢,每次坐在我身边,都由我照顾她。最会吃饭的张士强很有意思,这个上海本地的小胖墩,不吃任何蔬菜,只吃肉类,吃的时候是先找肉吃,然后再大口地扒吃白米饭。早餐他可以吃八个包子和几碗稀饭,中午的干饭也能吃上三碗,蔬菜他一筷子也不会夹。有次同桌的组长铭祥硬是给他夹了一筷子蔬菜,逼他吃下,没想到这孩子吃后作呕半天,满脸通红。再后来,都不再要求他去吃蔬菜了。

29个孩子分三组,每次吃饭要止语,可小青垟却管不住自己。他不在我这一组,每次席间总听他在另一桌毫无顾忌地喧哗,与他同桌的老师很难管住他的嘴巴。

上午的第一节课:"日记分享：明人明言。"

王院长解释两个"明"的字意:明白人、明白话。

从昨晚的日记中挑选了6篇优秀作文,请学生上台读,读完后,邀请批改的教师上台,读评语做评点。院长特别强调礼仪动作,师生交接话筒,必须相互作揖,双手相递。后面几天下来,师生已成默契。

第二节课,开始教学《弟子规》。

王院长:《弟子规》是历代家规家训之大全。其根源,可追溯到周朝,可从《孝经》《论语》《礼记》中找到……

别样红

王院长提问:"家长送你们来的目的是什么?"

学生答:"安全、学习、成长、品德。"

王院长要求学生:"先安心,找心。"

下午,小睡后,继续上课。

小课,默念,调整呼吸,冉老师带读《弟子规》。

王院长上课,关于习惯——思想决定行为,行为影响习惯,习惯通向命运。

王院长举例:他的一个同学,一直喜欢安静地写诗和绘画。当年一起读书时,该同学常喜欢画一幅小画,然后题上一首小诗送给同学。多年后这个同学成为一个有思想、有发展前途的某市市长。

孔子说:敬人者,人恒敬之。爱人者,人恒爱之。

懂理的人,敬重别人,终会得到别人的尊敬;无知低俗的人,无礼对人,也终将被别人无礼以对。

王院长教导:头顶百会,脚踏实地,每逢大事必大静。

接下来她给学生分享了一个故事。去年的三八节,她去南京讲课。恰逢会场楼上有不绝于耳的装修噪音。面对此种境况,她用了将近10分钟的时间调整了自己,让自己达到气定神闲的境地。后来她把自己的感受也分享给与会的人员,希望大家犹如听潮般,听到大潮,再回归大潮,潮起潮落是一种自然的声息……后来所有的人都能安静地听课,没有受到干扰。

由此可见,经过训练,就会有不一样的效果。

……

这一天,学习内容密集,我也加入头脑风暴的训练之中,全然忘了今天是自己阳历生日。

也好,有别样的体验。

2016年1月26日　雪

一大早,拉开窗帘,呀,下雪了。孩子们听说下雪了,都兴奋地从被窝里爬起来。

上午常规活动:晨操,祭拜孔圣人,诵读《弟子规》《朱子家训》。

第二节课,新华院长开始板书:《弟子规》是生命智慧根基之书。

组织学生讨论:生命是什么?经王院长启发后,学生举手踊跃,答案也是五花八门:

生命像一场旅程,生与死是起点和终点。/黄晓彤

生命像一朵花,要好好栽培,灌溉。如果你无视它,它一定会凋零。/董靓

生命是一盘棋。棋子握在你手中,看你是否走得好。/程青阳

生命是一条河,每一天都是浪花朵朵。/王紫东

生命是一部电影,每个人是导演。/甘小甜

生命的价值,在于为学,为孝,为心,为责。/余韦瑾

生命是一缕阳光,彼此温暖,也让人间有存在的意义。/黄茹慧

生命是一张白纸,由你自己去描绘点缀。/张建建

生命是一场梦,你无法预知未来;生命是一根小草,短暂一春,却也能装点大地。/杨理齐

生命是我们人生的主管者,我们用心呵护它,对它负责/焦铭祥

生命是一幢建筑。要用心搭建成宏伟大厦;生命是一场长跑,尽管有终点,可我们要顽强地跑下去。/张逸豪

生命是万古流芳,还是遗臭万年,就看我们当下的每天怎么做。/金鑫

生命像一株蒲公英,撑起希望的小伞,飘向远方。/弘淼

生命是一块玉石,"玉不琢不成器"。把多余的去掉,剔除缺点就完美。/李强

生命是一根蜡烛,一直亮着,照亮我们的人生。/李子桐

生命是千金难买的东西,所以要珍惜。不要受到伤害,要管理和学

别样红

习。/郭庆

生命是一盏灯,要不断充电发光。/淼涛

生命是我爱的人和爱我的人永远存在的个体;生命是无数次第一次体验的链接。/青垟

……

孩子们关于生命的思考的发言,每一字每一句都是心声。

新华院长总结:大家对生命对体悟如此丰富,很多同学从生命精神的内涵发表了生命的宣言,让老师非常欣慰。年龄的差距、天南地北的差距、生命岸边风景的差距、组成美丽的画面。我们要对真实的生命负责任,不要让自己生命的青山杂草丛生,垃圾遍地。譬如,小青垟同学,读书多,很聪明。可如果你的心能定住,将来你就可以成为一棵大树;而如果你管不住自己,定不住,就可能成为一株小草。希望《弟子规》的学习对你有帮助。

28个同学的感悟,让我们收到28份礼物,记录下这些生命的瑰宝。

下节课讨论:生命如此丰富,如此宝贵,你打算如何度过?

一节课,信息量满满。我边听边记录笔记。孩子们用智慧的语言表达出对生命的理解和感悟。每个孩子身上都蕴藏着纯真和美好,每个孩子的天资和聪慧在好的开蒙和引导下都能得到最大限度的开发和挖掘。三天下来,师生间彼此熟悉了解了,孩子们学会了用礼仪表达尊重和感激。不一样的课堂,这种传统礼仪和经典文化的学习,将会影响和改变孩子的一生。

课间,孩子们喝水,吃着点心,自在地玩耍追闹。不由得感叹,如果我们体制内的课堂也能如此放开,让孩子们多思考,多交流,多分享,那该多好。可是呢?

作为支教老师,每天朝6晚10,累,却也充实。

2016年1月27日　晴

浦江书院第四天。

四天了,未从走出书院大门,与世隔绝般地在这一方书香的天地里流

连,倾听着孩子们节节拔高的声音。

第一、二节课,作文评析课。范读优秀作文时,依旧是按照礼仪规范。交接话筒请同学上台自己读,然后由批阅的老师读评语。第三节课继续学习《弟子规》入则孝的内容。"父母呼 应勿缓,父母命 行勿懒 。"提问:在家里,"父母呼"一般要求你做什么?你会怎么做?学生的答案也是五花八门。大致统计为:家务、写作业的有7人;求助4人;吃饭6人;不要上网游戏3人;起床2人;洗澡2人。

应该怎么应对父母的"呼",王院长引经据典,分析讲解,并引领上升到思考我是谁、何为幸福等主题。

课间,王院长处理两个学生间的矛盾冲突,对那个单纯调皮喜欢惹事的同学说"我都被你气笑了"。两个孩子也忍俊不禁,最后道歉言和。

每天晚上有两个内容,其一是观看礼仪规范教育录像,第二节课再组织学生讨论。忙完这一切,教师送学生回宿舍休息,洗漱睡去,教师们还得集中在一起,分组批改学生当天作文。每天书院的网页都要更新内容,优秀作业和教师评语都要挂出来,便于家长了解学生一日课程和在校表现。忙完这一切,腰酸背痛地回到宿舍,一般都十一二点了。

窗外北风呼呼。才6岁的子桐又蹬被子了,为她掖好盖被。拉灯,上床。疲惫不堪后,很好入睡。

2016年1月28日

浦江书院第五天。上午听王院长授课,参加小组讨论。反思自己在家中对父母的态度。学生们一开始还有所保留,后来都能打开话匣子,忏悔自己在家中对父母的态度不够好。东北女孩说着说着,禁不住落下泪来。看来通过几天的学习,同学们真正由表及里地领会了孝悌的含义。下午全体师生观摩了一部影片《咱爸咱妈》,感人至深的影片再一次让孩子们心灵触动。

不由得反思,我们体制内的学校都教给学生什么?人生最重要的忠孝

别样红

礼义孩子们懂得多少？就连为师者也缺乏基础的圣贤教育。真希望更多的人能有所感悟和警醒。

2016 年 1 月 29 日　阴冷

"朝起早"吸取清晨的精华。一大早，孩子们就集合在书院大堂。依照惯例，敬拜孔圣人后，进行《弟子规》的吟诵和《八段锦》的习练。

今天是冬令营的第六天。孩子们由初识的陌生、害羞到现在的互帮互助，彼此友爱，一步步都是蜕变、进步。下午请来书法老师授课，孩子们铺开宣纸，跟着老师学运笔，一笔一画，学得认真。小青垾可算找到自信了。他5岁起就学习了书法，还多次获得各类书法奖项。课下，他接连书写了好几幅作品，同学们围一边观看，给他加油。他自信满满，作品完成后，他抓头挠腮，说，呀，忘记带自己的章来了！一个劲地问：怎么办？怎么办？我说："没关系，你署名了，就是你的作品。将来你成大家了，会有人拿你作品找你盖章的。"说得大家哈哈大笑。后来小青垾将三幅作品分别送给院长，一个漂亮姐姐还有我。这孩子鬼精着呢。

2016 年 1 月 30 日　晴

东方初露光亮。浦江书院新的一天开始了。

早课后，三个小组集合在水博园千年古樟树下，聆听王院长宣讲此次活动的意义。她从一棵树的成长讲到了大自然的神奇，岁月的沧桑和传统文化的精深，分享了关于生命的思考。希望孩子们能将感恩、历练、正气铭记于心，从古往圣贤经典中吸取智慧。

上午的课程播放《水知道答案》视频。同名书我读过，很神奇的实验，孩子们也好奇于那些水结晶因人之"念"而缓缓发生形态变换的奇迹。这样的实验，印证了古人的智慧"相由心生，境由心造"，也让孩子们知晓了人与万物，同一本性和人以自然为镜，时时鉴之的道理。观看完毕，王院长及时点拨启发："存好心，说好话，做好人，成好人。"孩子们也都积极参与，各抒己见。

下午的古筝欣赏体验课,孩子们沉浸在古韵悠悠的名曲中,自是陶醉。

2016年1月31日　晴

浦江书院第八天。真不知道自己是怎么熬过来的。居然在简陋的宿舍里,和孩子们同吃同睡了八天。

今天的课程亮点是晚上的活动。窗外,夜色阑珊。不远处的黄浦江亘古地流淌着。教室里,烛光点点,一曲《烛光里的妈妈》循环播放着,孩子们个个手捧蜡烛,用心护着,小心翼翼地摆成"心"字,心心相映成辉。王院长声情并茂地读着一封封家长来信,孩子们被深深触动。烛光下,他们用纯真的心蘸满感恩的泪滴写出一封封即将发出的信:妈妈,我想对你说……

2016年2月1日　雪后天晴

浦江书院第九天。

冰雪消融,早上太阳出来了,心里增加了一些暖意。今天是冬令营结营的日子。经历了为期9天的礼孝文化和传统文化教育的濡染,孩子们懵懂的内心也融化了,柔软了。这些平时家中的惯宝宝,一向只知道衣来伸手饭来张口,经过几天的训练学习,脱胎换骨般都变了。

家长的车陆续开进书院,我们几位老师在二楼看过去,也算是奇观:什么奔驰宝马奥迪的,大都是豪车。看车牌,真有来自全国各地的:沪,浙,宁,赣,粤,京,等都有。临近春节了,显然大多数人家都是父母亲人一起来接孩子的。

孩子们在见到父母的一刹那,表情不一:有欣喜开怀的;也有满含泪水的,有的紧紧抱着母亲,也有的一手拉一个,无比亲昵。融融的亲情,真令人温暖。

结业典礼上,孩子一个个上台给父母敬茶,行跪拜礼,一字一句地读着写给父母的信。场面感人至深,那些父母也早已控制不住情感,上前拥抱孩

别样红

子,温暖画面温馨感人。

王院长做了精彩的总结,学生代表和家长代表纷纷发言,自然一片感激声。临时的,我也被王院长邀请上台发言。作为支教老师,作为一个从教三十年的教育工作者,我也由衷地表达了自己的真切感受。

浦江书院的传统文化课程教育,是触及孩子灵魂的教育,这样的教育在这些幼小的孩子心中种下了善的种子,这些种子一经发芽开花结果,会传播更深远,这样的孝行也将成就孩子们一生。

大山村手记

2016年8月8日　晴

　　开了三个小时高速,接着又是两小时山路,到达大山村,已是下午2点。

　　老王照例来村口接。他肩扛手提地把我们带来的东西都接过去,我们跟在他身后向村里走,有一种回家的感觉。可不是,连续几年,每年暑假不来一趟大山村,这假期似乎就不完整,心里也会没着没落的。而当脚一跨进山里,整个人的情绪就起来了。

　　乐乐长大了一岁,能满地跑了。老王和多兰看宝贝孙子很重,隔代亲呢。乐乐也正是好玩的时候。去年来时,乐乐还是嫩嫩的、肥嘟嘟的"婴儿肥",那可爱的小样,还存在我手机里。现在,不到两岁的他,对一切都充满好奇。喜欢这里摸摸,那里捣捣,也能听得懂妈妈的话,会表达自己的愿望了,灵得很。也许是因为家里常来客人的缘故吧,他一点也不怕生。

　　都说旅行是"从自己活腻了的地方去别人活腻的地方"。但山村的人例外。不知是怕麻烦,还是多表现出对原乡的热爱,倒使这个原命题不一定成立。而于我来说,时不时地总想来大山村,全然不是旅游。旅游是看风景的,这里的风景,早被我看透了。一年年,一次次地来,只为安闲几日,享受心灵上的安宁,过几天我所期望的生活。

　　多兰安排我们住在二楼,后窗推开即见山,真正满目青山,养眼得很。可以安静住几天了。

　　午休时美美地睡了一大觉,看时间已4点20。起床,泡了杯老王家自产

别样红

的富硒茶,逗逗小乐乐,等太阳不那么烈了,出门。

　　将军岩、神龙谷、"稻花香",这三条线路基本是每天必走的。闭上眼,我都知晓这些景点的风景。"稻花香"是一条从大山村通往另一村的田间小路。这条路的名字,是我给起的。走在这条路上,视野特别开阔。远处群山逶迤,四周全是农田菜地。记得前年暑假,正是稻谷抽穗之季,晨光中,我们踏进这片田地,闻得稻花阵阵飘香,那香味,特别像童年妈妈大锅煮稀饭时,刚开锅时那满溢出的米香。也就是在大山村,我才真正知道这稻花——确确实实有着香味。

　　我也是爱极了这条路。傍晚的田园风光在夕照下,很美。沐浴其中,天地给予你的情感,是饱满而诗意的。夕晖中,一览无余的群山,田地,稻谷,豆荚……都披上了瑰丽的外衣。这条诗意的田间小路,是我每晚散步的好去处。记得那年,上海一位搞摄影的姐姐与我们同住老王家,这条路成了她最佳拍摄地点。那些傍晚,她为身着"最炫民族风"的我们拍了一组又一组美片。

　　今晚在去"稻花香"那条路上,远远地看见半山腰茶园里有白色的身影闪现,那茶园的位置是老王家的,我认出那是老王的父亲弯着腰在劳动。下午来时见到荷锄的爷爷,已80来岁的老人身体很硬朗,他耳朵不好,咧着嘴,冲我们嘿嘿地笑。显然,他记起我们了。同行的游侠指指爷爷上身的衣服叫我看,老人身上的白色老头衫补了又补的,层层叠叠。

　　在这条路上来回走了四趟,遇见三三两两的外地人。傍晚出门,我们套上长裤,而不敢穿裙子。老王提醒,天黑了得带上一根棍子。特别是茶园那一带,有竹叶青蛇,这话让我一直心有余悸。今晚倒没遇见蛇。

　　大山村的夜来临了。

　　抬头看天,天是深蓝色的;看山,山是黛青色的。

　　操着各地口音的各色人等,分住在一个个农家。夜晚的山乡汇聚着杂七杂八的讯息。聊天的,打牌的,露台上纳凉的,随着夜的深入,一些声息也渐渐安静了。而这时,山野的交响就尤显突出。蛙鸣阵阵,蛐蛐声悠扬,一些犬吠夹杂其间。但没有了知了声,知了白天也吵闹得累了吧,随夜安歇了。

  也是这夜的交响,为深的夜增添了一种幽寂,更显出山乡亘古以来的幽静。至少,我是喜欢这些声响的。

  今天是 8 月 8 日,立秋后第一天。季节流转得真快。

  又是一年夏,大山村,我回来了。

2016 年 8 月 9 日 晴

板凳狗

  出去转一圈回来,看多兰家大门边上躺着一条土黄色的小狗,毛色油润润的。见生人走近,机警地爬起,摇摇尾巴,走到门的另一侧,怯生生地打量着我们。

  这是一条短腿而长不大的板凳狗。

  "你家的? 好像去年没见呀。"我问多兰媳妇慧。

  慧说:"是隔壁姑姑家的。"接着又说,"这狗命可大了,去年差点死了。"

  慧去哄乐乐时,乐乐爸过来继续这条板凳狗的话题。

  "这条狗,命真的很大。"乐乐爸也这么说。

  "它有两次差点死了。第一次,这狗在山上溜达时,被埋在一堆枯叶下的夹子牢牢地夹住一条腿——它中了猎人设下的陷阱。三天后被发现,居然大难不死。第二次是今年清明前后,这狗跟随采茶的主人去了离家较远的后山。一般来说,狗都是一路走一路尿,做回家记号的,可那次不知怎的它迷路了。失踪几日,狗主人找遍了几个村子都不见。后来一邻村人说,好像听到山里有狗叫声,声音很凄惨,叫了好几天,后来声音渐渐没了,听不到了。顺着那人指的方向,狗主人果然找到了离家多日的小狗。这回,它可惨了,一只脚被夹得鲜血直淋,那悬在半空的绳子上倒挂的狗,早已奄奄一息。

  "后来怎么活了呢?"我听得聚精会神。

别样红

"这狗儿被抱回家,看神情都以为活不来了。算了算,它在树上被夹着悬挂了七天。一条前腿的脚掌都溃烂了,气若游丝的。家人喂食也吃不进,只好随它自生自灭。后来,那狗渐渐地回了一些气,它每天都努力地舔着伤口,为自己疗伤。可它的前脚掌最终还是断了,只剩一些毛皮拖挂着。看它可怜,我就尝试着将一些消炎药塞在火腿肠里,每天喂一些。再后来,它居然活下来了,慢慢地,断了一截的前腿也可以走路了。

"不过,两次遭遇后,这狗处处防备,再不如以前温顺,变凶了。"

……

记得几年前在《江淮晨报》上看到一则启事:《"板凳"快回家,主人想你!》文中说:抱走"板凳"的朋友,请你不要伤害它。如果你仅仅是喜欢狗,我可以买一条送你,或者用钱赎回"板凳"也行,希望你们能理解一个爱狗人的心!后来才知道,文中的高女士是我的朋友高洪,"板凳"是她养的一条狗的名字。那"板凳"也是走丢了三天,高洪急得没办法,后突发奇想,写了一则温情十足的短文,发在报上。不想见报半日,爱犬就被捡到它的好心人送回,还给它换了一身打扮,穿得狗模狗样的。

想想,那"板凳"的命运可比这"板凳"好多了。

听完板凳的故事,我想走过去摸摸它,可它躲闪着,不搭理我。随后低着头朝着隔壁自己的家,走了。看它微跛,注意到那只曾断了的脚,已没脚爪子了。

逃过两次劫难,这"板凳",也算是"狗坚强"了。

老王说:"村里三条腿的狗有好几条呢,它们也都有类似的遭遇。"

在野兽出没的山林,猎人的陷阱无处不在。

不由得想起在稻花香的田埂上,曾多次遇见的那只三条腿走路的小黑。

野猪捕杀者

晚饭花开的时候,和雅君出门。

再一次去"稻花香"那一带散步。途中遇见一对农人夫妇挑着一担南瓜回家,跟在后头的老伴,肩上也扛着一个。我们见那大南瓜,露出一个大窟窿,里面的瓢和籽清晰可见,就问老人:"这南瓜怎么通了一个大洞呢?"老人估计也是累了,他歇下来,抽出腰间的毛巾擦了擦汗,不急不慢地说:"被野猪啃了呗。"

"呀,山上有野猪啊?"

"多着呢。"老人说。

"那可有猎人打呀?"

"有,每村都有一个打猎的,他们有持枪证的。"

"哦。能打到野猪吗?"

"当然能打到!不但能打到猪,还能打到人。"老人一脸的狡黠。

"啊?!"

看我们一惊一乍的,老人似乎来了精神,他给我们讲述了这样一个真实的故事。

"是去年入秋的事吧。我们这附近村子里,有两个打猎的人,他俩关系不错,常一块出去打猎。

"那天晚上他俩一起进山。走到一个岔道后,两人分两路去找猎物。其中一人在树林里转悠一段时间后,忽听见周围有响动,抬头看见远处有亮光一闪一闪的,根据经验,他料定那一定是头野猪,于是,他举起猎枪——砰的一声。"

"啊,真打中人了?"这种推测没什么悬念,却也让人心沉。

"说来也奇了!平日里打野猪估计要几枪,这一回,只一发子弹,那边就没动静了。"

"唉,怎么会这样?"我们不解。

"也是该应的吧。被打的人,当时正在树下玩手机。那手机的光亮,让同伴误以为是黑夜里猎物发光的眼睛。手机害了他啊!"说完两位老人起身挑起担子,渐行渐远地走向对面的村子。

别样红

回到老王家,谈起此事,老王儿子王博说:"哦,这是去年的事啦。那两人是丁香镇上的,死的那人才29岁。"

"那打枪的人可犯法了?"

"没有,但赔了不少钱。想想也是,毕竟他也不是有意的。"

"真是不该玩手机吧!"我说。

"是的,手机是害人。前段时间,就有位姑娘在秋浦河的一座小桥上边走边看手机,结果一脚踩空,掉河里淹死了。"

2016年8月10日　雨转晴

去叶村途遇哑巴

午后小睡了一会,起床后与同住在老王家的江西客人掼蛋。现在很流行这种扑克游戏,没想到江西的朋友也会,规则也一致。因为没有平日里朋友间的"小刺激",兴致也没那么高。打胜一局后,差不多到了走路的时间。

来仙寓山度假,行走是每天的必修课。来这里,呼吸呼吸空气,活动活动筋骨,洗洗肺,养养神,喝纯净的山泉,吃农家富硒的鲜蔬,是大多数度假人的目的。

这个下午,我们去了叶村,来回走了一个多小时。

大山村这一带有好几个村庄,相距不太远。我们的足迹已寻访过周边的吴村、李村和洪村。每次来,都住大王村。这"茶香人家"是我们的"领地"。很有意思,大王村全村男性都姓王,李村的都姓李,吴村都一门姓吴,洪村也都清一色地姓洪。今天我们去的叶村,据说也都姓叶。

一路走,照例是青山绿水,天空碧蓝如海,白云自在地在天空里布阵,这里一片,那儿一朵的,离我们很近,仿佛随手就可摸到。走一头汗,脑海就冒出这句"撕块白云擦擦汗"来,这句好像是我读小学时在语文课本上学的,那么多年深埋的记忆,居然被头顶上空这些云朵,不经意间翻出来。心念里,忽然就有了千般感慨。

叶村位于大王村以东,属祁门县。整个村虽地处山坳里,但海拔比大王村高。村里的溪流一路流经大王村,汇至秋浦河。通往叶村的路,要走一条在半山腰开辟出来的山道,路较难走。我和雅君第一次去,同行的,还有一个给我们带路的江西夏老师。他和我们一样,每年来此度假,也必定住老王家。进村前,他提醒我们说,村里有狗,转一圈就走吧。村头见几棵大树,问一位挑粪桶的老人,可知是什么树,老人告诉我们说是榉树。村头有一畦菜地里是几株大叶的植物,认不得,老夏说,那是烟叶,可制卷烟的。一进村,就闻到猪圈的异味,很熏人。又见好几家正在搭建房屋,渣土、砖头、木料随处堆放,一片脏乱。近几年农家乐的兴起,让村民看到了商机,一哄而上的,都开始搭建。大王村村头的沧溪桥是清晨和傍晚最佳休憩场所,可现在桥的两端及河道都被占,让我们好生叹息。原本最美的溪景,再也没有了往日的安静和美好。

从叶村回来,夜幕已来,山道幽静,只我们仨的足音响彻山谷。默默地走,那旷野的风送来阵阵清凉。我为这片刻的缄默而感动,想想几日后自己又将回归钢筋水泥城,接受一日复一日的喧嚣,心中徒然而生惆怅。

正胡思乱想,忽听身后有窸窸窣窣的声响,猛然回头,看见密林丛中蹿出两个人来,我和娇吓得不轻,昨天关于此地有野猪出没的话题犹在耳际。定神一看,原来是一对母女从山上下来。

走在前面的姑娘十七八的年纪,她头戴一顶太阳帽,上身穿一件白色T恤,紧身的牛仔裤上沾满了泥土。看姑娘有些斯文的书卷气,问可是在读大学,暑假里帮家人做事的?姑娘说:"还在读高中,刚去茶园里干完活。"那母亲紧随其后,她的后腰处别着一把砍柴用的弯刀,手里提着一个布袋,里面装着一个大矿泉水瓶。我向妈妈夸孩子道:"你女儿真懂事能干,不休假呢,帮你干活,比城里的孩子好多了。"那母亲只是笑,她伸出两个手指比画着,口里叽里哇啦地说着我听不懂的话。等他们走远,雅君说:"你没看出那妈妈是个哑巴？她那两个手指的意思是说她家有两个小孩。"

"你这么认为？她说的是我们听不懂的当地话吧？"

两人争执不下,晚饭时问多兰。多兰肯定地说："是哑巴呀,她是我们村的,嫁给吴村了。她半哑,她两个哥哥是全哑。"

一时瞠目结舌。"一家三个哑巴?！怎么会这样,近亲吗?"我又开始追问。

"不是的。"多兰接着说。

"她父母两家离得远呢。父母生养了六个孩子,有三个很正常,现在县城工作。村头那家叫新悦的农家乐,就是他们家老大开的。哑巴父亲是我们村的秀才呢,家家户户每年的对联都是他写的,我家王博的名字也是他取的呢。"

"那两个哑巴兄弟结婚了吗?"我问。

"没呢,谁跟他们呀？不过,他们都能自食其力,国家也很照顾他们。一个哑巴在县城的家具厂工作,每月能拿5000多块钱。村里的这个哑巴,在家中帮忙做农家乐,还常给村里人家做瓦匠活,收入也不少。这哑巴精明得很,能写字画画。村里人名字,他都会写。村中不少人家外墙上的画,都是他画的,好着呢。"

"这哑巴还会玩微信。"多兰接着说,"有次我带乐乐在他家门前逗狗玩,哑巴急忙跑过来制止。当时他掏出手机,滑出一条微信,给我播放一段孩子玩狗被咬的视频,可吓人了。不过两个哑巴是不能待在一起的,他们常在家中为争看自己喜爱的电视节目而大打出手。"

"呵,这样呀。"

2016年8月12日　晴

和扬扬打水漂

一大清早,就被"咚咚咚"的声音吵醒。

山村里觉好睡,一夜睡到大天亮。早上总想多赖会床。这一会看手机,才6点40分。

声音是从隔壁爷爷门前传来的。拉开窗帘看楼下,果然是老王父亲——78岁的爷爷在劈柴。

爷爷家门前院墙边一直码放着一溜排旧柴垛。旧柴没见少,爷爷劈的新柴又垒起了一堆。村里人闲时总有劈不完的新柴。家家户户屋檐下总有一根根大小均匀、码放整齐的柴火。这些柴垛已成了乡下的一道风景。老王家屋后那柴垛前有一丛晚饭花。傍晚,玫红色的晚饭花开得艳丽夺目,与古旧朴素的柴垛形成强烈的反差,别有一番乡野的趣味。

"咚咚咚"身板结实的爷爷每一斧头都那么坚强有力。

他身边烧开水的炉子,冒着青烟。多兰家有十多个热水瓶,开水基本都是爷爷用炉子烧的。这种古老的烧水壶,现在快成古董了。

起床,洗漱,下楼。多兰的早餐已准备就绪,玉米、馒头、鸡蛋,加上蒜头、咸豆角,开胃的小菜就白米粥,是最好的营养早餐。

正是旺季,避暑度假的人多了,昨天走了两位客人,早晨又来了一大家人——四个老弟兄三个妯娌外带了一男一女两个孙子。老王家已客满了。

今天的白粥供不应求,每人只够吃一碗。雅君一向在家是不吃早餐的,来这里却是"三碗不过冈"。多兰问:"稀饭没了,给你下点面条吧?"

她说:"只要稀饭。"

"好好,那欠你两碗啦,明早给你五碗。"多兰说道。

早饭后,和几个江西老表一起出门走路。从神龙谷转一圈到了苍溪桥下,不过二十分钟。坐在桥上发发呆,看桥下溪水边有浆洗的村妇,也有蹚水玩的游客和孩童,我也走到溪边脱了鞋。

此时,我看见了小飞扬。

"咦,扬扬,可认识我啦?"

小飞扬长大了一些,黝黑的脸上一双小眼睛尤其有神。他抬头看看我,毫无反应,弯着腰继续在溪水里找石块。

"去年我还给你带了好吃的,你都不记得我了?"

别样红

"我在找扁石头。"他打着岔,头也不抬地说。

"干吗呢?"

他也不吱声,侧身弯腰打了一个水漂。

"打水漂呀,这个我也会。"我捡了一个小石头,一扔,咕咚就沉进水里了。

"你要找扁的,像这样的。"他拿出手里的一个石头给我看。

然后他又打了一个。刺溜一下,哇,有8个。

"我们比赛吧,看谁打得多。"他说。

"好。"我学着他的样子,打了好几次,最多一次打了四个。

小飞扬几乎是弹无虚发。那石块经过他的手,一路轻盈地在水面上跳,溅起一串串水花。同行的人帮着数,最多一次他打了11个。

"这么多,你真行啊。"

他歪着头骄傲地说:"我最多能打16个,你信不信?"

我故意摇摇头:"不信,不信,不可能打那么多的。"

"你看着,你看着!"他找了一块又一块的石块,一次次地扔进水里,果然见有十多个的,只是太快,我们也数不清。

"真厉害!"围观的人也对他竖起大拇指,"真牛!"

想起在那遥远的小庄村,童年的我也经常和伙伴们到河边比赛跳河、扎猛子、打水漂。往事如梦如烟。

"该回去啦!"同伴催促着。

"飞扬和阿姨拍个照可好?有照片,明年你就记得我啦。"

"我不喜欢照相。"他一扭头,跑开了,丢下一脸无趣的我。

真是个淘孩子。

记得几年前在神龙谷遇见才四五岁的扬扬,当时很奇怪他家人怎么放心让这点大的孩子独自在水边玩。一点不怕人的他,见我们和他搭话,一会伸手抓我们的相机,一会又来抓手机,不住地要求:"我要看,我要看,给我看看,给我看看。"

真是一个在自然里无拘无束生长的孩子,很野性。

去年的一个傍晚,经过他奶奶家门口,见他在一个长板凳上写作业。我凑头去看他那歪歪扭扭的字,指出他的错字,叫他订正,可他不听。同行的雅君在一旁说:"她也是老师,还是校长呢。"他头也不抬地说:"骗人。"

回来问多兰:"那个小飞扬父母外出打工了?他一直和爷爷奶奶生活?"

"不是呀,扬扬家在村头。他爸爸眼睛很不好,当时找不到媳妇,家里花钱给他买了个媳妇。"

"啊?!扬扬妈妈是买来的?"

"是呀,当时他家花了三万买的吧。卖家还实行三包呢,不满意就退'货'。"

"有这事?"

多兰说笑话时很认真,自己从来不笑。

"第一次买来的媳妇,后来发现已结过婚了,是来骗婚的,被退了。后来又买来一个,也不安分,老想跑。去茶园劳动时,她装疯卖傻地大叫。家人怕看不住,给送回云南了。最后才换了这个媳妇。这媳妇还不错,生完扬扬后,就安下心了。现在什么农活都会做。只是婆婆和她吵架,还总不忘刺她一句:你是我家买来的,你走吧,还我钱。"

"那媳妇还不气死?还真这样说?"我摇头。

"那有什么办法呢?这媳妇在村头也开了农家乐,只是他们忙着生意,孩子没怎么管教好。这孩子聪明,可胆子很大,小时候常找游客要东西吃,现在大了,上学了,好多了。"

我的心有些沉重,职业病?

2016 年 8 月 16 日　多云

你偷了谁的菜?

雅君发了个朋友圈:谁能认全这些叶子?都是可以吃的哦,猜对了

别样红

有奖。

一共有九张图,有很多朋友参与竞猜,却没有一个全部答对的。其实她在发图的时候,是逐个请教多兰的,正确的答案是:红薯叶、瓠子、绿豆、花生、冬瓜、南瓜、豇豆、紫苏和秋葵。

说实话,紫苏和秋葵我真不知是长这样的。有朋友给我带过一袋干紫苏,每次红烧鱼头时放上几片,那鱼就有一种特别的醇香。而秋葵也只在市场见过,很少吃,更没见过地里种的。

乡下农家乐吃的蔬菜很丰富。多兰每天变着花样,各种蔬菜,多种做法,午餐和晚餐绝不重样。其味咸淡适宜,很合众人口胃。城里居家做饭,每天不过两三个蔬菜,住在这里,喝着山泉水,吃着鲜蔬,日子滋润又水灵。

江西的老夏昨天说,他一大早看到了奇异的景象:太阳初升,那一片稻田在朝阳的映射下,叶片上缀满的露珠发出白茫茫的光,宛若一层厚厚的白霜,很美。

今天一大清早,我们约好去走"稻花香"这条路。这几天,每次走过,那开锅的稀饭香就扑面而来,那香味真醉人,让你无限感念大地馈赠人类的恩情。同行的朋友早晚都喜欢沿着这条蜿蜒的田间小道,来回走上两圈。

稻田边的菜地里,金黄的玉米珞,湿漉漉的,宛如女人的披肩秀发;丝瓜花、南瓜花在架上地下艳艳地开着,大自然用神奇的金黄和碧绿将田园风光描绘得炫目惊艳;豆角架上,挂满一条条长长的豆角,平素不喜欢吃豆角和茄子的我,在这里却吃得津津有味。

路边的菜地里,有一畦红薯地,那些长势很好的叶子挤挤挨挨的,清晨的露水,将叶片洗得嫩绿水灵,从前用来喂猪的不值钱的叶子,现在倒成了上等的时蔬。

一念间,就想着偷摘一把回去拌着吃。记得谁说过,叶子长满了,营养被叶子吸收,反而影响结果,摘掉一些叶子,应该不会是破坏吧?几个人议论着,最终大家还是忍不住动手掐了起来。

有路过的游客制止我们:"你们可不能摘人家的菜哟。"

"摘叶子没事吧,多了会影响结果呢。"这般牵强的回答后,心也虚。

当我们把山芋叶子带回多兰家,多兰立马拉下脸:"你们从哪摘的?如果被别人发现,可不是好事情,要被人家罚款的。"接着她仔细地询问红薯叶的具体位置,又和老王一起用当地的方言交流着,言语间有些紧张,好像在推测我们到底从哪家菜地采来的。

"啊,不会吧?这叶子也没用啊。"

"怎么没用?现在正是长叶子的时候,叶子长好了才能长山芋,你们把叶子摘了,这山芋靠什么吸收露水和营养?"

"不会吧,山芋不是还要翻藤子吗?"

"那不一样的,还没到时候,翻藤子时,叶和藤子也都不要了。再说,即使摘叶子不妨碍结果,你能摘回来吃,人家也可以摘回家吃或者卖呀。"

心下里忽然就有些惭愧。

……

去年和娇去后山腰的李村转悠,看到路边一大块辣椒地,每一棵辣椒都挂满了三五七八个灯笼似的小辣椒。正四下无人之时,于是手痒了,忍不住就想偷摘。娇在网上种菜多年,对偷菜也来了兴趣。两人下地挑着摘了一些薄又脆的辣椒,当时偷摘,心里既有突突的不安,也有美美的喜悦。估计够炒一大盘后,就收手了。当时还想着是否用纸包5块钱丢地边,转念又想,指不定会被谁捡去呢,再说,这家辣椒这么多哪里吃得完呀,心下就安了。

回来后,笑嘻嘻地跟多兰说起偷辣椒的经历。可多兰一脸严肃:"你们不能这么做。乡下人种点菜,如果来这里的人你偷一个,他偷一把的,农家的收成从哪来呢?再说村里有规矩,逮到了,要罚款的。"

我和娇当时面面相觑,这"小偷"当的。

这一回,又闯祸了。

多兰说:"你摘的这一大把,要被抓现场,至少罚款100哦。"

前几年网上曾风靡一种《开心农场》的游戏,很多成瘾的人半夜起床种菜偷菜。这种游戏的成功开发,主要依据人们对田园生活的渴望,将现实中

别样红

不敢为之的偷菜行为,在虚拟的网络世界里得到宽泛的允许,从而使人内在的情感和压力暂时得到宣泄和释放。可这现实版的开心农场游戏却是做不得的。

想起我们家乡"摸秋"的习俗。月升中天,小伙伴们齐刷刷地出动。田野里,瓜架豆棚下,摸取瓜豆,真如"扫荡"一般。也有小气的人,在立秋前将成熟的果蔬全部收回,让摸秋的人扑空。而大多数人家是仁慈和厚爱的,总会剩下一些,让孩子们有所获,允许小儿们摸秋。归途中,月华洒满大地,孩子们的笑声也洒满一地。我们将各自偷来的成果,归于一起,在村后的晒场上,围成一圈,彼此分享。不能生吃的,我们就点燃一把稻草,烤玉米、花生。火光下,听着噼里啪啦的响声,闻着扑鼻的香味,真有一种醉人的欢欣。

有道是"八月摸秋不算偷",总算给自己的行为,找了个冠冕堂皇的理由。如同孔乙己"窃书不为偷"一般,释怀一些。可终究再不好意思麻烦多兰,只得亲自下厨。将山芋叶洗净,用开水烫熟,再佐以细盐、生抽,用少许白糖、味精凉拌,最后淋上麻油,上桌。

巴尔的摩日记三则

2018年1月30日　阴

一个完全陌生的地方。

除了异样的房屋、成片的树林、干净的马路,这个季节真是谈不上有任何景致可言。

早饭后,出门走一走。空气都是陌生的,清澈、有透心的凉意,但这空气足以令久居雾霾中的人神清气爽。

漫无目的地行走,世间万物仿佛静止般安宁。触目处,万物萧条,枯树遍野,季节删繁就简,让每一棵树都还了原形。我喜欢多多打量这些树和枝,总在心里用枯笔和淡墨勾勒线条。

自然真有一双神奇之手,就这么不落痕迹地收去了所有的金光美彩,把大地原野变成了一幅幅淡墨画,陈列在寒凉的风里。

走过几条马路,未见一人。奇怪,这可是居民集中地,门口停着一辆辆车,人都哪去了呢?

在一个十字路口,遇见两个高大的黑人。其中一人从汽车后备厢搬下轮椅,另一个很老态的人,在他的帮助下,很费劲地坐上,被推着,走远。

路遇一个穿短袖连衣裙的棕黑色皮肤女子,着一双拖鞋,从家里出来,走向她的车。这零下几度的大冷天,这种穿轻薄衣者,自我踏上这片国土,从机场到现在,已见怪不怪。

一个白胖妇女站在二楼阳台上抽烟,看我们经过,当目光与我们对视的

别样红

瞬间,迅即露出美式微笑。

数一数,一天也就只见到这几个人,且还都是不同肤色的。

倒是一路上见到许多小松鼠,或在路边的草丛里刺溜一下逃走,或在树上探着脑袋,一副鬼精鬼精的样子。

小松鼠比人多啊。来此几天之后,我得出结论。

附近有一个湖,亲家说。她早来一个月,每日散步,对周边大抵熟悉。出门,过两条马路,就到湖边。说是湖,其实也不大,感觉是非人工的自然湖,悠然的流水,晃晃悠悠。放眼看去,岸边开阔处,万物萧条,真正原生态。河边树木枯藤杂生,地上落叶荒草遍野。河水呈自然原色,浅绿,不那么清亮,也绝无混浊。

湖上有不少水鸟。其中有几对似很亲昵,是鸳鸯还是野鸭?河对面一只灰色的大鸟伫立水中,也不知是天鹅还是鹭鸶,呆呆的,老半天一动不动。难道是雕塑?这一带丝毫看不出有人工管理的痕迹,想想也不可能做一只假鸟。几个人想探究,便轻步走过去——那长脚鹭鸶回过头来,漫不经心地回视我们一眼,依旧伫立水边,很是淡定。

走一圈回家,一路看到家家门前没有任何围挡,空荒着,杂草丛生。这种缺乏领域的界定,真无法和咱们中国院子相比。要是咱们那,一定是家家箍上篱笆墙,满庭花自芳。

天,蓝得透彻。这大背景,最能衬映冬天的萧条和空无。没有花红热闹,鼓噪喧腾。一路走,一路自自然然的原生态,路边的草、树随意长着,好像散养的孩子般自由自在。鸟不少,却很呆,也不记得叫早。

与亲家对坐,嗑着瓜子闲话,窗外寂然一片。

2018 年 1 月 31 日　晴

天,真干净。无边的蔚蓝,没有一丝云。

地上也很干净。一溜排的汽车,都光洁如新,这一年要省下多少洗车费呀。可又一想,去市区,每停车一次,得 20 美元左右,折算一下,抵消了,心理也平衡了。

孩子们上班后,亲家开始在厨房里忙碌。和先生各自抱着电脑,我码了两小时字,有点倦。

一个人出门,继续行走。城郊,无比安静。

巴尔的摩,这是个总让我记不住名字的城市,是马里兰州最大的市。查阅了一些资料得知,这城市名字来源于英国一个政治家巴尔的摩男爵,他曾计划在北美洲建立马里兰殖民地,为虔诚的天主教寻一个安身之处。1632年,在他离世的两个月后,他的儿子巴尔的摩二世终于完成了他的愿望,巴尔的摩市也因此得名。

19世纪初,这个城市经历北美独立战争,英国军队火烧华盛顿市后进攻巴尔的摩,双方在巴尔的摩西南发生交火。1814年9月13日凌晨,美国人Francis ScottKey目睹了英国海军通宵达旦对这个港口城市的炮击,美军英勇抵抗的惨烈场面,令他忧心如焚。当他透过炮火的硝烟,看到一面美国国旗仍然在城堡上迎风飘扬时,他被这景象深深感动,奋笔写下了后来谱写成美国国歌的《星光灿烂的旗帜》。

超哥来马里兰大学工作后,我才有机会走近和了解这个城市。

如果按气温来说,这里和国内我所在的城市差不多。树木很多,无论是家附近,还是路经过的地方。不知道是不是心理作用,总感觉这里的树干枯得像死去很久,无端地担心,春天,它们还能不能被催活。想着我们那儿的树,即便是冬季,你还是能感受到它内在的春心萌动。也或许因为从枯干上,我实在认不出这些树的名字的缘故。就像是小花小草,你能叫出它的名字,知道它小的样子和花开的状态,你认识它,就如同认识的朋友一样,对它有着感情,你也知道它的习性。可在这陌生的城市,这些树,就像满大街随处可见的字母一般,令我陌生。我也无法想见——春风起,这些活过来的树,会给这座城市增添怎样的异彩和活力。

我终不能等到那个季节。

走着走着,想起家门口的那些树,想起阳台上我的花。至少,这个季节,

别样红

香樟树还油油地绿着,而蜡梅呢,也正抱香枝头,在寒风里吐露着幽幽的香气吧。

看看手机,华盛顿时间10点。十二小时时差,地球那端夜已渐深。想起作家苏北说的那句:叶子,你在那边头朝下呢。不由得笑出声来。

2018年2月1日　晴

超哥腾出一下午时间,说开车带我们去马里兰州首府安纳波利斯市吃海鲜。

问儿子:"去这个啥市(安纳波利斯市这长名字,我更记不住)有多远呢?"

"很近的,也就半小时吧。"

孩子笑着说:"这是个滨海小城。反正美国的市,你一直都不认可。"我窃笑。我是不认可美国的市,但凡有一个人口相对集中的地方,他们都叫市。拿超哥原先所在小城普尔曼来说,就是很小的市,驱车前往与之相邻的莫斯科市,只十五分钟。对照咱国内,这市最多相当于咱们的小镇。去过不少这样的市,最热闹的地段也就几家超市,他们却也好意思叫"当烫"(downtown 市中心)。

超哥的小家安在巴尔的摩市,位于华盛顿市与安纳波利斯市之间,两端车程皆不过半小时。想着真要去特朗普的白宫,也只二十多分钟。

一下车,就闻到海滨城市特有的海腥味。整洁干净的街道,两边是五颜六色的房屋,典型的简美风格。

来这里主要是看马里兰州议会大厦和美国海军学院。

马里兰州议会大厦是一座精巧高大,带有新古典风格的建筑。这里曾是美国首都执政机构,承认美国独立的《1783年巴黎条约》,就是在此签署的。建筑四周围绕着一条绿荫小路,高端精致的圆顶与旁边的圣安娜教堂的尖顶相呼应。儿子介绍说:"看到塔尖顶上使用的避雷针了吗?那可是富兰克林发明设计的。"我知道,富兰克林是美国独立战争的领导人之一,杰出的政治家，现今一百美元头像上的人物，可他还是杰出的物理学家，真了不起。

沿国会大厦前行，穿过一条长街道，再往前，就看到了大海和军舰。

不时遇见穿海军服的将士们，他们在镇上悠闲地走着，说笑着。矫健挺拔的身材，着一身白衣白帽，真帅得不行。小镇因这些攒动的身影，而更有一种别样的味道。我有点恍惚，仿佛走在电影里。

据说美国海军学院是美国海军唯一一所正规军官学校，培养了各种专业的初级军官。从这所学校里走出的有第一次获得诺贝尔奖的美国科学家米切尔森、前美国总统卡特和布什以及《海权论》的作者战略理论家马汉等著名人物。

这里对学生的选拔和要求很严格，学制五年，其中三年是进行海上实战训练。福布斯公布的 2017 美国大学排行榜，该校排名第 20 位，看来真不错。

进学校大门，可见学校的校徽。入口处需等级护照和安检。工作人员认真地翻看我们每个人的背包和手袋。顺利进校后，眼之所及，随处可见运动跑步的学生，他们大都短衫短裤，虽天寒地冻，可青春的朝气，扑面而来。

一路还见到好几个亚洲面孔，还有好几个女生。从她们奔跑喘息的身影里，你能感受到她们的坚毅和坚韧。

继续往里走，见一列荷枪实弹雄姿威武的军人正在训练。路边有提示牌——禁止入内。只远远地看了一会，走开。

学校紧邻海边有很大的草坪地带，那里正进行着橄榄球比赛，场面很是热闹。这美式橄榄球，美国人叫 Footboll，与咱们对足球的叫法相同，却是不一样的运动。这项运动也是该校的特色项目。

学院真大，走一圈下来，天已向晚。出门时，在校门口我们请一位老师模样的人，帮我们一家拍了张合影。

来这里是一定要品尝当地有名的美食：蟹糊面包。超哥小两口早做好了功课。

蓝蟹是马里兰州特有的海产，这蓝蟹，单爪子是蓝色的，很特别。那天

别样红

买回几只,味道绝不逊咱们阳澄湖大闸蟹。且比国内便宜得多,只要 3 美元,折合人民币 20 元左右。对一向怕啃骨头的老外们来说,吃蟹,更是大工程。

按照网上评分高低,我们去的这家蟹糊面包评分较高,果断地点了几个。用蟹黄做出的面包色泽黄润,鲜香浓郁,味咸酸辣,口感糯糯沙沙的,自然鲜美。当然,价格也不低。酒吧内,光影迷离,吧台上几个客人,呷着啤酒,小声说笑。正墙上的电视,正热播着美式橄榄球比赛。孩子说,现在正是赛季,老美喜欢在酒吧看这种球赛,很有气氛。

夜静,海滨小城在一片璀璨的灯火中,散发出迷人的气息。

驻村日记

2018年6月1日

水 井

村头溪桥忽见老王。摇下车窗,招呼。

"你们回来了?"他没说"你们来了",而说"你们回来了",顿觉心暖暖的。

"我刚去乡政府讨要来昨天的报纸。"他举了举手里的报。不用说,一定是刊登《邻居老王》的那张。"上面有你的那篇吧?"我问。

他点头,掩饰不住兴奋。80多岁的老王是个有故事的人。同车来的吴诗人在这篇文字里历数几件,文辞真挚感人。

进村,上楼。放下行李,开门推窗。又有个把月把没来了,桌上的野花已风干,花絮绒绒的,落了满桌。照例先洒水、拖地、抹灰。一拧水龙头,没水。电话得知上午才停的水。几个人急了,这大夏天的,没水咋办?

匆匆赶过来的乡办主任,在楼下喊,下来打井水吧。

早知楼下有井,一直见水泥板盖着,不知能用。

提桶下楼。井边早提好一桶水,一看,清冽冽的。

试探着问:"可以喝吗?"

"当然啦,隔壁村民都吃这个井呢。"

别样红

　　太好了。几个人围着井,感觉特新鲜。我也尝试着打水,可桶在水上漂半天,总吃不满水。男人们表现的机会到了,绅士刘捋起袖子,提上桶,倒扣着扔下,晃悠几下绳子,桶立马下沉,灌满,提绳,收桶。整个过程干净利落。提一桶上楼,扫洗拖抹,一顿忙碌后,小家清亮了。

　　水开了,泡一杯当地的霍山黄芽,落座。

　　隔壁的绅士刘端着杯子过来:"这井水太好喝了。"

　　"水好喝?"这可是重大发现,摇摇茶杯,轻啜一口,果然。

　　"这水煮稀饭,一定绿莹莹的。"木桐说,"晚上稀饭就饼吧。"

　　每回来小屋住,客厅总是要插花的。傍晚时分,提着篮子出门,散步采花。几人去山间,走走小径。悠闲自得时,突见一树别样的花,绿茵茵的,似狗尾草般,条条絮絮。"这是板栗花。"木桐说。我还是第一次见此花,自然惊诧,还有长成这样的花哪。同伴指山上:"看,看,那棵,那棵……满山都是呢!"

　　山里四季都有花,这个季节遍野都是一年蓬,万点素白。这本不起眼的小花,朴素到让你怜惜,就像山里娃娃一样清纯。田间小径遇荷锄老人,欣喜地问她可认识此花?老人说,这是蓬蒿。

　　我们一面采撷,一面谈笑。三个人,采了一篮子外加一大抱。想着大家都喜欢,各分一点插瓶。没办法,这文艺男遇见文艺女,想不文艺也难啊。

　　粗陶的花盆插满素白的花,立马有了室雅花香的清兴。闲坐长凳,窗外即山,满山的风,轻摇着树叶。桌上,野花在一旁自顾自地香着,一壶山中茶,这闲散的光阴,自有人生况味。

　　临晚,自来水还没来。有井,大家也不着急。山里凉快着,一晚不洗澡也没啥。围桌聊天,村上负责人说可以考虑今后在井边装一个电动抽水机,这样打水方便。大家皆说不需要,提水有农耕的感觉,还是这样好。

　　不过,井边可装上带辘轳的井绳,摇绳取水,更有趣味。"如此,这井,还可成作家村一景呢。"邻居许员外如是说。

　　"如果这井沿是青石的,再有道道沟痕,就有老井的味道,有历史感了。"

大家又开始畅想。

晚上8点多,天擦黑一片。和木桐下楼,想出门走走,可不出百米,漆黑一团,伸手不见五指。白天最热闹的淮河书院和枕溪山房也静谧异常。周围村民家早熄了灯。

夜未深人已静,山里人家真是日出而作,日落而息。我们一路挽着胳膊,说笑声和足音穿透夜空。走到守望树附近,驻足,静静地听月亮湾溪流流淌的声音,那么清脆干净。再不敢往前走,不一会,回了。

生活在月亮湾,没有电视,不看报纸,没有任何社交活动。如果同时来的驻村作家有四个以上,还能凑齐一桌打牌。人少了,就上床看书睡觉。

2018年6月1日

给山乡孩子上节课

沿溪边往学校走,路边格桑花扑簌簌地开着;溪边的守望树上,鸟鸣清脆。不远处的农家炊烟袅袅,三两上学的孩子,叽叽喳喳的谈笑声撒了一路。特有的乡土气息,神态自若地走在其中,初夏的早晨真舒服。

今天是六一,上午得去西溪小学参加一个活动,给孩子们赠送图书并上一节课,是活动的主题。

早餐后,开始整理各自带来的图书。整理书,绅士刘是行家,他自称是卖书的、写书的、读书的。这会子大家见证了卖书人的专长——一摞摞书,捆扎得那叫漂亮。客厅里的长桌摆满了。他建议每人写句祝福语,然后夹在每摞书上,"这样送出去好看"。八九个人,不一会就写好了:"享受读书乐趣""幸福快乐成长""书香童年""童趣无限""世界是你们的",等等,写完后,大家拿着各自写的红纸条,拍了个合影。

一摞摞书背后是一张张笑脸,是红艳艳的"祝福"。

早就计划好,给山乡课堂送书。员外是组织者,许辉主席及夫人董静也

别样红

亲自带队参加送书活动。绅士刘、诗人吴、木桐和我,将分别走进四个教室,给孩子们上一节阅读、剪纸艺术、摄影和写作课。

教师是我的老本行。32年的职场生涯,于我来说,上一节课,根本不成问题。但给山乡孩子上什么课,还是考虑了一番。临进教室前,在学校的操场上,我采了一枝一年蓬,挖了一株紫花地丁,又折了一朵蒲儿根,悄悄装进手袋里。

送书环节结束后,四个课堂分别交给了我们。

从学校转行,再度站在久违了的课堂上,无需几秒,立刻找回了那种兴奋与驾驭感。

师生问好。和孩子们谈心,让他们猜猜老师的职业。孩子们几乎异口同声:作——家。摇摇头,作家可不是我的职业。孩子们惊讶,当得知我也是一名老师后,距离就近了。

包里拿出所带的几株植物,让孩子们辨认,遗憾,无一人能认出。于是板书下:认识身边的花花草草。怎样观察身边的事物?怎样表达自己的思想?想知道我所在的学校是什么样吗?我曾经的学生作文里是怎么写景状物的?几个互动环节穿插其间,当自己从孩子们的眼睛里读出求知的渴望与满足时,一种信马由缰带领学生驰骋天地间的感觉又回来了。

课堂后面坐着不少听课的领导和老师。课后中心校的校长听完课大加赞美:这节课,让我醍醐灌顶。老师们一直头疼作文课的教法,王老师从观察身边花草入手,轻松导入,培养孩子们观察自然。尤其是这样一句话让我顿悟:那些小花小草,在你不认识它的时候,它就在那里开着,自然地长着;而当你认识它,你能叫出它的名字,你就对它产生了感情,就像我们认识的朋友一样。——这话说得多好啊!

据说摄影课堂的孩子嗨到爆,孩子们纷纷围着木桐,想看镜头里自己的杰作,"教会孩子能用镜头发现美,会简单构图,会表达美好"是她的初衷。二年级孩子的好奇,写在脸上,课堂也极其放松。原本想带他们到室外去拍,"现场捂不住啊!孩子们太兴奋了。"

吴诗人的剪纸课堂，孩子们专注安静。黑板上也挂着大家的杰作。大家各自手拿剪刀，剪出彩色的图案，一节课下来，孩子们兴奋地举起手中的作品，脸上绽开的笑颜如花。

起初还无端地担心，经常给成人讲课的绅士刘能否懂得如何给小学生上课。没想到一节阅读欣赏课，五年级的孩子对他佩服得无以复加。课堂效果也出奇地好。我们走出校门，三楼上的孩子们还在挥手：刘老师再见，刘老师再见。一个孩子从三楼冲下来。摘了一朵野花，气喘吁吁地跑来，插在老师胸前的口袋里，并紧紧抱住他。

这感人的画面，心，都被融化了。

"我还会再来的，我会一直跟踪这个班，为他们推荐好书，指导他们阅读。"绅士刘在朋友圈里感叹，"严格意义上来说，这是我第一次在校园的课堂上课，且不说旁人担心，去时自己也难免忐忑。不过当我面对几十位朴实可爱的孩子时，一切都释然了。原来这里挺适合我，今天，也是圆了一个做了好久的教师梦。"

"一节课，不能期望有什么效果，但你们给孩子们打开了一扇窗。"全程参与活动的朱静副县长如是说。

"下一个六一，我们还来。"从学校回去的路上，大家兴奋不已。

2018 年 4 月 16 日

毕家兄弟和韩老太

天刚麻麻亮，就被山林间的小鸟唤醒。这多种鸟的交响，城市里是很难听到的，索性卧床静听。

不一会，这交响中又加上了窸窸窣窣的声音，不用费劲就判断出那是老王扫地的声音。自打作家村开村后，老王就给自个儿下了任务，黎明即起，将作家村前前后后清扫一遍。从去年到现在，日日不断，即便下雪了，也要

别样红

扫出一条路。

门外传来上楼的脚步声,猜想一定是员外踱步归来了。这个员外,每日早起,总喜欢背着手去村外田边走一圈,然后去菜市看一看,去老毕家吃早点。每次回来,常诡异地告诉我们他的"重大发现":我发现村里的公鸡长得都好看;老毕家今天的面条配料不错;菜场某家黑毛猪肉膘肥肉嫩,中午可以考虑做竹笋烧肉……

看时间已快7点,对面房间的木桐已开始哼唱小调。赶紧起床,梳洗,叠被。打开客厅大门,好亮堂啊!又一个好天。

照例去毕师傅家吃早点。

毕家兄弟的房子,紧邻驻村作家的小楼。相比我们灰砖老墙的旧房,那一溜排的二层联排楼房,如鹤立鸡群般排场。村民夸毕家兄弟能干,妯娌和睦。当初,我们小屋也是他兄弟装修的,与他们有过一段时间的接触,这两兄弟身上有着农民的朴实也有着生意人的精明。

兄弟俩在镇上有两大间铺面,做早点兼卖菜。一大早客流不断,等我们懒散散地去吃早点,大抵所剩无多。

稀饭、鸡蛋、面条和饼之类的,大家各自要一些。两兄弟的老婆,分工明确,一个负责卖早点,一个卖蔬菜,生意做得风生水起。

早餐后,在镇上闲逛,又遇见了那位奶奶。

她好像我母亲。看着她,我心底那份的柔软情感总关不住。和她打招呼,问她可认识我们了?她笑嘻嘻地摇头:"我不认得了。"

这是第四次见她,这句话她也重复了三次。这回,她还是忘了。心里有小小的失落。想也正常,我们一搁多天不见,八十好几的老人,谁还会记得呢?这次,我又努力提醒她:"不记得啦?去年作家村开村时,你在我们门口背很多段子呢,我还给你录像了呢。你看,这可是你呀?"我划着手机,找到那段录像。"嘿嘿,是我,我怎么跑到你手机里了?"她笑得一脸灿烂,一直拉着我手,"你们城里大姐好客气,见到我们老人还睬我们。"这句话,她上次也说过。说这话时,她满脸皱纹似水波荡漾,瘪瘪的嘴巴,窝成一小口,那纯真,有如婴孩般,让你直想掉泪。

  老人今年85岁了。元旦前,我们来村里跨年联欢,在村里的展台前,遇见她和另一位老人。和她打招呼,她说:"你们知识人,好客气,还理睬我们老人家(家她读gā)。"和她拉家常,您老身体好着呢?您多大啦?家里有几口人?老人都开心应答,见我们饶有兴致,她就开始表演一段一段的顺口溜:"新社会,新国家,儿女拿钱给妈花,老人乐得笑哈哈……"我们几个拍照的拍照,录音的录音,太有趣了。老人记性很好,你说几句,她就给你来一段,有歌颂的,也有揶揄儿女不孝的、感慨老无所依的、赞美家庭和睦的。虽然,她的嘴巴瘪得厉害,可大致内容还说能清楚。见我们感兴趣,老人孩子似的,表演欲更强。后来,和她一起拍照,照片上的她满面春光。

  那天的新年联欢活动,我们坐在观众席第一排,老人晃荡着走过来,同伴姚云从包里抓起一大把糖果,递给老人,又拉她来身边坐下。老人边吃糖边看节目,一脸幸福。

  早春去作家村,在沿街的店铺门口遇见老人,她身边还站着一个50来岁的男人。我们上前拉住她的手,问她可记起我们。老人只笑着摇头。隔壁店面的人说,老人记性不好。旁边那人是她儿子。

  看来,早些年的那些顺口溜已深深植入她内心了,而眼下的事情,再不易记住。

  老人拉我们去她家喝茶。我们陪着她走到她家门口,伸头看了看她家,客厅里摆了好几个冰柜。据说,老人儿子是做茶叶生意的,冰柜是用来保鲜茶叶的吧。和老人告辞,出门走了好一段,回头,老人还站门口看我们。

  这一次,问清了老人的名字,她姓潘,叫潘爱玲。

别样红

2019 年 4 月 9 日

思向东溪守故篱

　　整理好行李箱,起身关窗,拉水电闸,将客厅台桌布铺好,给窗台上的花盆多续点水,然后再打量一下小屋,拖着箱子,出门。

　　姚云的车,已经启动,这次我们两家一起来,也只小住了两天,意犹未尽,却又不能不归,还有城市的家和工作等着呢。

　　每一次,都是匆匆而来,匆匆而去。

　　自打有了这间山里小屋,每年四月是不可不来的。山花都开了,大片大片的,诱惑着,在心里燎原,又怎能不来呢？想到明年春天,就不必那么匆匆,可安心小住,守着这片土地,守着那条清澈的溪流,不问归期,就有了盼头。

　　三十多年的职场生涯,即将画上句号。再有三个季度,就可打包、搬一堆书本笔记,回家。看看办公的桌子和柜子,想,除了书本,也就是书本了。

　　一辈子和学生打交道,临近退休这两年换了岗位,有了清闲,每日可安静地在办公室读书写字。记得在学校时,每日忙得无暇看天看云。早些年还特别羡慕大院里坐办公室的人,羡慕他们每天有空读报,连报纸中缝的广告都有时间看。

　　人越老,越念故土。虽然现在老的界限拓展放宽了,心里是还不能接受老的事实,但毫无疑问即将退休,做个闲人,总还是会想想今后,想想从前,想想故乡、故人。

　　父亲的出生地,是肥东。填表时,我的籍贯大抵也填肥东。可毕竟没有在那生活过一天,到底还是缺少对那片土地的情感。只因父母的坟茔在,那里成了我挥之不去的心结。

　　5 岁时,随父母自县城搬到含山县的一个小村。到那后,我就和乡下所有的孩子一样,都是放养的,这样的放养,给我了天真烂漫,给了我单纯善良,也给了我天马行空的想象力。16岁那年我们搬回县城的家,直至我远走他乡后,再不曾回到从前的小村。几次经过,近乡情更怯,再不愿意踏进那片早没了自家老屋,没有了故乡的亲人的小村,只愿将回忆永远封存在16岁之前的美好里。早些年,父母随我搬来省城,县城的房屋也卖了。我似无根的浮萍般,"梦里不知身是客,却把他乡作故乡"。再不能准确地表述故乡的概念。

每年春节至,全国性的大迁移,大都是奔回故乡的人,可对没有故乡具象的人来说,就没了根似的,随风飘摇。

回不去的乡土,回不去的从前。

我对于故乡狭隘的认识,故乡就应该是在乡下。本来,追溯三代以上,大都是农耕时代走出的人,自然都有着抹不去的乡村情怀。乡村,喂养我长大,乡村让我亲切、踏实、安宁。

那一年,我在霍山东西溪月亮湾,有了一个小家。小家门前有溪,屋后有山,既邻村户,又傍集市。这接地气的小家,总算让我找回一些故土的情感。

想起王维的那首《早秋山中作》:无才不敢累明时,思向东溪守故篱。

这么来看,东西溪也即将成为我的故园,容我安放身心,它就好比那陶公的桃花源。来这里,守着清亮的家。推窗,山上的竹树和藤萝,就是活的画,是随时有月和云装点的画。出门可见小溪清流,可见耕作的邻人,可见草丛中闲散的鸡鸭。静下心来,能听见薄暮的蝉鸣、草间的蛩响,王维诗中隐忍的悲或惆怅,自然不会半点存留,有的只是欣慰,只是感怀。即将退休的我,真是修了一腔山水缘,能有这样一片土地,令我释放疲惫,慰我故土情怀,知足矣。

守着东西溪这片天地,即将"解甲归田"的我,即便"空林独与白云期",内心也有着寂静的欢喜和安宁。

一路走,一路思绪泛滥,说着话,想着事情,也就两个来小时,合肥的家也就到了。忽然就想到"切换"一词。不同的生活状态、心境、地理空间……

又一次切换,在城市的家和乡下小屋之间。

> 别样红

后记

别 样 红

在大自然众多的色彩中,我最喜欢红色。家中大的物品,小的用具,一向偏好红色。自己穿的四季衣服,单的棉的,几乎都有红色。就这样,一次次去服装店,看来试去,依然钟情红色。

是因为自己名字中有一个"红"字的缘故,还是性格色彩里热情的成分居多的缘由,还是审美概念里对红色的喜好?不得而知。早些年甚至还埋怨被人称为先生的父亲,在给子女们取名字没花心思,姐妹几个叫着"芳、玲、萍、红",除了女性化色彩,实无学问和意义。再后来,觉得"维红"这名字也挺好。读师范那会,教我们中文的老师,是一个头发只稀疏几根,额上常架着一副老花镜的老学究。那日课上,他正讲解王维诗词的意境,而我低头在桌下看闲书。后听到他一字一顿地拉长音:"王维——红,请你来朗读一下王——维这首诗。"我一惊,这才从闲书的情境中出来,全班同学哈哈大笑。瞧,这名字离大文学家也只差一个字呀。

前些年取笔名蓝叶子,后发觉这名字很多网站已有注册,于是改最后一个字为红。这名字似也有些俗,可俗就俗吧,接受俗气的名字也如同接受普通的自己一般,毕竟这世界自己才是独一无二的。

文友圈子里叫我本名的少,叫叶子和蓝叶红者多。有人问,蓝叶红是怎样一种红呢?我笑而不语。

名字,是一种符号,但名字也具有特别的意味。于我来说,名字随意,生

后 记

活态度,与人相处,也都随和随意。朋友夸我人缘好,有感召力。人贵自知,优点的背后常伴随缺点。因为随和,个性总是磨灭掉一些,对事对人就不那么有原则,"和稀泥"的时候多;人缘好,倒是因为懂得退让与换位,与人处求大同存小异;有感召力,也意味着牺牲自己的时间,经常去号召、去组织一些活动,不怕累。如此而已。

这也是自己所愿意的吧。

更多的时候对自己的认同非常重要。各人有各人的活法。那么,你愿意像别人那样去活吗?答案是否定的。同样的,如果想把自己的意志加在别人身上,那也是恐怖的事。生活的意义,在于各自去寻味。

电影《黄土地》里有一群生活在荒凉的土地上,像土一样,甚至一辈子,连名字都没有的人。但他们都努力地活着,努力地相信活着是有意义的,这或许也是另一种形式的生命意义。

在渐渐接受我是我,我就是我这样一个人的过程中,我们长大了,成熟了。经过时间与空间的慢慢沉淀,最终懂得,每一个人都是独立的,每一个人都有自己独特的个性。因为你身上有着别样的东西存在,这,就是你自己的本质。

这几年除了读书写字,自己又爱上了绘画。有朋友说我兴趣太广杂了。是的,业余时间我还喜欢旅行、唱歌、瑜伽、美容等等。朋友似为我可惜:画画就画画,写作就写作,活动太多,精力有限,难免一事无成。我也懂得"掘井九眼,不如深挖一井",可我不能单纯到只一心去写作,也不能做到只画画不写作。"写作是清晨叫醒我的鸟鸣,也是午后阳光的流年",更是安妥心灵和表达思想的方式。而画画是读书写字之后的调剂,涂抹心情,非纸上蹁跹不可。再者,周末与朋友聚会打牌,假日与家人携游,皆不可或缺。"我们于日用必需的东西以外,必须还有一点无用的游戏与享乐,生活才觉得有意思",知堂先生的语录,亦是我一以贯之随意自在的生活哲学。

回顾这几年的文字生涯,总有百般感慨。冰心曾说过这样一段话:"爱在左,情在右,在生命的两旁,随时撒种,随时开花,将这一径长途点缀得花

别 样 红

香弥漫,使得穿花拂叶的行人,踏着荆棘,不觉痛苦,有泪可挥,不觉悲凉!"记得几年前,我的散文集《幸福的米香》在杏花公园签售时,一位白发老人走到我的展位前,紧紧拉着我的手,说她读过我那篇刊发在《新安晚报》上的《一碗汤的距离》,还推荐给儿子读,促使儿子真动念要在她现住的小区买房。前几日,在朋友的新书发布会上,一位陌生的读者打听,问我可是写《请给蔷薇让条道》的作者? 说那篇文章写得很有情怀。想到每次我有小文登报,总有朋友发来信息告知并表达读后感受;想到我的学生们还常问老师可出新书了? 想到家人同学文友们时常的关注与鞭策,所有这一切都给了我很大的鼓励与支持,让我有理由和信心继续写下去。

这本小书中有很多篇回想的经历,有无数条路通向记忆深处的那片乡野,却没有一条路可以走出,如同写这篇文字时,我有无数种开头的方式,却怎么也找不到一种适合的方式去结束。最近几年拉拉杂杂地写了一些文章,一直犹豫是否结集出版。五年前共同参与"合肥姐妹"丛书的文友们大都相继写出新书。作为同一群体的一个,我内心多少有些掉队的恐慌。想到年底即将退休,如同每年辞旧迎新之际总得写上一篇总结与展望般,似乎出本书留给岁月,这辈子的职场生涯才算完整。于是,在对近几年发表在各类报刊公众号上的文字进行筛选和整理后,最终汇集出这本文集,算是给自己一个交代,同时也致敬那些喜爱自己文字的读者和关心我的家人朋友。

再来修改这篇后记时,我已飞来美利坚首府华盛顿。七天前儿子超哥刚刚当上父亲。此时,我敲击着键盘,不时地注视身边摇篮里熟睡在襁褓中的婴孩。抬头,百叶窗外天空湛蓝,阳光明媚,青山隐隐。这虚幻般的真实,是人世间的温暖,是美好的美,是美好的好。

最后,难免要俗套地表达一番感谢。衷心感谢安徽省文联副主席、省作协原主席许辉先生在百忙中抽出时间为我写序,感谢散文家程耀恺、苏北、许若齐先生及马丽春女士给予本书的谬赞,感谢所有关心我的亲人朋友。我深知自己文字粗浅,尚存诸多不足,只是将这阶段性的文字收录成集,当作前进路上的一个里程碑。如果有读者从我这些拙文中读出那么一点安

后 记

慰,哪怕是一点微不足道的朴素的温暖和相同经历的共鸣,于我,便是莫大的鼓舞。未来,我将满怀柔情地接纳自己,肯定自己,超越自己。

这世上每一朵花都以自己的方式开着,只希望贴着自己标签的这朵花,温婉从容,有别样红。

王维红

2019 年 9 月 22 日